A FANTASIA DE Finn

Homens do Maine - 01

K.C. WELLS

A fantasia de Finn
K. C. Wells
Copyright de Finn's Fantasy © 2021 K. C. Wells.
Tradução: Andreia Barboza.
Revisão: Luizyana Poletto
Capa: Meredith Russell
ISBN: 978-1-915861-12-2

AGRADECIMENTOS

Como sempre, meus agradecimentos à minha maravilhosa equipe beta.

Para Jason Mitchell, que é meu alfa, minha caixa de ressonância, minha pessoa de referência se eu quiser saber se algo é orgânico.

Um agradecimento especial a Eric McDermott. Este livro deve muito a ele. Obrigada, Eric, por me permitir usar sua história. Espero ter feito justiça.

Capítulo um

Abril

Finn Anderson só precisou olhar para Teresa Young enquanto ela abria caminho entre as mesas – *ei, esqueça isso. Ela é Teresa Cyr agora* – para saber que ela estava em uma missão. Os convidados a chamavam e tudo o que recebiam era o mero esboço de sorriso, os passos determinados não vacilavam nem por um instante.

— Rápido, pessoal. Batam em retirada. A noiva está vindo para cá — ele disse em um sussurro teatral. Os outros fingiram procurar com urgência a saída enquanto ela se aproximava, como ele sabia que fariam.

Teresa parou atrás da cadeira de Ben, com as mãos fechadas apoiadas no quadril coberto de cetim e renda.

— Nem pensem nisso. — Sua fala rendeu uma onda de risadas. Ela olhou para Finn e os sete homens sentados ao redor da mesa, arqueando as sobrancelhas esculpidas. — Bem, o que temos aqui? Alguém colocou vocês juntos. Que surpresa.

Dylan revirou os olhos.

— Nossa. Quem você acha que fez isso?

Finn se divertiu ao notar que Dylan era o único que ainda usava gravata. Os outros tinham afrouxado ou tirado as deles.

Teresa piscou.

— Não faço ideia. — Aquele brilho em seus olhos contava uma história diferente.

Os olhos de Seb brilharam.

— É a nossa vez de sermos atormentados... quero dizer, nossa vez com a noiva? — Quando ela deu um olhar zombeteiro, Seb retribuiu com um sorriso doce. — Que vestido lindo, Teresa.

Ben reprimiu um sorriso.

— Puxa-saco — ele murmurou.

Ela deu uma volta lenta, com os braços bem abertos.

— Obrigada. — Seb tinha razão. Era um lindo vestido, com decote em V e cintura império. O cetim branco abraçava sua forma esbelta até os quadris, onde se abria nas costas. A renda adicionava uma camada transparente, cobrindo os ombros e se espalhando do joelho em uma cauda, as bordas recortadas embelezadas com bordados delicados. As mangas de renda canelada foram cortadas para deixar as mãos livres.

Seb esfregou o queixo barbudo desalinhado.

— Mas essas mangas...

Teresa semicerrou o olhar.

— O que tem?

Finn lutou para reprimir o riso. Seb sempre conseguia provocar Teresa, mesmo quando eram crianças.

Seb deu de ombros.

— São um pouco impraticáveis. Quero dizer, são bonitas e tudo mais, mas você tem sorte de não ter sopa no cardápio, ou estaria mergulhando as mangas nela.

Levi pigarreou.

— Não dê ouvidos a ele, Teresa. Acho que mostra seu corpo. — Ela soprou-lhe um beijo. Levi a olhou de cima a baixo. — Isso meio que me lembra de algo que vi em *Downton Abbey*.

Os olhos de Teresa brilharam.

— Ah, meu Deus. Sim. — Ela sorriu. — Obrigada por notar. — Ela olhou para os amigos ao redor da mesa. — Na verdade, vim agradecer ao Finn pelo presente de casamento. — Ela olhou para o rapaz de forma calorosa. — As cadeiras de balanço são lindas. Você as fez, não foi?

Finn fez uma meia reverência.

— Estou feliz que tenha gostado. — Ele havia passado vários fins de semana trabalhando nas cadeiras de balanço com espaldar e ficou encantado com o resultado.

— Uma teria sido o suficiente.

Finn balançou a cabeça.

— Você precisa de duas. Elas devem ficar na varanda da frente, lado a lado, para que você e o Ry possam se sentar juntos à noite como um velho casal. — Então ele percebeu que o silêncio havia caído em torno da mesa e deu um olhar questionador a seus amigos. — O que foi?

Seb cruzou os braços.

— Claro, nos faça parecer maus, por que não?

Finn franziu a testa.

— Hã?

— Achei que eu tinha arrasado no presente ao escolher a *Instapot*, aquela panela elétrica multifuncional toda chique. Mas cadeiras de balanço?

Do outro lado da mesa, Ben riu.

— Pelo menos a panela mostra alguma imaginação. Eu dei um cartão presente. — Houve murmúrios de *eu também* de Levi, Noah, Dylan e Aaron.

— E *você* pode *comprar* uma panela elétrica dessa categoria, sr. Professor. Alguns de nós não ganham tanto quanto você.

Shaun sorriu.

— Eu bati os cartões-presente. *O meu* é para o restaurante. Para aquelas noites em que o Ry não suporte a ideia de comer a comida da Teresa.

— Ei — Noah retrucou. — Seja legal. Ela pode ter melhorado desde o ensino médio.

— *Posso?* — Teresa o olhou boquiaberta. — E o que é isso sobre o ensino médio?

Noah riu.

— Eles não experimentaram um dos seus pãezinhos duros como bola de beisebol?

Ela levou as mãos de volta à cintura.

— Quem contou?

Levi gargalhou.

— Deve ter sido o seu marido, sra. Cyr.

Teresa virou a cabeça, semicerrando os olhos enquanto olhava pelo salão de baile para onde Ry estava, conversando com os convidados.

— Esperem até que eu o pegue sozinho.

— Sabe, isso *deveria* ser sexy, não ameaçador —

Aaron observou, contraindo os lábios.

Teresa piscou, então caiu na gargalhada.

— Vocês me fazem rir.

Finn riu com ela. Teresa havia mudado pouco desde que se formaram no ensino médio, graças a Deus. Seu temperamento ainda se apagava tão rapidamente quanto explodia.

Ben levantou a taça de champanhe para ela.

— Parabéns, Teresa. Vocês formam um ótimo casal. E já era hora, considerando que você e o Ry se beijaram pela primeira vez na nona série. — Os olhos dele brilharam.

Shaun arregalou os dele.

— Ei, eu tinha me esquecido disso.

— Você também se esqueceu de que a Teresa nos contou como era nojento? — Ben olhou para ela. — Foi o que você falou, certo? — Ele sorriu. — Talvez você tenha demorado até agora para se casar porque estava esperando até que ele melhorasse no beijo.

Em meio às risadas, Teresa cruzou os braços, as unhas cor-de-rosa claras compridas ficaram à vista enquanto repousavam sobre os braços cobertos de renda. — Você deveria estar bebendo isso? Por que acho que você não tem idade suficiente.

Ben revirou os olhos.

— Muito engraçado. Se eu não estivesse no seu casamento, eu diria para você... — Ele murmurou *se foder* e Teresa deu um suspiro fingido. Ben riu.

Levi colocou o braço em volta dos ombros dele.

— Ah, ele não tem culpa por ainda ter o rosto de um bebê fofo. — Ele apertou a bochecha do amigo.

Ben grunhiu.

— Pare. Meu Deus, você faz isso desde a oitava série.

— Ele poderia beijar — Seb sugeriu com um brilho nos olhos. — Provavelmente beija melhor que o Ry. — Isso lhe rendeu um olhar de Ben e Levi.

Teresa virou a cabeça de forma deliberada na direção de Seb.

— Você *não* beijou o Ry.

O sorriso enigmático de Seb lembrou a Finn por que ele *amava* seus amigos. Era só juntar todos eles e o sarcasmo aumentava em cem porcento.

Teresa caminhou até onde Seb estava sentado, e ele empurrou sua cadeira para trás como se fosse ficar de pé. Ela colocou a mão em seu ombro.

— Fique aí, menino bonito.

— Menino bonito? Fico lisonjeado. — Ele calou a boca quando Teresa se sentou em seu colo, com os braços em volta do pescoço dele. Um momento depois, Seb riu. — Vá em frente, Teresa. Sinta-se à vontade.

— Considere isso a sua punição por me fazer pensar que você e o Ry se beijaram.

Seb se aproximou e disse em um sussurro alto:

— O que aconteceu entre nós vai comigo para o túmulo. — Quando Teresa ofegou e tentou se afastar, Seb a segurou. — Calma, linda. Não aconteceu nada. Ele não é meu tipo. Não gosto de atletas.

— Não foi isso o que eu ouvi — Noah murmurou.

Seb apenas arqueou as sobrancelhas.

— Qual parte?

Teresa relaxou, entrelaçando os dedos ao redor dele. Seb colocou a mão na cintura dela, que sorriu.

— Acho que estou segura o suficiente. Não é como se *você fosse* me apalpar, como o assustador Tio Al, do Ry. E, pelo menos com você, tenho certeza de que não sou seu tipo. — Ela sorriu. — Então, Seb... Conheceu algum cara gostoso em Ogunquit?

Finn riu.

— Pelo que ouvi dizer, o Seb está dando em cima de todos os caras que encontra no bar MaineStreet, no restaurante Front Porch e, não vamos esquecer, a área gay da praia. Provavelmente é onde ele planeja passar as férias de verão inteiras.

Seb lançou um olhar para Finn.

— O que você está insinuando? — Mas não havia repreensão em seu tom.

Ben gritou.

— Cara, ele não está insinuando... está *afirmando* sem rodeios.

Ao redor da mesa, os amigos de Finn se juntaram às risadas, e Seb não estava muito atrás.

— Ei, Levi, como está a sua avó? — Teresa perguntou. — Não a tenho visto ultimamente.

O sorriso de Levi iluminou seus olhos.

— Ela está bem, obrigado. Me pediu para desejar muitas felicidades.

— Ela ainda cozinha? Me lembro de quando ela te ensinou a fazer biscoitos na oitava série e te mandou para a escola com um pote para dar aos seus amigos.

Aaron bufou.

— Não estou surpreso que você se lembre disso. *Quantos* você comeu?

Teresa passou as mãos pelo corpo.

— Meus dias de compulsão por biscoitos ficaram para trás.

— Não é surpreendente — Noah comentou. Quando Teresa virou a cabeça em sua direção, ele apontou para o vestido dela. — Você não pode comer biscoitos *e* usar isso. A menos que seja um tamanho maior.

— E, sim, vovó ainda cozinha — Levi assegurou a ela. Finn viu o comentário pelo que era, uma tentativa de cortar o sarcasmo. Mas esse era Levi, sempre o pacificador, mesmo quando eram crianças.

Finn olhou por cima do ombro de Teresa para a figura que se aproximava.

— Oh-oh. Intruso. Vejo um noivo aborrecido. — Ry Cyr parecia estar em uma missão também, não que parecesse *realmente* irritado.

Teresa parou quando uma tosse alta ecoou atrás dela. Ry a ignorou e cumprimentou o grupo com um sorriso educado.

— Sem querer interromper este bate-papo ou algo assim, algum de vocês viu a minha esposa? — Todos eles riram. Ry colocou a mão no ombro de Teresa, olhando para ela com óbvia diversão. — Vejo que você encontrou um colo confortável. Agora, a menos que prefira passar todo o seu tempo com esses caras quando há outros convidados para conversar, ou Deus me livre, o seu marido...

Seb riu.

— Pode pegá-la de volta agora.

Ry bufou.

— Como se eu não soubesse exatamente onde ela estaria. — Ele estendeu a mão para ela, e Teresa se levantou, alisando o vestido. Ry olhou ao redor da mesa. — Vocês estão se divertindo?

— Muito — Finn assegurou. — Este lugar é ótimo. — O teto do Maine Ballroom estava enfeitado com luzes brancas e coberto com longos vãos de chiffon que se estendiam do centro para todos os cantos, onde caíam em comprimentos elegantes. Além das portas francesas ficava o pátio com sua pérgula de colunas brancas coberta com mais chiffon, onde o serviço religioso havia ocorrido.

— Foi uma cerimônia legal também — Levi acrescentou.

Noah franziu a testa.

— Foi curta.

— Foi isso que eu quis dizer. — O sorriso malicioso de Levi levou Finn de volta à sétima série, quando o rapaz o conheceu. O amigo sempre parecia estar tramando algo, mesmo quando estava se comportando. E quando Levi se comportava mal? Ele era o próprio rapaz *bonzinho*.

Ry apontou para o chão de madeira no meio da sala.

— Espero ver todos vocês dançando mais tarde. Só... não dancem um com o outro, está bem? Vocês vão assustar meus parentes. Alguns deles não têm a mente tão aberta quanto eu. — Aquele olhar de diversão ainda estava presente.

Os olhos de Aaron brilharam.

— Ei. Um tamanho *não* serve para todos, sabia?

Noah limpou a garganta.

— Essa é a linguagem de Aaron para *Não somos todos gays ou bi*. — Ele deu um tapinha no braço de Aaron. — Bem-vindo ao meu mundo. Sempre que vou jogar boliche com o Levi, algum espertinho do colégio acha engraçado perguntar quando vamos ficar noivos.

— Todos *nós* sabemos que nenhum de vocês é do tipo que se casa — Finn observou. Ele não conseguia se lembrar de Noah ou Levi tendo encontros, embora as coisas pudessem ter mudado desde que Finn se mudou para Kennebunkport. Não era como se ele mantivesse controle sobre seus amigos. Eles ligavam um para o outro, claro, mas não se encontravam assim desde o Ano Novo, o que significava que era hora de colocar a conversa em dia.

Levi piscou.

— Entendo. — Noah usava o que Finn pensava ser sua expressão de *pego no flagra*.

Ry colocou o braço em volta da cintura de Teresa.

— Vejo vocês mais tarde, pessoal. Agora temos que nos misturar. — Ele a conduziu até outra mesa, e Teresa olhou para eles por cima do ombro, com um sorriso de desculpas.

— Acho que a Teresa prefere conversar conosco a se misturar — Shaun declarou com uma risada.

— E por falar em conversar... — Finn inclinou a cabeça em direção às portas francesas. — Que tal pegarmos mais bebida e depois levarmos nosso champanhe para fora, onde podemos conversar? Temos que colocar a conversa em dia.

Dylan olhou para o vidro e estremeceu.

— De jeito nenhum. Está congelando lá fora. Voto para encontrarmos o bar. O fabuloso Village by the Sea tem de ter pelo menos um bar, certo? Vamos reivindicar um canto onde possamos conversar, sem interrupção.

Dez minutos depois, eles localizaram o bar e arrastaram cadeiras para um canto tranquilo, com uma mesa no meio e a superfície repleta de copos.

Ben lançou um olhar ansioso para o salão de baile.

— Eu ia dançar.

Shaun riu.

— Bem, isso seria uma maneira de limpar o chão para o resto de nós.

— O que isso significa? — A voz de Ben

continha indignação.

— *Significa* que você dança como o Caco, o sapo dos *Muppets*, se debatendo e não se incomoda em negar isso. — Dylan sorriu. — Temos provas.

— O quê? — Ben olhou para eles. — Que prova?

Seb tirou o telefone do bolso, deu uma olhada, então o ergueu para Ben ver.

— Festa de ano novo. *É* você, não é?

Ben arregalou os olhos.

— Seu idiota. Apague isso. — Ao redor dele, os outros riam, e Ben estava claramente se esforçando para manter a aparência de estar irritado.

Seb levou o telefone de encontro ao peito.

— Hum-hum. Estou guardando isso para quando precisar de alguma vantagem. — Ele olhou para Levi. — Você ainda mora na casa da sua avó? — Quando Levi assentiu, Seb franziu os lábios. — Isso deve atrapalhar seu estilo.

— Acho que sim — Levi reconheceu. — *Se* eu estivesse procurando por alguém, o que não estou. — Ele ergueu as sobrancelhas. — Não é como se eu fosse do tipo que se casa, lembra?

— Nem todo mundo é como você, Seb — Ben brincou. O silêncio caiu enquanto eles bebiam champanhe.

Finn balançou a cabeça.

— Você quer dizer que esta é a primeira vez que nos encontramos desde o Ano Novo, e não há nenhuma fofoca suculenta? Nada a declarar? — Sete rostos olharam fixamente para ele, e Finn suspirou. — Bem, que merda. Oito caras, nenhum de nós feio, e nenhum interesse amoroso à vista. Para citar o xerife de *Banzé no Oeste*, "estou deprimido".

— Quem disse que eu *quero* ter um interesse amoroso? — Seb perguntou. — Estou feliz em manter meus relacionamentos casuais. Sem amarras. Sem compromissos. Eu gosto da minha vida como ela é. E daí se eu ficar com caras do MaineStreet? Não há nada de errado com isso.

— Não mesmo — Finn o assegurou.

Seb deu a ele um olhar agradecido.

— Quer dizer que você não está cobiçando nenhum dos bonitões da sua equipe de trabalho? — Shaun provocou Finn.

— Aqueles idiotas? Um, eles são todos heterossexuais. Dois, eles implicam comigo sempre que podem. Adoram me envergonhar... bem, eles *tentam*. Mas não vão muito longe. — Além disso, nenhum deles despertou o interesse de Finn.

O único homem a fazer isso permanecia fora de alcance, e a ideia de abordá-lo não passava de uma fantasia. Fazia apenas duas semanas desde que ele o havia visto andando com seu labrador chocolate na praia e, desde então, ficou olhando para ele de longe.

— No que você está trabalhando agora? — Levi perguntou.

— Estamos construindo um hotel na Kings Highway. Vai ter uma bela vista da praia. — O tipo de visão que Finn ansiava por ter de sua janela, mas ei, a menos que ele ganhasse na loteria...

— Na praia de Goose Rocks? — Noah perguntou. Quando Finn assentiu, o rapaz riu. — Uau. Você tem que fazer uma longa viagem para o trabalho todos os dias, não é? Quanto tempo leva para chegar lá? Dois, três minutos?

— Sim, cara engraçado. — Finn tomou um gole de champanhe. — E eu quero que você saiba que eu moro a cem metros da praia.

— Ooh, cem metros — Seb provocou. — Caminhar para o trabalho deve ser uma merda.

— Jesus, você deve ter água gelada no lugar do sangue. Deve estar congelando nesta época do ano. — Ben estremeceu com exagero. — Espero que você use suas ceroulas no local.

Finn deu uma gargalhada.

— E você? Onde é mesmo que você mora? Camden não é exatamente os trópicos.

Ele mostrou o dedo do meio.

— As propriedades não são todas alugadas? Você sabe, para veranistas? — Aaron esticou suas longas pernas, cruzando-as nos tornozelos.

— Majoritariamente. — Finn estava alugando um chalé de dois quartos de Jon, o construtor encarregado do local. Tinha visto dias melhores e era óbvio que tinha sido decorado por dentro por alguém com um amor irresistível por revestimento de pinho, mas era confortável e combinava com ele. Da porta da frente, podia ver a Belvidere Avenue até a praia. O local ficava à direita ao longo da costa.

Finn adorava o revigorante ar do oceano e os cheiros que vinham com ele. Não se importava tanto com o frio – estava acostumado – e passear na praia era sua forma de relaxar. Ele havia perdido a conta de quantas vezes durante um dia de trabalho alguém gritava para parar de olhar para o oceano.

Não que Finn estivesse olhando para as ondas *o tempo todo*... às vezes estava observando um homem e seu cachorro. Ou de olho em um homem e seu cachorro.

Estou a fim de um homem que nem vi de perto. Pelo que sei, ele pode ser o Homem Elefante. *Estou tão desesperado* assim? *Caramba, quanto tempo faz desde que transei?*

Tempo suficiente para Finn parar de contar os dias.

— Então, por que você acha que a Teresa e o Ry levaram todo esse tempo para se casarem? — Dylan perguntou, puxando Finn de volta para o momento. — A menos que Ben tenha acertado em cheio, e ela estivesse esperando até que sua técnica melhorasse. — Ele deu uma risadinha.

Ben bufou.

— Eu posso dizer o porquê. A Teresa estava esperando pelo cara certo, e quando ela finalmente descobriu que ele não iria aparecer, se contentou com o cara certo do momento. Embora sua mãe também possa ter tido uma mão nisso. Dizem que ela está louca para colocar os netos no colo. E a Teresa deve estar com quase vinte e seis anos.

— Como você sabe de tudo isso? — Finn não achava que Ben voltava para Wells com tanta frequência. Ele podia entender isso: de todos, Ben já teve sua cota de idiotas abusivos na escola, e a maioria deles tinha ficado por perto. Com exceção de Aaron, que vivia na área do parque nacional de Acadia, Ben vivia mais distante ao norte, em Camden.

Ben deu um sorriso malicioso.

— Tenho minhas fontes. — Ele olhou para Dylan e balançou a cabeça. — Cara, tire a gravata. Você não está trabalhando na recepção daquele hotel. Caramba.

Dylan riu enquanto afrouxava a gravata azul escura e a tirava.

— Eu gosto de andar arrumado. Não me enche.

— E o *Ben* não saberia como se vestir assim, nem que aparecesse alguém do Esquadrão da Moda na casa dele — Noah observou com um brilho nos olhos. Ben apenas apontou o dedo do meio para ele, em meio a risadas.

— Você tem que aprender outra resposta, viu? — Finn disse a Ben com uma gargalhada.

Ben deu a ele um sorriso doce.

— Quer saber qual é a minha resposta? — Ele fez o gesto de novo. — Senta nele.

Finn sorriu.

— Eu sentaria, mas com o tamanho desses dedos, não tiraria muito proveito.

— Como está seu pai, Shaun? — Levi colocou seu copo vazio na mesa.

O rosto de Shaun se contraiu.

— Está bem. A enfermeira está com ele neste fim de semana. Quase não vim.

O coração de Finn se compadeceu. Observar a demência atingir o pai que Shaun conheceu toda a sua vida deve ter sido uma tortura.

— Bem, estou feliz que você veio — Noah falou em tom caloroso. Ele olhou para a taça. — Precisamos fazer um brinde. — Quando o rosto de Levi corou, Noah riu. — Aqui. Tome um pouco do meu. Ele despejou metade de seu champanhe na taça de Levi.

— Obrigado. — O amigo deu a ele um olhar agradecido antes de levantar o copo. — Então, a que vamos beber? — Ele olhou ao redor da mesa e sorriu. — Eu sei qual seria o meu brinde. Aos melhores amigos que alguém poderia desejar.

Ben mordeu o lábio.

— Aos amigos que salvaram minha vida mais vezes que me lembro. — Ele ergueu a taça, assim como os outros.

— Aos amigos que me apoiaram desde o colegial

— Aaron acrescentou.

— Aos amigos que me aceitam como sou. — Os olhos de Seb brilharam.

— Aos amigos que sempre estiveram ao meu lado, faça chuva ou faça sol. — A voz geralmente calma de Shaun soou.

— Aos melhores modelos que alguém poderia ter. — A sinceridade na voz de Dylan apertou a garganta de Finn.

— A nós — Noah disse finalmente, olhando para cada um deles.

— A nós — Finn ecoou. Eles juntaram suas taças e ninguém falou enquanto tilintavam. Cada homem tomou um gole no silêncio confortável. Então Finn sorriu. — Certo. Chega de papo. Eu quero ver o Ben dançar. Na verdade, eu quero dançar até cair. A segunda-feira já estava chegando, não que ele temesse voltar ao trabalho. Ele amava o que fazia.

Mas a manhã de segunda-feira também traria o homem da praia passeando com seu lindo cachorro.

Será que esse vai ser o dia em que em fim terei coragem de falar com ele? Finn duvidou. Por que destruir uma fantasia perfeitamente fabulosa ao descobrir que o homem que ele achava tão sedutor era todo certinho?

Ben bufou.

— Tudo bem. Eu ia dançar de qualquer maneira. Mas só se vocês mantiverem seus telefones nos bolsos. Entenderam?

— Pode deixar. — Seb deu a ele um aceno tranquilizador. Quando se levantaram da mesa, ele chamou a atenção de Finn e balançou o telefone. *Sua vez,* ele murmurou.

Finn abafou o riso. Ele tinha os melhores amigos de *todos os tempos*. A melhor vida, se fosse pensar nisso.

Só faltava uma coisa que a tornaria perfeita.
    Alguém para amar.

Capítulo dois

Joel Hall começou a contar mentalmente assim que sua irmã, Megan, passou pela porta. Ele chegou a cinquenta antes de ela lançar a primeira alfinetada. Joel ficou impressionado: ela não costumava ser tão contida.

Megan olhou ao redor, assentindo.

— Loft pequeno, mas agradável. — Ela sorriu. — Você não acha que poderia ter encontrado um lugar menor? Quero dizer, se você se esforçar muito, talvez consiga trazer um gato para cá. Tenho certeza de que o cachorro adoraria isso.

— Não é um lugar *tão* pequeno assim, e *o cachorro* tem nome — Joel respondeu. — São apenas duas sílabas, pelo amor de Deus. Bramble. *Bram-bull*. Acha que consegue se lembrar disso? — Ele imaginou que o olhar fulminante de Megan era toda a resposta que receberia.

A irmã dele se agachou na frente de Bramble, que estava encolhido em sua cama perto da lareira. Ela esfregou as orelhas cor de chocolate.

— Seu papai bobo acha que estou aqui para vê-lo, mas sabemos a verdade, certo, cachorrinho?

O *auau* de Bramble era adorável.

— Ele está dizendo que sabe *exatamente* por que você está aqui, *tia* Megan — Joel comentou de sua cadeira de balanço do outro lado da lareira.

Megan balançou a cabeça.

— Olhe para você. Se balançando nessa coisa

como se tivesse oitenta anos. — Os olhos dela brilharam. — E por que escolher a cadeira de balanço quando há uma poltrona *adorável* com estampa de veleiros?

Joel reconhecia o sarcasmo quando o ouvia. Ele semicerrou o olhar.

— Tudo bem, a decoração é pitoresca. O que você esperava de um lugar alugado? Uma cadeira de biblioteca eduardiana? Uma cadeira irlandesa? Uma cômoda de madeira maciça? E daí se não for do seu agrado? *Não é você* que mora aqui. — *Graças a Deus.* Trinta minutos ou mais o separavam de Portland, onde Megan e sua companheira Lynne residiam. Não era uma distância *tão grande*, mas era o suficiente. Ele amava muito a irmã, mas *Jesus*, ela poderia testar a paciência de um santo.

Megan deu uma última acariciada no pelo de Bramble, então se moveu para a poltrona.

— Ei, isso é confortável.

— Não fique tão surpresa. — Joel preferia o movimento suave e calmante da cadeira de balanço. Ele adorava como Bramble se aproximava e se deitava a seus pés, com o rabo fora do alcance dos pés da cadeira.

Megan olhou para ele.

— Então, está dando certo? Com o Bramble, quero dizer.

Levou um momento para que ele entendesse o que ela queria dizer. Joel ficou boquiaberto.

— Você estava falando *sério*?

Megan piscou.

— Claro que sim.

— *Não* adotei um cachorro para conhecer homens. Esse seu esquema é insano.

Megan deu um sorriso.

— Você pode rir, mas espere para ver. Um homem e seu cachorro? É um ímã para gays. Fique de olho. — Ela se levantou e caminhou até a janela, olhando para a cena lá fora. — Tenho que dizer... Até o *meu* esquema incrível pode vacilar em um lugar como este.

— Como assim?

Megan revirou os olhos.

— Sabe o que vejo lá fora? Árvores. Nada além de árvores.

— Acontece que gosto de árvores. — Joel não conseguiu reprimir uma onda de indignação. — Tudo bem, aqui não é tão... movimentado quanto Portland.

Megan estava com os olhos quase arregalados.

— Não é *tão movimentado*? Estou esperando que as ervas daninhas cubram a estrada. O que havia de errado com aquele lugar em Augusta? Você não estava tão longe das crianças e da Carrie, tinha todas as comodidades concebíveis à sua porta... Por que escolheu viver no fim do mundo? Não há nada além de turistas aqui.

Joel semicerrou o olhar.

— Eu *gosto* daqui. É tranquilo. Consigo escrever. Posso passear com o cachorro. E quanto a ficar mais longe das crianças... — Seu peito se apertou.

— Mas não há *homens* — Megan o cortou, torcendo as mãos. — Tem que haver lugares melhores neste estado para um homem gay viver. — Ela suspirou. — Eu morreria se tivesse que morar aqui.

— Você teria morrido se tivesse ficado em Idaho. Não teria conhecido a Lynne, para começo de conversa.

Ele amava o brilho caloroso em seus olhos.

— Verdade.

Joel gostou do chalé pitoresco no momento em que colocou os olhos nele, desde os degraus pintados de branco que levavam à varanda da frente, até a inclinação íngreme do telhado com suas duas claraboias. Um olhar para a cadeira Adirondack na varanda à esquerda da porta da frente selou o acordo. Ele podia se imaginar sentado nela, lendo ou talvez com o *laptop* no colo. Do outro lado da porta, havia duas cadeiras de balanço brancas. Joel atravessou a porta de tela para o interior e parou.

Era exatamente o que queria, mesmo que já tivesse visto dias melhores.

A sala dava lugar à cozinha à direita, com uma porta para o banheiro e, apesar do que Megan disse, havia espaço de sobra. A luz entrava pela janela no ápice do telhado, e uma escada de carvalho levava ao único quarto, no sótão. Um *futon* simples e duplo na sala de estar acomodaria Nate e Laura quando - *se* - eles visitassem, e isso era perfeito. O loft era encantador, com espaço suficiente para uma cama queen-size sob o telhado inclinado, e ele podia olhar para a sala de estar lá embaixo.

Tudo bem, era pequeno, mas combinava com ele. E não havia escolhido aquele lugar tranquilo em Kennebunkport, a poucos passos de Goose Rocks Beach, porque estava cheio de gays. Se quisesse conhecer caras, podia ir a Ogunquit. Não que tivesse se aventurado até o bar gay – *MaineStreet? Era esse o nome?* – mas estava em sua lista de tarefas.

Sim, certo. *Quantas vezes* ele passou de carro pelo local?

Isso poderia esperar. Naquele momento, tudo o que queria era se acostumar a ficar sozinho por um tempo, apenas ele e seus pensamentos. E com certeza havia muitos *deles*.

Megan lhe lançou um olhar.

— Espere um segundo. Você disse escrever. *Ainda* está pensando nisso? Achei que tivesse desistido da ideia.

Joel deu de ombros.

— Tento de vez em quando. — Não que ele tivesse chegado ao ponto de escrever uma única palavra. Era como se aquela tela em branco no *laptop* o provocasse. *Continue. Eu te desafio. Digite.* Ideias? Ele tinha muitas ideias. Só faltava motivação.

Talvez este lugar seja exatamente o que eu preciso.

— A Carrie já esteve aqui? Ela entrou em contato? — A voz de Megan ficou repentinamente mais gentil.

— Conversamos quase todos os dias — Joel admitiu. — E não, ela ainda não me visitou. — No entanto, isso estava prestes a mudar.

— Como ela está?

Joel sorriu.

— Você pode perguntar a ela. — Quando Megan arregalou os olhos, Joel bateu no mostrador do relógio. — Ela está vindo. Não foi específica sobre o horário, apenas disse que seria à tarde.

— Obrigada pelo aviso. Vou me certificar de sair antes que ela chegue aqui.

O couro cabeludo de Joel formigou.

— Por quê? Sempre pensei que vocês duas se davam bem. Pelo menos, foi essa a impressão que tive.

— Ah, nós nos *damos*. É só...

Joel se levantou da cadeira de balanço, caminhou até ela e colocou a mão em seu ombro, dando um aperto que ele esperava que fosse reconfortante.

— Não se preocupe. Não haverá silêncio constrangedor ou tensão entre nós. Nosso divórcio não foi assim. — Ele foi à cozinha preparar o café. — Você vai ficar tempo suficiente para o café, certo?

— Isso depende de que horas ela vai chegar aqui. — Megan o seguiu, encostada na coluna que sustentava o sótão. — Você contou a ela sobre o David?

O estômago de Joel se apertou.

— Eu contei *tudo* a ela. Estava na hora. — Ele teve que sorrir. — Seu primeiro comentário? *Pensei que você fosse virgem quando ficamos juntos.*

Megan sorriu.

— Bem... tecnicamente, você era. Pelo menos com mulheres. — Ela endureceu ao som de um motor de carro. — Deve ser ela.

Joel espiou pelas janelas. O Honda Civic de Carrie estava realmente estacionado do lado de fora.

— Fica mais um pouco? Você acabou de chegar.

— Essa sempre será uma parada rápida no meu caminho. — Megan beijou sua bochecha. — Não se preocupe. Não vou demorar muito para voltar a visitar meu irmãozinho.

Joel fez uma careta.

— Ah, você tinha que estragar tudo? Não recebo uma folga ou algo assim? — Ele fez uma careta quando ela bateu em seu braço. — *Ai*. Achei que você tivesse superado isso.

— Como desejar. — Megan pegou a bolsa e Joel pegou seu casaco do gancho. No momento em que ele a ajudou a vestir, uma batida soou na porta. Joel abriu e Bramble escolheu aquele momento para fazer uma corrida louca pela liberdade.

Felizmente, Carrie estava mais alerta que ele e fechou a porta de tela. Ela olhou através da malha para

Bramble.

— Onde *você* pensa que vai? — Joel agarrou a coleira e segurou firme. Carrie avistou Megan e sorriu.

— Ei, não sabia que você estaria aqui. Quanto tempo.

— Sim, mas infelizmente tenho que ir. Prazer em te ver, Carrie. — Megan deu um tapinha no braço de Joel. — Te vejo no próximo fim de semana.

Joel não resistiu.

— Tão cedo? — Isso lhe rendeu um fuzilar de olhos. Ele puxou Bramble para fora de seu caminho.

Carrie abriu a porta de tela para ela e Megan passou. A irmã seguiu rapidamente para o carro. Joel recebeu um aceno quando a moça saiu da garagem.

— Foi algo que eu disse? — Carrie esfregou os braços. — Na verdade, me conte lá dentro. Está congelando aqui fora. — Ela olhou para Bramble. — A menos que ele precise P-A-S-S-E-A-R.

As orelhas de Bramble se levantaram e Joel gemeu.

— Meu Deus, agora ele pode soletrar também? Se Bramble pudesse escolher, faria isso umas cinco ou seis vezes por dia. — Ele se afastou para deixá-la entrar, aceitando seu beijo na bochecha. — Tem café se você quiser.

— Parece bom. — Carrie fechou a porta atrás de si. — Então, o que houve com a Megan? Ela fugiu daqui como se eu tivesse uma doença contagiosa ou algo assim.

Joel suspirou.

— Acho que ela sentiu como se estivesse atrapalhando. Além disso, tive a impressão de que ela esperava alguma tensão entre nós. Casal recém-divorciado e tudo mais...

Carrie assentiu.

— Pode esclarecer a ela, por favor? — Seus olhos brilharam. — Bem, pelo menos o suficiente para que ela possa entender. — Ela olhou para o interior. — Acho que quem chamou esse lugar de Periwinkle acertou em cheio. Um nome fofo para um chalé fofo. — Quando ela viu a lareira, seus olhos brilharam. — Posso cendê-la? Está frio o suficiente para isso.

— Vá em frente. Tem toras na cesta. — Joel lhe deu um olhar especulativo. — Você sabe acender o fogo, certo?

Carrie semicerrou o olhar.

— Meu avô me ensinou, se você quer saber. É uma habilidade que nunca esqueci.

Joel a deixou sozinha e foi para a cozinha.

— *Agora* entendo por que você optou por procurar propriedades com lareiras quando começamos a procurar uma casa. — Parecia incrível que, depois de vinte anos juntos, ainda houvesse coisas que ele não sabia sobre ela.

— O que não deu em nada quando a casa pela qual nós dois nos apaixonamos não tinha uma. E quando tive a oportunidade de acender um fogo? Não é como se tivéssemos acampado. — Ela riu. — Agora, por que não? Ah, sim. *Insetos demais. Um urso pode comer a barraca.*

— Ei, ursos fazem isso — ele protestou.

Outra risada irônica.

— Há quanto tempo você tem o cachorro? — ela perguntou. — Você o chamou de Bramble?

— Sim. Algumas semanas. Eu o peguei no primeiro fim de semana depois que me mudei para cá. E fique avisada: ele vai te lamber até não aguentar mais.

Segundos depois, uma gargalhada ecoou no teto alto.

— Bramble, isso faz cócegas. Meus ouvidos estão limpos, obrigada.

Joel sorriu.

— Banhos de ouvido são sua especialidade.

— Senta. Senta. Me deixe acender o fogo, cachorrinho carente.

Joel riu baixinho. Bramble estava gostando de conhecer dois novos humanos em um dia.

— Eu gosto deste lugar.

Joel sorriu para si mesmo.

— Você está certa, *é* fofo. Vá dar uma olhada, depois de acender o fogo.

Carrie riu.

— Deixe-me adivinhar. Você já limpou tudo porque sabia que eu viria, então não vou encontrar nada incriminador.

— *Incriminador* implica algo ilegal ou errado. Quer repensar essa escolha de palavras? — Joel pegou duas canecas do armário e as colocou ao lado da cafeteira.

Carrie apareceu só com as meias.

— Sinto muito. Tem razão. É que você manteve uma grande parte sua escondida por muito tempo. Isso me fez pensar se você manteve mais alguma coisa escondida também.

— Se está interessada, as revistas gays estão na estante ao lado da cadeira de balanço. Elas estão à vista. E antes que pergunte, não estamos falando de erotismo, assim eu não sentiria necessidade de escondê-las quando as crianças me visitassem. — Sua garganta apertou. *Se elas me visitarem.* Houve pouca comunicação desde que ele se mudou. *Elas me culpam pelo divórcio.* Isso tinha sido óbvio desde o início. E quanto a deixar as revistas à vista, Joel sabia que era mentira. Ele as enterraria sob uma montanha de roupas, em vez de deixar que as crianças as encontrassem.

Talvez um dia. Mas esse dia não parecia que chegaria tão cedo.

— Eles vão mudar de ideia, Joel. — A voz de Carrie era baixa.

Ele olhou para ela, notando o forte contato visual.

— Isso é óbvio, não é?

— Eu disse que fui eu quem pediu o divórcio, mas eles pareceram tomar isso como um sinal... bem, o Nate entendeu que eu estava tentando me afastar de você, então você *deve ter feito algo* para justificar isso.

— É claro. Mas ele não está errado, está? — A cafeteira apitou e Joel encheu as canecas com a bebida aromática.

Carrie se aproximou e pegou uma. Ela olhou para a cozinha com a mesa redonda branca e quatro cadeiras.

— Isso é grande o suficiente para você. — Ela colocou a mão no braço dele. — E sim, ele está errado. Nós nos divorciamos porque nos distanciamos. Éramos mais colegas de apartamento que um casal. — Carrie envolveu a caneca com as duas mãos.

— E *por que* éramos assim? Por minha causa.

Ela inclinou a cabeça em direção à sala de estar.

— Que tal nos sentarmos perto do fogo enquanto conversamos? — Ela contraiu os lábios. — Isto se ainda estiver acesa.

Joel bufou.

— Ahá. Então você está admitindo que suas habilidades de acender o fogo podem não ser tão boas quanto afirma. — Eles foram para a sala de estar.

Carrie correu até o fogo, se ajoelhou diante dele, e Joel riu. — *Ops.*

Carrie sorriu.

— Ah, homem de pouca fé. — Ela pegou alguns gravetos da cesta de toras, colocou no fogo e soprou suavemente. As chamas ganharam vida e ela colocou uma única tora no topo. Carrie deu um floreio. — *Ta-dá.*

Joel ficou impressionado.

— Tudo bem, retiro o que disse.

Ela puxou a poltrona para mais perto e se sentou nela, aquecendo as mãos.

Joel sentou-se em sua cadeira de balanço e Bramble se aproximou dele, com a cabeça apoiada no joelho de Joel e o rabo abanando. Joel acariciou a cabeça do cachorro.

— Bom menino — ele sussurrou. O rabo de Bramble ganhou velocidade.

— A que distância a praia fica daqui? — Carrie perguntou.

— Depende do caminho. O mais curto é depois do corpo de bombeiros, à esquerda na Clock Farm Corner, e descendo a Dyke Road, onde fica a loja da vila. Isso me leva ao extremo sul da Kings Highway, cerca de meia hora... a menos que Bramble esteja me puxando, caso em que você pode parar por quatro minutos ou mais. Não vejo muitas pessoas quando ando por aí. A rota mais longa me leva ao vilarejo e, assim que chego ao final da Wildwood Avenue, posso escolher praticamente qualquer rua: todas levam à praia. — Ele deu uma olhada em sua direção. — Você já está namorando?

Carrie corou.

— O juiz aprovou a sentença de divórcio há duas

semanas.

— Sim, mas me mudei em janeiro. Já se passaram quase cinco meses, querida. Está me dizendo que não está procurando? — Quando o rubor em seu pescoço se aprofundou, Joel sabia que tinha acertado em cheio. — Entendo. Quem é o sortudo? — *Ela merece encontrar alguém que a faça feliz, de todas as maneiras que eu não consegui.*

— O nome dele é Eric. Jogo tênis com ele na Associação. — Carrie mordeu o lábio e, naquele momento, Joel a viu aos vinte e dois anos, a garota tímida que criou coragem suficiente para pedi-lo em casamento.

— Eu aprovaria?

Os olhos de Carrie brilharam.

— Ele tem quarenta e oito anos, é muito fofo e gentil. Ele me trata como se eu fosse uma rainha.

Joel não foi grosseiro o suficiente para perguntar se eles estavam se divertindo. Isso não era da conta de ninguém, apenas deles. Mas apostaria até mesmo dinheiro que estavam. Aquele brilho nos olhos de Carrie dizia muito. *Ela precisa recuperar o tempo perdido.*

O pensamento não fez nada além de amontoar outra carga de culpa em uma pilha já enorme.

— Então o Eric é um cara de sorte. Você é o sonho de qualquer homem. — Ela usava o cabelo mais curto agora, chegando apenas os ombros. Joel gesticulou para ele com uma risada. — Você finalmente o cortou, hein?

— Gostou?

Ele sorriu.

— Sim, mas acho que é mais importante que o *Eric* goste. — Ele inclinou a cabeça para um lado. — Você não contou para as crianças, contou? Sobre mim, quero dizer.

Carrie balançou a cabeça.

— Nós combinamos. Vamos falar sobre isso quando você se sentir pronto. — Ela tomou um gole de café.

Ele deu a ela um olhar especulativo.

— Mas você acha que eu deveria contar, não é? Ela suspirou.

— Só não acho que eles vão reagir tão mal quanto você *pensa.*

Joel colocou a caneca em um porta-copos em cima da estante.

— Mesmo? Veja como eles reagiram ao nos divorciarmos. De repente, sou o cara mau... pelo menos, tenho certeza de que é assim que o Nate me vê. — A reação de Laura foi mais discreta. — Como você acha que eles vão reagir se eu disser: *Ei, crianças. Eu sou gay. Sempre me considerei gay, mas não queria correr o risco de me assumir, então fiz o que um monte de outros gays fazem: me casei e comecei uma família, porque era isso que "esperavam" de mim* — ele fez aspas no ar e se sentou na cadeira. — Naquela época, eu ficava no armário, porque não queria correr o risco de perder minha família. E não posso deixar de ter medo de perder o Nate e a Laura se eu me assumir para eles. — Ele engoliu em seco. — Se já não os perdi.

— Então espere, mas não muito tempo. — Carrie inclinou a cabeça para o lado. — E se descobrir a verdade os ajudar a ver nosso divórcio sob uma ótica diferente?

Joel havia se perguntado a mesma coisa, mas ainda não tinha coragem suficiente para testar a teoria.

— Você perdeu peso — ela comentou. — Eu diria que pelo menos quinze quilos.

Joel riu.

— Vinte. — Ele não havia começado um novo regime com a intenção de arranjar alguém, mas não podia negar que o pensamento estava lá, bem no fundo.

— Não perca mais, hein? Você não vai ficar bem muito magro. — Ela franziu a testa. — Você estava *tentando* perder peso, certo? Não emagreceu de repente?

— Relaxe. O médico já está me acompanhando há algum tempo. O objetivo é perder peso para melhorar a pressão arterial, o colesterol e a saúde cardíaca, em geral.

— Ah, então não faz parte de algum plano arranjar um cara. A menos, é claro, que você já tenha arranjado um. — Carrie olhou para ele. — Existe alguém... especial?

— Não. Mas, para ser honesto, não tenho procurado. — Ele sorriu. — O Bramble faz parte do plano da Megan para que eu encontre um homem. Ela acha que me virem passeando com o cachorro vai atrair gays como moscas para o mel.

Carrie riu alto.

— Isso é bem a cara dela. E o que faz dela uma especialista?

Joel coçou o queixo.

— Talvez o fato de ela ser lésbica? Você acha que isso pode ter algo a ver?

Os olhos de Carrie brilharam.

— Conhecimento interno, é isso?

— Eu odiaria estourar a bolha da Megan, mas, embora tenha certeza de que Bramble seria um *ótimo* ímã para homens, a sugestão do médico de caminhadas regulares e de ter um cachorro como companheiro para melhorar minha saúde mental pode ter tido mais a ver com isto. — Apesar de sua irritação com as intrigas da irmã, ele se aqueceu ao saber que Megan estava cuidando dele. — Acho que a Megan só quer que eu seja feliz.

Ela suspirou pesadamente.

— É isso que eu também quero. Não consigo deixar de pensar que, se eu não tivesse te pedido em casamento, você estaria melhor.

— Eu aceitei, não foi? — Joel se inclinou para a frente, com os cotovelos apoiados nos joelhos. — E não se esqueça de que te *convidei* para sair. — Carrie reprimiu um sorriso que despertou sua curiosidade. — O que passou pela sua cabeça agora?

— Ah, eu estava me lembrando de como passamos de um encontro a um noivado três meses depois e, todo esse tempo, eu pensei que você era um cavalheiro por não tentar me levar para a cama. — Carrie semicerrou o olhar. — Eu sou a única mulher com quem você já dormiu, não é?

Joel assentiu.

— Nossa vida sexual não era muito boa, era? Francamente, estou surpresa por termos conseguido conceber Nate e Laura. — Carrie o encarou. — Posso perguntar algo pessoal?

— Depois de vinte anos, você pode me perguntar o que quiser. — Ele esperava mais perguntas quando se assumiu para ela.

— Como você... *você* sabe... se você sabia que, no fundo, preferia os homens?

Joel piscou.

— Você está me perguntando como eu poderia... ir para a cama com uma mulher? — Quando ela assentiu, o batimento cardíaco dele acelerou. — Não tenho certeza se isso é algo que você deveria ouvir.

Carrie arregalou os olhos.

— Ei, eu quero saber. Fiz parte disso, lembra?

Joel respirou fundo.

— Tudo bem. Quando estávamos transando... eu estava pensando em homens. — Seu rosto formigou.

A respiração de Carrie falhou e ela piscou algumas vezes em rápida sucessão.

— Bem. Eu perguntei, certo?

— Sinto muito. Eu deveria ter mantido a boca fechada. — A última coisa que ele queria fazer era machucá-la.

— Não diga isso. — A voz de Carrie era firme. — Prefiro que você seja honesto comigo. Porque, depois de tudo que passamos, ainda somos amigos. Não somos?

Joel lhe deu um sorriso caloroso.

— Somos. — Ela era sua melhor amiga.

— E eu prefiro ter a imagem completa. Chegará o dia em que você vai se assumir para as crianças e eu estarei lá para responder a quaisquer perguntas que elas tiverem. — Ela riu. — Qualquer dúvida que a Laura tiver, devo dizer. Porque você sabe que ela vai querer saber de tudo.

— Claro que vai. Ela tem quinze anos. O Nate *já deve* saber de tudo, como qualquer jovem de dezoito anos.

Carrie olhou para a janela.

— Acha que podemos levar Bramble para um... *você sabe*? Eu gostaria de ver mais da vila. Você pode escolher o caminho.

Joel riu enquanto Bramble batia com o rabo no chão.

— Você disse o nome dele. Cachorro esperto.

Ele sabe o que está por vir. E que tal fazermos um circuito? Um percurso de ida, o outro de volta. — Ele olhou para as botas dela ao lado da porta. — Graças a Deus você deixou seus saltos em casa.

Carrie riu.

— Não posso dirigir de salto. — Ela ficou de pé. — Bem, vamos lá então. Uma boa caminhada e um bate-papo soam como uma ótima maneira de passar a tarde. — Aquele brilho em seus olhos era bom de se ver. — Desde que ser visto com uma mulher não prejudique seu estilo.

Joel levantou-se.

— Tudo bem. Direi a todos que encontrarmos que você é uma amiga.

O rosto de Carrie brilhou.

— Eu posso viver com isso. — Ela lançou um olhar para o fogo. — Ei. Não podemos sair e deixá-lo acesso. Podemos voltar e descobrir que o lugar queimou até o chão.

— Há uma tela — Joel disse a ela, apontando para ela. — Coloque isso na frente.

Ele esperou até que a tela estivesse no lugar, então eles pegaram seus casacos e calçaram as botas, enquanto Bramble corria ao redor deles, pulando e latindo, seu rabo balançando tanto que era quase um borrão.

Talvez ela esteja certa. Talvez as crianças aceitem melhor do que eu imagino.

Ele ainda não estava preparado para colocar essa teoria à prova.

Capítulo três

Finn soltou as tábuas e se espreguiçou. Estava feliz por estar usando o casaco pesado. De vez em quando, o vento do oceano gelava de um jeito que fazia até os caras mais durões tremerem. As vigas que sustentavam o segundo andar já haviam sido colocadas e Finn, Ted e Lewis estavam colocando as tábuas do piso enquanto outros quatro trabalhavam nas de cima. Seria uma bela construção quando estivesse pronta: quatro andares, vinte e um quartos, sendo duas suítes com vista para o mar no único hotel de frente para a praia da cidade. Eles tinham um longo caminho a percorrer, é claro, naquele ponto o hotel não era muito mais que postes e vigas, e não abriria suas portas por mais um ano. Finn sabia que assim que a parte estrutural fosse concluída, estaria trabalhando no interior.

Ele ficaria mais feliz quando as paredes fossem fechadas. Ficaria muito mais aquecido também.

Lewis pousou o martelo.

— Intervalo. — Ele ajustou as calças. — Preciso mijar também. — Ele se dirigiu para a escada que descansava contra uma das vigas.

— Se for sair, tome cuidado para não tropeçar nos bastões amarelos — Ted gritou para ele.

Lewis fez uma pausa enquanto pisava com cuidado nos degraus.

— Que bastões amarelos?

Ted sorriu.

— Esse vento está tão gelado que quando fiz xixi, tive que interromper para que os bastões de mijo não ficassem com mais de sessenta centímetros de comprimento.

Lewis revirou os olhos e continuou seu caminho escada abaixo.

Max assobiou lá de cima.

— Bem, *olááá*, enfermeira. — Finn imediatamente examinou a estrada, procurando por quem atraiu a atenção de Max. Uma mulher estava passeando com seu Dogue Alemão pela praia. Ela continuou seu caminho, alheia ao interesse dele.

— Um dia, você vai se esquecer de manter a voz baixa, e elas vão vir até aqui, subir a escada e te nocautear — Finn comentou com um sorriso. — Ou pior, vão fazer uma reclamação por assédio. Só porque você trabalha em obra não significa que tem que seguir os estereótipos.

— Estereótipos? Um garoto crescido e burro como eu não lida bem com palavras longas. — Seus olhos brilharam. — Você percebeu como ela era bem provida? — Max fez um gesto indicando um busto farto. — Eu amo garotas com peitão.

Ted gargalhou.

— Com certeza. O tamanho é importante.

Finn não resistiu.

— Isso é o que o seu pai diz toda vez que eu abaixo as calças. — Suas palavras atraíram as vaias e bufadas de costume. Ele já havia trabalhado com esses caras antes e sabia o que se esperava dele. Era parte da razão pela qual estava feliz com este trabalho. Quando viu a lista de pessoas contratadas para a obra, soube que ficaria bem. Todos sabiam que ele era gay e noventa e nove por cento deles não dava a mínima. O único cara que não estava feliz com isso havia aprendido há muito tempo a manter a boca fechada. Os demais detestavam homofóbicos e a última vez que ele fez um comentário depreciativo, acabaram com ele... verbalmente, pelo menos. O que não era uma coisa ruim. Lewis era um cara grande e forte, e Finn tinha pena de quem o enfrentasse.

— Ei, Finn. — Max enfiou os polegares no cinto de ferramentas. — É esse tipo de cara que você gosta? Mais velhos?

Ted arqueou as sobrancelhas.

— Ei, Max. Olhe para o céu. Está vendo aquele rastro? — Ele sorriu. — Essa é a piada do Finn passando por cima de sua cabeça.

Max revirou os olhos.

— *Dã*. Mas estou falando sério. — ele encarou Finn. — Você transaria com um cara mais velho?

— Quer mesmo saber? — Quando Max assentiu, Finn acenou para ele com um dedo. — Chegue mais perto. — Quando o ouvido de Max estava próximo, Finn sussurrou: — Não é da sua conta.

Max saltou para longe como se estivesse queimado.

— Ah, não precisa agir assim.

— Sim, ele precisa — Ted comentou. — Por que ele deveria te contar alguma coisa? Isso é particular.

— Ah, vamos lá. *Todos* vocês conhecem meu *tipo* — Max protestou.

Ted gargalhou novamente.

— Claro. Se o coração estiver batendo, ela faz seu tipo. Na verdade, nem sei se a parte do coração é verdade. — Isso lhe rendeu gargalhadas e Max deu um sorriso bem-humorado.

— Não custa nada perguntar se o Finn tem um

tipo — Max insistiu.

— Não precisa perguntar — Lewis falou enquanto subia a escada. — Nós já sabemos. — Quando Max deu ao homem um olhar perplexo, Lewis chamou a atenção de Finn. — Você tem uma queda por apaixonados por cães, não é?

Lewis não deixava nada passar.

Finn caminhou até onde havia deixado sua mochila e garrafa térmica.

— Bem, se está na hora do intervalo, vamos fazer a merda da pausa. — Ele desatarraxou a tampa, despejou café e tomou um gole, olhando para o mar. Graças a Deus o cara com o cachorro não estava à vista. Essa seria toda a munição de que Lewis precisava.

— Alguém quer um cookie? A minha esposa fez.

Finn olhou para a caixa nas mãos de Lewis.

— Só se você não tiver tocado neles. Nós sabemos o que você estava fazendo, lembra?

Lewis deu uma gargalhada.

— Um pouco de mijo não vai te matar.

Finn fez uma careta.

— Vou passar, obrigado. — Ele se sentou na caixa de ferramentas e tomou outro gole de café.

Como seria ter uma vista como essa? Ele olhou para a grande extensão de areia que se estendia em direção a Sand Point Road, onde o rio Little começava. Aqui e ali havia figuras caminhando na praia sob um céu azul brilhante e sem nuvens.

No ensino médio, sempre houve quem falasse em deixar o Maine, em ir para a costa oeste, Nova York, *qualquer lugar* menos o Maine, mas Finn nunca quis. Essa era outra coisa que ele e seus amigos tinham em comum: o amor pelo estado. Mais que isso, o amor pelo oceano, pois nenhum deles se aventurou muito no interior. No caso dele, a costa... o *puxava* de alguma forma, e nunca se sentia mais vivo que quando podia caminhar na praia ou sentir o cheiro do mar. Ele aproveitou a chance de trabalhar no hotel. Vários meses em um local com vista para a costa?

Paraíso.

Lewis tossiu e Finn olhou para ele com preocupação.

— Você está bem?

— Estou. — Então ele tossiu novamente e acenou com a cabeça em direção ao oceano.

Finn seguiu seu olhar e parou. Havia um homem alto na praia, passeando com um lindo labrador chocolate.

Ele não tinha ideia de por que esse homem em particular deveria chamar sua atenção. Finn não sabia nada sobre ele, exceto que ele adorava o cachorro, a julgar pela maneira como interagiam. Quanto ao cachorro, não parecia ser idoso. Talvez fosse o jeito como o animal saltava na areia, como se fosse um filhote, ou o jeito que puxava a coleira.

Talvez seja tão simples quanto não resistir a um homem que ama cachorros.

Não que Finn tivesse qualquer intenção de chegar mais perto. Com sua família e amigos, ele se sentia confiante e seguro, mas quando se tratava de estranhos, sua natureza tímida sempre levava a melhor.

Não, o homem de sua fantasia era melhor quando visto de longe... e trazido à mente quando Finn estava sozinho em sua cama.

Finn lavou o último prato e o colocou no escorredor.

Ninguém nunca pensou em instalar uma máquina de lavar louça neste lugar? Então ele reconsiderou. A cozinha era minúscula e tudo o que *poderia* ser colocado nela estava espremido, incluindo a máquina de lavar no final do cômodo estreito. Foi a primeira vez que Finn encontrou uma lavadora de roupas na cozinha, mas percebeu que era porque o lugar era alugado, sem espaço em outro lugar para ela. E a falta de uma máquina de lavar louça não era muito irritante. Felizmente, Finn cresceu em uma casa onde as crianças faziam as tarefas, então lavar a louça não era novidade.

Seu telefone tocou enquanto ele se servia de outra xícara de café, e ele sorriu quando viu o nome na tela.

— Alô.

— Estou ligando em um momento ruim? — Levi perguntou.

— De jeito nenhum. Já comi e lavei a louça, então agora sou todo seu. O que você manda?

— É sobre aquelas cadeiras de balanço que você fez para a Teresa e o Ry. Elas são lindas. Então eu estava pensando...

Finn riu.

— Você não é um pouco jovem para ter uma

cadeira de balanço?

— Idiota. Tudo bem, sim, quero *saber* se você pode fazer uma, mas não é para mim. É o septuagésimo aniversário da Vovó em junho. Pensei em organizar uma festa e convidar o maior número possível de pessoas que ela goste. Ela *adoraria* uma de suas cadeiras de balanço.

— Junho? É possível, sim. Quer escolher a madeira ou quer deixar isso comigo?

— Vou me submeter à sua habilidade e julgamento. E suponho que você virá à festa.

— Nem tente me impedir. — A Vovó de Levi fez parte da infância de Finn. Ela criou seu amigo desde que ele era um bebê, e fazia Finn se sentir bem-vindo toda vez que o visitava. Finn perdeu a conta de quantas vezes ficou na casa do amigo quando estavam crescendo.

— Foi bom ver toda a turma no casamento. Acho que a próxima vez pode ser na festa, dependendo de quem puder comparecer. O Seb vai estar lá, porque as aulas de verão já terão terminado. Quanto ao Ben, teremos que ver. Ele está procurando emprego no momento.

— Achei que ele estava trabalhando. — Finn não teve notícias de Ben por um tempo e quando conversaram, ele não falou sobre sua situação profissional.

— Ah, ele está, mas acho que não está feliz lá. Agora ele está procurando. Mas é melhor procurar quando já se tem um emprego que quando está desempregado. — Levi fez uma pausa. — Posso te perguntar uma coisa?

Finn parou. Levi geralmente era um cara direto.

— Pergunte à vontade.

— Aquela observação sua na recepção... de que não sou do tipo que se casa. É assim que pareço mesmo? Porque eu me casaria em um piscar de olhos.

— Mas ele teria que ser alguém muito especial — Finn supôs.

— Sim. — Outra pausa. — Como você sabe?

— Bem, ou você é muito reservado sobre seus encontros, ou é muito exigente, porque não consigo citar um cara com quem você namorou. — Mesmo no ensino médio, Levi nunca havia falado sobre paixões.

— Simplesmente não está muito no topo da minha lista de prioridades agora.

— Então não tem nada acontecendo com o Noah? — Finn brincou. — Quero dizer, eu não sabia sobre o boliche. É... fofo. — Não que Finn acreditasse nisso nem por um segundo. Noah era outro que falava pouco. Finn pegou seu café e foi até a sala, onde ficou parado perto da janela olhando para a rua.

— *Ninguém* tem nada com o Noah. — Levi riu. — E tirá-lo de seus trens é um milagre, acredite em mim.

— Ele ainda está fazendo isso? — Os pais de Noah o deixaram usar o espaço acima da garagem para os trilhos do trem quando ele era criança. Só que Noah tinha ideias maiores. Ele decidiu construir uma pequena cidade, com uma ferrovia circulando ao redor e através dela.

— Ele continua adicionando coisas. Agora tem uma estação de trem, uma feira, e a cidade não para de crescer. Isso torna muito fácil comprar presentes para ele no Natal e em seu aniversário. Acabei de descobrir do que ele precisa para o modelo. Mas, de vez em quando, eu o arrasto para longe e vamos ao boliche ou ao cinema. Ele vem aqui às vezes também. A Vovó adora.

— Pelo menos, ele ainda está por aí. — Noah e Levi foram os únicos que ficaram em Wells. Todos os outros se mudaram.

— Sim. — Levi riu. — E por falar no Noah... Quer saber o que ele me disse no outro dia?

— Não sei por que você pergunta se vai me contar de qualquer maneira.

— Ele disse: *Acho que o Finn finalmente cedeu e se matriculou em uma academia, como tantos outros gays.*

Finn bufou.

— Quem precisa de uma academia, quando se tem que carregar tábuas e mais tábuas pela obra? E a parte de *tantos outros homens gays...* — Ele tinha que admitir, Noah era um enigma. Eles eram amigos há anos, mas Finn ainda não tinha ideia do que o motivava.

Noah não demonstrava *nada*.

— Ah, ele só estava fazendo uma piada.

Finn sorriu. *Levi, o Pacificador.*

— E a Teresa, colocando todos nós na mesma mesa na recepção? — Levi riu. — Porque tenho certeza de que foi ideia dela.

— Não foi nada surpreendente. Éramos todos muito unidos no ensino médio. — Originalmente, Finn, Levi e Seb eram amigos e, com o passar do tempo, o grupo aumentou. — Já pensou em como todos nós nos juntamos?

— Claro. Ainda acho que alguns de nós tínhamos um sinal invisível em nossas testas que dizia *gay*, que só outro gay poderia ver.

O que quer que os tenha atraído um ao outro, Finn agradecia a Deus por isso. Ele ganhou dois amigos que realmente gostavam dele, que não o achavam esquisito ou depravado por gostar de garotos. Havia poucos alunos que se sentiam *assim*, mas saber que Levi e Seb o protegiam era uma dádiva de Deus. E Seb não dava a mínima se *todo mundo* soubessem que ele gostava de pau.

— Havia segurança nos números naquela época — Finn acrescentou. Ele pegou algo com o canto do olho e paralisou quando o homem da sua fantasia passou direto por sua casa, com o labrador chocolate esticando a coleira.

Ele já passou por aqui antes? Finn achava que não. Tinha certeza de que teria notado.

— Finn? Ainda está aí?

— Estou. — Finn observou enquanto o cara alto com cabelo grisalho virava na Belvidere Avenue, indo para a praia. Isso foi o mais próximo que Finn chegou dele, e gostou do que viu. O *Homem da Fantasia* devia estar na casa dos trinta e poucos anos ou quarenta. E agora que Finn o tinha visto de perto, não sairia dessa posição para não correr o risco de perder a volta dele.

— Tem certeza?

Finn afastou o olhar para longe da janela. Sabia por experiência que o homem da sua fantasia ficaria pelo menos meia hora na praia.

— Então, o que há com todas as reminiscências?

— Acho que estava pensando no ensino médio. Talvez por ter visto vocês. Se lembra de quando o Aaron começou a namorar aquela garota... qual era o nome dela? Daisy ou algo assim?

Finn riu.

— Eu me lembro de que ela não durou muito. — Quando Daisy descobriu quem eram os amigos de Aaron, ela terminou com ele. — Você acha que talvez ela sentisse que o *infectaríamos* ou algo assim? Que nossas inclinações gays passariam para ele?

— Quem se importa com o que ela pensou? Sua namorada seguinte era *muito* mais legal. Vicky. Ela era um amor. Acho que ela andava com a Teresa, o que faz sentido. A Teresa também não dava a mínima para o fato de sermos gays. — Levi deu outra risada irônica. — Deus, você se lembra daquela viagem de acampamento que o Aaron organizou quando tínhamos dezessete anos? Ry jurou que seria uma orgia.

Finn gargalhou.

— Bem, é óbvio. Oito caras indo passar um fim de semana fora, em carros cheios de equipamentos de acampamento... Para mim, é a cara da orgia. Essa foi minha primeira viagem de acampamento e devo dizer que foi muito útil.

— Útil por quê?

— Me ensinou que não suporto acampar! Só os mosquitos... Desde então, tenho evitado.

Levi riu.

— Uma vez mordido, hein?

Finn gargalhou.

— Eu vi o que você fez lá. Rápido, muito rápido.

— Acha que mudamos muito?

Finn olhou para a janela, só por garantia, mas não havia nenhum sinal.

— Acredito que sim. Quero dizer, Shaun é quieto, mas ele sempre guardou tudo para si mesmo. Nós apenas o tiramos um pouco de sua concha. O Dylan... ainda não sei sobre o Dylan.

— O que você quer dizer?

— Eu sei que ele namora garotas... acho que ele namorou todas da nossa turma, mas às vezes... não sei. Quero dizer, todos nós sabíamos que o Aaron era hétero, mas isso não significava que ele estava sempre fazendo perguntas. Longe disso, o Aaron agia como se nada daquilo fosse da sua conta. Dylan, por outro lado... — Dylan fez muitas perguntas.

— Achei que ele só estava curioso.

— Como o Ben estava? — Foi apenas nos últimos quatro anos ou pouco mais que isso que Ben se assumiu. Não que algum deles tivesse ficado surpreso com seu anúncio.

Finn riu.

— O Ben ainda estava descobrindo as coisas quando se juntou a nós.

— Ele não se juntou a nós, na verdade, nós o resgatamos.

Ben parecia atrair valentões. Mesmo no ensino médio, Finn se lembrava de vê-lo fugir dos agressores durante todo recreio. Eles pareciam dar uma olhada naquele rosto de bebê e ansiar por socá-lo. No colégio, Big Steve, o zelador, encontrou Ben encolhido na sala que servia de escritório. Ele contou a Levi, que colocou Ben sob sua proteção.

— Você já se perguntou sobre o Big Steve? — Finn já. Parecia uma coisa estranha para Steve fazer, chamar a atenção de Ben para Levi, em vez de contar a um professor.

Nós éramos melhores para Ben que qualquer professor poderia ter sido.

— Não naquela época, mas anos depois, o Seb me disse que o encontrou no bar gay em Ogunquit. Parece que o namorado do Big Steve era pequenino.

— Uau. Então Steve estava cuidando do Ben também. — Finn sorriu para si mesmo. — Por que não estou surpreso que era o Seb que estava no bar gay? De todos nós, acho que ele se classifica como aquele que sempre foi o mais orgulhoso. — Ele riu. — Lembra daquele dia em que descobrimos que ele tinha revistas gays na bolsa de ginástica? Ainda não sei como ele teve coragem de levá-las para a escola.

— O que eu quero saber é: como ele as conseguiu? Ele nunca disse. — Finn ouviu uma voz abafada ao fundo. — Já estou indo, Vovó — Levi gritou. — Desculpe, Finn, tenho que ir. Me avise quanto vai custar a madeira e a mão de obra para a cadeira da Vovó.

— Eu te mando o recibo da madeira, mas você não vai me pagar para fazer isso. Afinal, é para a Vovó.

— Ah, obrigado. Nos falamos em breve, certo?

— Claro. Vá cuidar da Vovó. — Finn desligou. Ele olhou pela janela para o céu escurecendo.

Então, o que você vai fazer? Ficar aqui a noite toda na esperança de que ele volte?

A voz interior da razão de Finn venceu, e ele pegou o controle remoto da TV.

Qualquer coisa para distraí-lo da atração daquela janela.

Eu me pergunto como é a voz dele.
Não era a primeira vez que Finn se deitava na cama e contemplava sobre o cara na praia. Finn imaginou que seria profunda, uma voz rica e aveludada

que ele poderia ouvir por horas.

Será que ele fala enquanto transa?

E assim, seus pensamentos se desviaram para uma direção mais carnal, que o levou a pegar o lubrificante para que pudesse se acariciar. Não era como se ele fosse ter coragem suficiente para falar com ele, certo? Isso era muito mais seguro. Finn podia falar o que quisesse, e não havia risco de o cara rejeitá-lo, desapontá-lo...

— Belo lugar que você tem aqui. — O Homem da Fantasia olhou para a sala de estar. — Pitoresco

Finn bufou.

— Essa é outra maneira de dizer pequeno? E você não veio aqui para falar sobre a decoração, não é?

— Por que você acha que deixei o cachorro em casa? — Seus olhos brilharam. — Não queria que houvesse distrações. — Ele sorriu amplamente. — Então... quer me mostrar onde fica sua cama?

Finn segurou sua mão e o conduziu pela casa até seu quarto. Uma vez lá dentro, perdeu o ar quando o Homem da Fantasia o empurrou para trás na cama, onde Finn caiu antes que o cara o prendesse no colchão. Seu rosto estava acima do de Finn, aqueles olhos fixos nos dele, os lábios convidativos...

— Me beije — Finn exigiu, movendo os quadris para cima.

— Apenas beijar? — Seus olhos brilharam.

Finn sorriu.

— Para começar. Temos a noite toda, certo? — Então ele gemeu quando o cara agarrou seus pulsos e os prendeu no travesseiro acima de sua cabeça.

— Temos todo o tempo que quisermos.

Finn acariciou seu pênis, perdido em sua fantasia, tentando ao máximo fazer isso durar, se agarrar ao sonho, porque isso era tudo que o cara seria: um sonho inatingível.

Capítulo quatro

Joel mal terminou a ligação com um cliente quando seu telefone tocou novamente. Desta vez, era Carrie.

— Olá — falou ao atender, fechando a pasta na mesa à sua frente.

— Sei que você deve estar trabalhando, então se não for um bom momento para conversar, me avise.

— Seu *timing* foi bom. Acabei uma chamada. O que posso fazer por você? — Ele sabia que Carrie não tinha ligado para bater papo. Esse não era o estilo dela.

— É sobre o presente de aniversário do Nate.

— Não me diga que ele já bateu. — Joel e Carrie compraram o primeiro carro para Nate. Tinha três ou quatro anos de uso, estava em boas condições e era perfeito para levá-lo por aí.

— Não, ele não bateu, mas... eu meio que o convenci de que seria bom se ele te visitasse.

O estômago de Joel se apertou.

— Olha, se ele não quiser vir, não o obrigue. E não tenho certeza se estou feliz por ele dirigir até aqui sozinho. — Seria uma viagem de apenas duas horas, se o trânsito permitisse, mas era muito tempo de condução para um jovem acostumado a distâncias muito mais curtas.

— Nem eu, por isso sugeri que para esta primeira viagem, eu fosse com ele e a Laura também.

— Como chegou a isso?

— Esqueça. O que você vai fazer no sábado à

tarde?

Joel congelou.

— Ele concordou?

— Ele gostou da ideia de me levar junto, mas acho que é porque está um pouco nervoso com a viagem. A Laura está morrendo de vontade de ver a casa, sem falar no Bramble. Ela quer te ver também.

Isso foi o suficiente para alegrar o dia de Joel. Então suas palavras foram absorvidas.

— Percebi que você não disse que o Nate quer me ver.

— Eu estaria mentindo se dissesse que ele ficou animado, mas ele concordou que era hora de vocês estarem juntos. Então... eu estava pensando em irmos no sábado, talvez levar o Bramble para uma caminhada na praia, jantarmos juntos... e se o Nate não estiver feliz em dirigir à noite, eu posso assumir.

— Além disso, você gosta da ideia de mostrar a eles que ainda nos damos bem, mesmo que o divórcio esteja *finalizado*. — Não que eles tivessem discutido antes do divórcio. Foi uma separação amigável.

— Achei que seria mais fácil se eu estivesse presente. — Ela fez uma pausa. — O que acha?

Joel suspirou.

— *Acho* que é um começo. Melhor que nada. Alguma sugestão do que cozinhar? Algo que os dois gostem?

— Faça a sua famosa lasanha e não tem erro. Quer que eu leve alguma coisa?

— Você já vai trazer as crianças. Isso é mais que suficiente. — Sentiu a garganta apertar. — O Nate ainda está infeliz com o divórcio? Ele ao menos *fala* sobre isso?

— O Nate não fala muito sobre nada, mas tem

muitos amigos cujos pais são divorciados. Ele vai se acostumar com a ideia. Assim como *estou* me acostumando com a ideia de que quando penso que um dos meus filhotes fugiu do ninho, ele aparece de novo.

Nate havia começado a faculdade no outono e morava em um alojamento estudantil. Mas quando Joel e Carrie contaram sobre o divórcio e Joel se mudou, Nate tomou a decisão de voltar para casa. Não era muito longe da faculdade, e ele preferia assim. Joel teve a impressão de que Nate precisava estar ao lado da mãe, agora ela estava sozinha.

Ele é um bom garoto.

— Certo, vou te deixar voltar ao trabalho. Vou mandar uma mensagem quando sairmos de casa. — Ela riu. — Você saberá como foi a viagem se eu estiver tremendo.

— Você vai ficar bem — Joel afirmou com confiança. — O Nate é um bom motorista.

— É mesmo. Ele praticou bastante com você, além das aulas, e você sempre foi um motorista cuidadoso.

Joel riu.

— Embora não tão rápido quanto ele às vezes gostaria. — Ele tinha lembranças vívidas de dirigir na estrada com o pequeno Nate atrás dele no banco de trás, gritando: *Vá mais rápido, papai!*

— Se nossos planos mudarem, eu te aviso.

Joel agradeceu e desligou. Bramble se levantou da cama e foi até onde o tutor estava trabalhando. O cão se sentou ao lado da cadeira de Joel, batendo o rabo no chão.

Joel desistiu de qualquer ideia de trabalho.

— Tudo bem, tudo bem, já entendi.

Bramble decidiu que era hora de dar um passeio.

Dez minutos depois, o cachorro decidiu que iriam passar pelo corpo de bombeiros, e Joel não estava disposto a discutir. Estava menos frio, mas ele ainda estava grato pelo cachecol grosso em volta do pescoço. Sua cabeça não estava no caminho, mas em Nate. Joel tinha certeza de que Carrie estava certa, que Nate e Laura acabariam aceitando, mas ele odiava a barreira que havia crescido entre ele e as crianças desde que anunciaram que estavam se divorciando. Ele supunha que todas as crianças passavam por isso e, embora soubesse que não houve brigas ou desentendimentos entre ele e Carrie, seu próprio sentimento de culpa lhe dizia que era certo que o filho o culpasse pelo divórcio.

Ele virou à esquerda na Kings Highway e, em vez do chilrear dos pássaros nas árvores, ouviu o som de martelos batendo na madeira, acompanhado de risadas e conversas. A placa ao lado da calçada anunciava a chegada de um hotel e, se a planta estivesse correta, ficaria entre as casas que margeavam a rua, de frente para o mar.

Joel olhou para o prédio. A estrutura do lugar estava lá, uma miríade de postes e vigas erguendo-se do chão do porão. Ainda não havia paredes, e Joel tinha pena dos homens que trabalhavam o dia inteiro ao ar livre do oceano. Então ele sorriu para si mesmo quando avistou um cara que estava vestindo shorts.

Sempre tem um...

Bramble o puxou em direção à praia, e Joel teve que segurar a coleira com força antes de cruzarem a estrada. A Kings Highway geralmente não era movimentada, embora ele tivesse certeza de que seria uma história diferente quando o verão chegasse. Assim que pegaram um dos muitos pequenos caminhos pelas rochas e chegaram à areia, Joel soltou a coleira de

Bramble o máximo que pôde e o cachorro foi farejar ao longo da costa. Joel caminhou em um ritmo constante em direção ao extremo norte da praia, sorrindo quando encontrou um pedaço de madeira flutuante. Ele o pegou, e isso foi tudo o que precisou para trazer Bramble de volta para si. Eles passaram meia hora lá, Joel jogando o bastão grosso e o cachorro perseguindo-o, trazendo-o de volta para jogá-lo aos pés do seu humano. Trinta minutos foi o máximo que Joel aguentou no ar frio.

— Hora de voltar.

Ele podia jurar que o rabo de Bramble caiu de consternação. Joel encurtou a coleira e se dirigiu para um dos caminhos que levavam à estrada. Deu outra olhada no hotel e descobriu que era objeto de escrutínio. Um dos trabalhadores estava olhando para ele. Em um impulso, Joel ergueu a mão e acenou. Estava perto o suficiente para ver o sorriso do homem. Quando ele acenou de volta, vozes altas irromperam do local.

Talvez estejam gritando porque ele parou de trabalhar.

Joel não queria ser a causa do cara se meter em encrenca. Caminhou em direção à Belvidere Avenue, com Bramble avançando como sempre.

Hora de voltar ao trabalho. Ele tinha pelo menos três horas de ligações pela frente. A essa altura, Bramble estaria pronto para outra caminhada.

Será que os homens ainda estarão trabalhando? Aquele breve aceno foi o primeiro contato de Joel com outro ser humano em alguns dias. A única pessoa com quem ele falava regularmente era a simpática senhora da loja do vilarejo.

Talvez seja hora de sair e começar a me misturar com as pessoas novamente.

Joel não achava que era feito para uma vida solitária.

No momento em que ele ouviu um carro parar do lado de fora, seu coração estava batendo muito forte. Não tinha ideia do que esperar. Teria sido diferente se Nate quisesse visitá-lo, mas Joel teve a impressão de que Carrie havia pressionado o garoto. Ele deu a Bramble um olhar de advertência.

— Fique. — Então Joel abriu a porta, deixando a tela fechada.

Laura já estava fora do carro e correndo em direção à casa, seus longos cabelos ondulados soltos sob o chapéu marrom de abas largas que usava.

Deus, ela se parece com Carrie. Laura sorriu ao vê-lo.

— Pai! — Seu olhar foi para o pé da porta, como se esperasse ver Bramble.

Joel riu.

— Ele está lá dentro. Se eu abrir a porta, ele vai sair correndo.

Atrás dela, Nate e Carrie caminhavam mais calmamente. A expressão fechada do filho não fez nada para aliviar a apreensão de Joel. Ele esperou até que os três estivessem na porta de tela antes de abri-la e ficou de lado, pronto para pegar Bramble se ele corresse.

Assim que Laura entrou, o autocontrole de Bramble desapareceu e ele se lançou sobre ela. Laura caiu de joelhos e riu quando Bramble lambeu seu rosto.

— Isso faz cócegas. — Ela colocou os braços ao redor do cão, que se contorcia. — Pai, ele é ótimo. Podemos levá-lo para um...

— Não diga a palavra com P — Joel e Carrie gritaram ao mesmo tempo.

Laura riu.

— Não sejam bobos. Ele não saberá o que isso significa.

— Ah, coitadinha. — Carrie sorriu. — É fácil ver que nunca tivemos um cachorro, certo?

Joel tossiu.

— Eu ganho um abraço ou são todos para o Bramble?

A menina arregalou os olhos e soltou o cachorro instantaneamente para se levantar do chão e correr para onde Joel estava. Ela jogou os braços ao redor dele e o abraçou.

— Oi, pai.

Ele riu.

— Oi querida. Já pode tirar o chapéu.

Carrie riu.

— Você terá sorte se ela fizer isso. Acho que agora já faz parte da cabeça dela, de tanto que o usa. — Então Laura soltou Joel e voltou a brincar com Bramble.

Nate olhou para o interior da cabana, e a falta de saudação fez com que Joel sentisse o coração se apertar.

— É bom te ver, filho.

Nate deu um sorriso que se foi tão rápido quanto surgiu.

— Este lugar não é muito grande, é?

— É grande o suficiente para o seu pai — Carrie o assegurou. — E há um lugar para vocês dois dormirem, se quiserem ficar.

Laura virou a cabeça para encará-los.

— Podemos ficar? — Seus olhos brilharam.

— Hoje não, mas com certeza podem ficar em algum fim de semana. — Joel apontou para os *futons*. — Eles se abrem em camas.

Laura revirou os olhos.

— Ótimo. Eu durmo perto do meu irmão.

Nate não parecia entusiasmado com a ideia.

— Só tem um quarto?

Joel apontou para o sótão.

— Do outro lado dessa parede está a minha cama.

A menina se levantou em um piscar de olhos, correndo em direção às escadas.

— Posso ir olhar?

— Como se eu pudesse te impedir — Joel disse com um sorriso. Ele estava grato por Laura não ter se transformado em uma adolescente taciturna e ter mantido sua exuberância natural e amor pela vida.

Nate, por outro lado...

— Isso é tão legal — Laura gritou antes de descer as escadas.

— Tem quintal? — Nate perguntou.

— Sim, não que haja muito para ver. Há apenas um gramado cercado por árvores. Também tem um deck, mas se for lá fora, tome cuidado. Só faço isso quando o Bramble precisa sair e não me aventuro muito longe da porta dos fundos. Algumas dessas tábuas me parecem soltas. Joel olhou para Carrie pedindo ajuda, e ela deu a ele um olhar compassivo.

— Tem chocolate quente? — ela perguntou.

Boa ideia. Joel assentiu.

— E café para quem quiser.

— Eu vou tomar um café — Nate se intrometeu. Quando Joel piscou, ele deu de ombros. — Estou tomando café agora.

— Só porque ele acha que é *adulto* — Laura interveio. — Bem, eu quero chocolate quente. — Ela olhou para Nate. — Você não vai dizer olá para o Bramble?

Com um nó no peito, Joel os deixou a sós. Foi até a cozinha e abriu a geladeira para pegar o leite. Carrie se juntou a ele, com o olhar caloroso.

— Vai ficar tudo bem — ela murmurou.

Joel não tinha tanta certeza.

— Ele está tão quieto — Joel comentou, olhando para as costas de Nate enquanto ele e Laura caminhavam à frente deles com Bramble, na praia. O rapaz mal havia dito uma palavra desde sua chegada. Laura, por outro lado, obviamente estava recuperando o tempo perdido.

— É porque a Laura não o deixou falar — Carrie observou. Ela sorriu enquanto eles passeavam. — Mas ele amou o Bramble.

— Teria que ter um coração de pedra para não

amá-lo. — Joel fez uma pausa, com as mãos nos bolsos. — Como foi a viagem?

— Foi bem. O Nate usou o GPS do telefone e não parecia muito nervoso.

— Ele sempre foi um garoto confiante. — Não que Nate fosse mais uma criança. Eles retomaram seu ritmo tranquilo. — Como ele está indo na faculdade?

— Bem, eu acho. Ele está amando as aulas. E parece estar fazendo amigos. Ele mencionou alguns nomes, principalmente de garotas — ela acrescentou com um sorriso.

Joel riu.

— Não te invejo.

— O que isso significa?

— Você consegue lidar com ele quando uma garota parte seu coração. — Embora parte dele esperava que se tal situação surgisse, Nate falaria com ele também.

— Eu torço para que ele espere um pouco antes de se apaixonar. — Os filhos chegaram ao fim da praia e voltaram na direção deles. Joel e Carrie se viraram e voltaram pelo caminho de onde vieram. A ex-esposa fez um aceno com a cabeça em direção ao hotel. — Eles parecem estar progredindo.

Agradeça por passar por aqui no fim de semana — Joel disse a ela. — Eu estava aqui quando uma mulher passou por eles. Digamos que o pessoal vive de acordo com todos os estereótipos concebíveis sobre construtores.

Carrie riu.

— Alguém já assobiou para você?

Joel deu uma gargalhada.

— Um construtor gay? Acho que seus colegas de trabalho o pendurariam pelas bolas na viga mais próxima. Mas recebi um aceno. — Atrás deles, as risadas de Laura ficaram mais altas, e o som levantou seu ânimo. — Estou feliz que vocês vieram.

Carrie entrelaçou o braço no dele.

— Talvez da próxima vez as crianças venham sozinhas, se o Nate quiser.

— Ele pode sentir vontade de dirigir. Não acho que *esse* seria o problema. — Quanto a saber se Nate gostaria de visitá-lo, Joel não fazia ideia.

Ele estremeceu e Carrie se inclinou.

— Que tal voltarmos para casa? A Laura pode te ajudar a fazer a lasanha.

Joel sorriu.

— Ela está começando a cozinhar?

— Ela assou biscoitos na semana passada. Tudo bem que eram de caixa, mas ela ficou muito orgulhosa. Acho que devemos encorajá-la. Desde que ela não se corte. Talvez ela possa te ajudar a mexer, e *você* corta.

— Boa ideia. — Nate e Laura os alcançaram e Joel lhes deu um sorriso caloroso. — Vamos para casa para que possamos fazer o jantar. — Laura soltou um grito alegre. Ainda que Nate estivesse colocando distância entre eles, Joel ouviu suas palavras murmuradas através da brisa, e congelaram seu coração dolorido.

— *Não* é nossa casa.

Finn adiou a limpeza da caminhonete o máximo possível, mas algum espertinho escrever as palavras *me limpe* no vidro foi a gota d'água. Foram necessários dois baldes de água com sabão para livrar a caminhonete de sua camada de sujeira. Ele conectou a mangueira à torneira externa e enxaguou o que restava de espuma. Ao desligar a água, ouviu vozes se aproximando. Quando um labrador chocolate apareceu, seu coração bateu mais rápido, mas depois afundou ao ver as quatro figuras atrás do cachorro.

Que merda. Acho que isso responde a essa pergunta.

O *Homem da Fantasia* tinha uma família.

Quando o casal e seus dois filhos passaram pela casa de Finn, o homem olhou em sua direção e Finn deu um suspiro interno. *Bom Deus, que bela vista.* Cabelo curto e arrumado, olhos azuis, linha da mandíbula forte... Finn não tinha dito isso para Max, mas caramba, o *Homem da Fantasia* era exatamente o seu tipo.

Pelo menos não me envergonhei ao dar em cima dele. Ah, bem. Sim, como se isso algum dia fosse acontecer.

Mas isso não significava que Finn pararia de olhar para ele. Em uma vila tão pequena quanto Goose Rocks Beach, ele precisava de todo o colírio para os olhos que pudesse encontrar. E tinha que admitir, havia uma emoção ilícita em fantasiar beijar um homem hétero.

Um homem heterossexual com um cachorro.

Talvez seja hora de ter um cachorro.

Pelo menos, ele ainda poderia ter o cara em suas fantasias. Era melhor que nada.

Mas apenas isso.

Capítulo cinco

Maio

O telefone de Finn tocou quando ele pegou as caixas de pregos. Ele as empilhou de forma precária antes de olhar para a tela com só faz meia hora que saí daí. Já está com saudades? Peguei os pregos. Volto o mais rápido possível.

— Estava ligando para saber quantas caixas você ia trazer e para lembrá-lo de guardar o recibo.

— *Aff.* Este idiota aqui nunca teria pensado nisso — ele falou com ironia. — Peguei cinco. Deve ser o suficiente até a próxima entrega. — Ao fundo, ele ouviu o grito de Lewis, seguido por um *Puta merda!*

Finn riu.

— O que ele fez agora? Acertou o polegar de novo?

— Pelo amor de Deus, cara... outro? — Ted gemeu. — Ele quebrou o martelo de novo.

— Inacreditável. Me deixe falar com ele. — Finn examinou os corredores e caminhou com cuidado em direção aos martelos, fazendo o possível para não derrubar os pregos.

— Oi, Finn. Já que você está na loja de ferragens, pode me trazer um martelo novo? — Lewis perguntou.

— Claro, vou comprar um para você. Mas posso te dar um conselho? Compre um de melhor qualidade. Se continuar comprando esses martelos que custam menos de cinco dólares, vão continuar quebrando. Pelo amor de Deus, compre um *Estwing* ou um

Vaughan. Algo que vai durar.

Lewis bufou.

— Está bem. Escolha um e volte logo. Vou usar meu pau para bater nos pregos até você chegar.

Por um segundo, Finn se perdeu para uma resposta espirituosa, mas então voltou a si.

— Ah, me desculpe. Não sabia que estávamos usando pregos minúsculos para este trabalho. É melhor eu trocar o martelo que peguei. — Ele sorriu. — Volto assim que puder. — Ele desligou, cortando Lewis. Examinou a prateleira e escolheu um martelo adequado, em seguida se dirigiu para o caixa. Graças a Deus, a loja de ferragens em Kennebunk ficava a apenas quinze minutos da obra. E a única razão pela qual ele teve que ir até lá foi porque a empresa que fez a entrega dos suprimentos naquela manhã havia se esquecido de enviar os pregos. Alguém ia levar uma chamada quando o chefe soubesse disso.

Ele seguiu pela Dyke Road e virou à esquerda na Kings Highway, indo para o local onde havia estacionado a caminhonete mais cedo. Ainda estava vazio. Ao desligar o motor, avistou uma figura familiar atravessando a rua à sua frente e um cachorro puxando-o.

O *Homem da Fantasia* de Finn, mais perto que nunca.

Diga algo. Seja amigável. Não importava que a parte lógica de seu cérebro estivesse gritando *mas ele é hetero.* Todos os pensamentos fugiram de sua mente quando o cachorro deu uma guinada brusca para a frente, puxando a coleira da mão do *Homem da Fantasia.* O cão avançou pela praia, indo até os dois *retrievers* que brincavam com seu tutor no outro extremo.

— Bramble! — O tutor do labrador saiu

correndo atrás dele. — Bramble, volte aqui.

Finn saltou da caminhonete e foi atrás dele.

— Não corra atrás dele. Pare. *Pare.*

O *Homem da Fantasia* se virou para encará-lo com óbvia incredulidade.

— Mas ele está fugindo.

Finn assentiu.

— E se você correr, ele vai pensar que é uma brincadeira. Se deite na areia.

O homem arregalou os olhos.

— O quê?

— Se deite na areia, de bruços. Confie em mim. Ele vai pensar que você está ferido e voltará para investigar.

O *Homem da Fantasia* olhou para o outro lado da praia, onde seu cachorro não dava sinais de voltar, e estava latindo para os dois *retrievers*.

— Tudo bem — ele murmurou. Se ajoelhou e se deitou na areia, com a cabeça apoiada nos braços.

Em segundos, o labrador notou e voltou correndo. Ele o cheirou, cutucando o braço do *Homem da Fantasia* com o focinho. Finn aproveitou o foco do cachorro e deu a volta para pegar a coleira. Seu tutor se ajoelhou e fez o mesmo, levando as mãos ao pescoço do cachorro.

O tutor segurou a ponta da coleira.

— Pronto, eu o peguei. — Então ele se levantou e limpou a areia do jeans e do casaco. Ele deu um olhar agradecido a Finn. — Obrigado. Eu não teria pensado nisso. Você deve estar acostumado com cachorros.

— Sempre tivemos cachorros quando eu era criança. — Finn acenou com a cabeça em direção ao labrador. — Ele geralmente é mais bem comportado que isso. — Quando o dono piscou, Finn deu um sorriso tímido. — Você o leva para passear perto da minha casa. Eu moro na Wildwood.

O Homem da Fantasia deu um olhar especulativo a ele.

— Não foi você que acenou para mim outro dia? Lá de cima? — Ele apontou para o hotel.

Merda. Fui pego.

— Ah. Sim. Fui eu.

Atrás dele, a voz alta de Max ecoou.

— Finn. Você está mesmo comprando pregos?

O tutor do cachorro sorriu.

— Então você é o Finn. Obrigado mais uma vez. E este é o Bramble.

Finn não resistiu.

— O humano do Bramble tem nome?

Ele riu.

— *Ops*. Eu sou o Joel. — Quando outro grito irrompeu, chamando por Finn, Joel sorriu. — Obviamente um cara em necessidade. Bem, da próxima vez que me vir, acene. Saberei quem é. — Ele estendeu a mão e Finn a apertou. Joel tinha um aperto firme. — E agora vou voltar a passear com o Bramble, mas desta vez, vou segurar a coleira com mais força. — Seus olhos brilhavam com humor.

Caramba, ele era sexy pra cacete.

A buzina do outro lado da estrada interrompeu a observação de Finn, e ele voltou correndo para a caminhonete para pegar os pregos e o martelo. Ao atravessar a rua, Lewis estava parado com os braços cruzados.

— Por favor, não nos deixe impedi-lo se tiver algo importante para fazer, como flertar.

— Não estava flertando. Eu o estava ajudando.

A única resposta de Lewis foi um arquear de

sobrancelhas. Então ele deu um olhar zombeteiro.

— Ei. Precisamos conversar. Nunca desrespeite o pau de um cara, está bem?

Finn fez beicinho.

— Ah. Feri seus sentimentos? Acho que não é tão difícil de fazer isso, visto que você já está lidando com um enorme complexo de inferioridade. — Ele entregou o martelo e o recibo. — Dê isso para o Jon na próxima vez que ele passar por aqui. Ele pode pagar de volta com o meu salário. Ele pode insistir que você pague pelo seu próprio martelo.

Lewis deu um golpe experimental, batendo a cabeça contra a palma da mão.

— Ei, nada mal. Acho que esse realmente valeu a pena.

Finn olhou para a praia onde Joel estava passeando, jogando uma bola para Bramble, com a coleira estendida o máximo que podia.

— Que bela coincidência. Você não poderia ter planejado isso melhor se tivesse tentado. Então, agora que o viu de perto e pessoalmente, ele é tão lindo quanto você pensou que seria? — Lewis perguntou baixinho.

Finn não olhou para ele, mas manteve o olhar fixo em Joel.

— Ele é ainda melhor. Infelizmente, é comprometido.

— Como sabe?

— Porque, no sábado, ele passou pela minha casa com a mulher e os filhos.

— Ah, que merda. Mais sorte da próxima vez.

Finn ficou olhando enquanto Joel se abaixava para acariciar Bramble. Um cachorro fantástico e um dono muito sexy, que definitivamente *não* estava disponível. Lewis tinha acertado.

Uma merda.

Joel fechou a porta atrás de si antes de soltar a coleira de Bramble.

— Você tinha que sair correndo, não é? Tinha que ir falar com seus amigos caninos. — Bramble olhou para ele com aqueles olhos castanhos, batendo o rabo no chão, e Joel percebeu que estava lutando uma batalha perdida. Ele nunca conseguia ficar bravo com o cachorro por muito tempo. Ele esfregou as orelhas do labrador. — Só não faça isso de novo, certo?

O latido suave de Bramble poderia significar *tudo bem*, mas Joel apostaria até dinheiro que era mais um caso de *ei, por que está reclamando? Você até conheceu um cara gostoso, não é?*

Não havia como negar: Finn era gostoso mesmo, desde o cabelo penteado para trás, a aqueles olhos da cor do oceano durante uma tempestade, até a barba por fazer e bigode quase inexistente. E havia sua forma física: o casaco pesado poderia ter escondido seu corpo, mas era óbvio que Finn não era um homem esguio, que poderia ser levado por uma brisa forte.

Não foi nenhuma surpresa para Joel que a palavra *rígido* tivesse vindo à sua mente. E agora que sabia onde Finn morava, ficaria de olho nele quando levasse Bramble para passear.

Seu bobo. Você não sabe nada sobre ele, exceto que ele é gostoso.

Joel foi até a cozinha e preparou a cafeteira. Seu trabalho já estava sobre a mesa, esperando por ele. Enquanto o café passava, ele olhou ao seu redor. Depois de quase um mês, a casa estava começando a parecer um lar. *Pena que é alugada.* O apartamento para o qual ele se mudou em Augusta em janeiro havia sido paliativo, uma ponte até que ele encontrasse um lugar mais permanente. Joel sabia no fundo, que não poderia viver no centro novamente. A atração da costa era muito grande. Ele não estava preocupado com o inverno no Maine – eles se mudaram para Augusta quando Nate tinha dois anos, então sabia o que esperar do clima. É claro que, quando a neve chegasse a quarenta e cinco centímetros de espessura, ele poderia mudar de ideia, mas Joel achava que não.

Eu poderia morar aqui para sempre. Joel gostava da vila e da praia. Todas as lojas de que precisava eram de fácil acesso e, se não fossem, sempre havia Portland ou Kennebunk. Escolheu o chalé porque gostava da área e não demorou muito para se aclimatar. Tudo bem, a casa não era perfeita. A decoração era uma mistura de estilos, a mobília era bastante eclética e havia peças que precisavam de uma atualização ou mudança severa. Mas servia ao seu propósito. O lugar lhe deu um gostinho da vida no litoral, a ponto de ele sentir que não queria mais procurar nenhum outro.

Talvez eu precise verificar se alguma propriedade por aqui está à venda.

Suas reflexões pararam quando Bramble caminhou até a porta dos fundos e se sentou lá, choramingando.

Joel balançou a cabeça.

— Você deveria ter feito isso na praia. — Ele abriu a porta e o cachorro saiu correndo para fora. Não era como se ele pudesse fugir, já que o quintal era cercado. Além disso, não havia nada além de árvores. Joel ficou no deck, esperando enquanto Bramble fazia suas necessidades. Ele olhou para o muro trás da casa, e um movimento chamou sua atenção. Havia uma espécie de mariposa na parede, com as asas bem abertas. De sua posição, Joel não conseguia ver de que tipo era, mas as marcas despertaram seu interesse. Ele deu um passo em direção a ela, mas a madeira quebrou e seu pé desapareceu no deck.

— Meu Deus. — Sentiu um breve lampejo de dor, mas felizmente o deck não era muito alto e ele só o atravessou uma profundidade de poucos metros. Com cuidado para evitar farpas, Joel se livrou da madeira quebrada. Bramble trotou e o cheiro, e ele segurou o cachorro pela coleira. — Pronto. Você não pode mais vir aqui. Vai acabar com farpas no focinho ou nas patas, ou talvez no rabo. — Ele levou o labrador para dentro e fechou a porta.

Joel esfregou o tornozelo, mas a dor já havia diminuído. Caminhou até a mesa, pegou o telefone e vasculhou seus contatos até encontrar o sr. Reed, o proprietário. Quando o homem atendeu, Joel relatou o que havia acontecido.

O sr. Reed suspirou.

— Parece que preciso adicionar um novo deck à lista. Estou tão cansado disso.

— Sinto muito, mas não é culpa minha — Joel protestou.

— Ah, não estou dizendo que é. É que a lista de coisas a serem feitas nesse lugar é interminável. Por um lado, tenho que trocar os móveis. Sabe a poltrona, aquela dos veleiros? Comprei na Goodwill. Um inquilino derramou vinho tinto sobre a última. Desde que assumi a propriedade, tem sido uma busca interminável por móveis baratos de segunda mão, porque comprar novos simplesmente não é viável. As pessoas parecem não cuidar de nada hoje em dia.

Joel queria argumentar que não era uma dessas pessoas, mas o sr. Reed continuou.

— Sei que o lugar precisa de uma reforma. Eu pretendia fazer isso durante o inverno, mas questões familiares me obrigaram a deixar isso um pouco de lado. E como estou me sentindo agora? Estou pensando seriamente em sair do negócio de aluguel de imóveis. — Ele riu. — Me desculpe. Acho que falei demais. Você não precisa ouvir sobre meus problemas.

O coração de Joel batia forte.

— Se estiver falando sério, eu quero comprar o chalé.

Houve silêncio por um momento.

— O quê?

Joel não parou para pensar muito nisso.

— Bem, parece que você já está farto deste lugar. Então... eu compro. Claro, o preço teria que refletir o estado atual e quanto eu teria que gastar para a reforma que precisa ser feita. — *E não posso acreditar que estou pensando nisso.* Tudo o que ele sabia era que *queria* isso.

Quando o sr. Reed não respondeu com uma declaração de que *não* pretendia vender, Joel ficou animado. Na verdade, havia um interesse definido na voz do sr. Reed.

— Você está pensando em entrar no negócio de aluguel?

Joel olhou para o interior da bonita cabana.

— Não, quero morar no chalé. O que me diz?

— Ele não conseguia se lembrar de ter agido tão rapidamente por impulso, mas parecia *certo*.

— Você não tem falado com a minha esposa, não é? — Antes que Joel pudesse perguntar o que isso significava, o sr. Reed riu. — Ela estava dizendo na semana passada que eu deveria me livrar desse lugar. Isso é bem estranho, não?

— Então você vai considerar isso?

O homem fez outra pausa.

— Me deixe analisar os números e entrarei em contato. Se pudermos concordar com um valor, fechamos o negócio. Minha esposa vai ficar louca. — Ele gargalhou. — Desde que ela não tenha ideias de fazer um cruzeiro com o dinheiro da venda. Eu tenho algumas ideias.

Ah, meu Deus. Havia uma leveza no peito de Joel, e ele exibia um sorriso que só Bramble podia ver.

— Estou ansioso para seu retorno. — Joel agradeceu e desligou. Ele se sentou em uma cadeira à mesa da cozinha e Bramble se aproximou para apoiar o focinho no joelho de Joel, que acariciou sua cabeça. — Ei, garoto — ele disse baixinho. — Podemos fazer desse lugar o nosso lar.

Uma casa que Nate e Laura se sintam felizes em visitar a qualquer momento.

Era uma sensação emocionante, essa convicção de que todas as peças da sua vida estavam se encaixando, de que ele finalmente poderia viver do jeito que sonhou quando tinha dezessete anos e tentava manter em segredo o fato de que tinha um namorado.

E essa era a peça final: alguém com quem compartilhar sua vida.

Alguém para amar.

Capítulo seis

Joel estava no meio da Dyke Road quando percebeu que precisava contar a alguém sobre os acontecimentos da manhã. O sr. Reed levou dois dias para retornar, mas o resultado compensou a espera. Joel estava animado desde a ligação naquela manhã, e havia apenas uma pessoa que poderia entender e compartilhar de sua empolgação. Ele selecionou o número de Carrie e clicou em *Ligar*.

— Ei. Como vai? — Ela fez uma pausa. — Você está do lado de fora? Posso ouvir o vento.

— Estou indo ao mercadinho. Fiquei sem pão. Ouça, tenho novidades. Vou comprar uma casa. — Negociar a hipoteca havia tomado a segunda metade de sua manhã, e a papelada seria enviada pelo correio.

— Sério? — Carrie parecia encantada. — Fantástico. Onde?

— Mills Road. Um lugarzinho chamado Periwinkle.

Silêncio.

— Como você pode comprá-lo? Achei que era alugado.

— É, mas o proprietário decidiu vendê-lo, e eu quero comprá-lo.

— Já pensou sobre isso?

Joel riu.

— Confie em mim, não pensei em mais nada nos últimos três dias. Ele apresentou um bom preço, fiz as contas e posso pagar as prestações da hipoteca. Eu realmente gosto deste lugar, Carrie. Isso é bom. E concordamos que eu poderia comprá-lo como está, então, pelo menos, terei móveis. É uma dor de cabeça a menos.

— O que te levou a isso? Achei que ia ficar aí por um tempo e conferir outros lugares.

— Eu também, até que afundei pé no deck dos fundos.

— Fez o quê? Você está bem?

Ele se sentiu aquecer com a preocupação em sua voz.

— Estou. Não tive nem mesmo um arranhão. Mas conversar com o proprietário me fez pensar. Dei entrada na hipoteca esta manhã. E. embora seja prematuro, porque ainda não sou dono do lugar, a primeira coisa que preciso fazer são alguns reparos. Começando com aquele deck.

— Se vai *mesmo* comprar o lugar, então não o conserte. Por que não ter um deck totalmente novo e aprimorado? Derrube o antigo e construa um novo do zero.

Joel gostou da ideia.

— Nesse caso, é melhor eu começar a procurar ajuda. — Ele parou do lado de fora da loja. — Eu te ligo quando tiver mais notícias.

— Joel? Estou muito feliz por você. É bom que esteja criando raízes.

— Eu também. Só não esperava fazer isso tão cedo. — Eles desligaram e ele entrou na loja.

A senhora que geralmente ficava atrás da caixa registradora estava empilhando latas nas prateleiras. Ela sorriu quando ele entrou.

— Olá. Onde está aquele seu lindo cachorro?

— Em casa. E você vai nos ver muito por aqui.

— Sua animação não havia diminuído nem um pouco.

— Estou comprando uma casa.

Ela sorriu para ele.

— Parabéns.

Ele agradeceu e foi até a área da padaria e olhou os pães. Na parede entre as prateleiras havia um quadro de avisos, coberto de folhetos, avisos, recompensas oferecidas por informações sobre gatos perdidos e cartões de visita. Ele parou na frente, notando que havia cartões oferecendo serviços de encanador, eletricista, limpador de piscina e um cartão mostrando alguém serrando um pedaço de madeira.

Ahá. Joel olhou mais de perto. Na parte inferior do cartão, em letras brancas, estavam as palavras *Finn Anderson, Carpinteiro*, seguidas de um número de telefone. *Finn?* Só podia ser o mesmo cara. Joel pegou o telefone e tirou uma foto do cartão. Pagou pelo pão, saiu da loja e voltou correndo para casa. Uma vez lá dentro, abriu a foto e anotou o número. Quando ligou, a voz era obviamente a mesma do homem que o ajudou na praia. E agora que Joel pensou nisso, a voz de Finn era tão sexy quanto sua aparência.

— Finn Anderson.

Joel limpou a garganta.

— Oi. Aqui é Joel Hall. Nos conhecemos na praia há alguns dias, quando você me ajudou...

— Ah. Certo, eu me lembro de você. Mas... como conseguiu meu número?

— Eu vi no seu cartão de visita na loja da vila. É por isso que estou ligando. Estou comprando uma propriedade e há uma série de trabalhos que precisam ser feitos. E como já nos conhecemos... — Joel fez uma pausa. — Isto é, se você puder me encaixar em seu horário de trabalho. A obra do hotel deve mantê-lo ocupado.

Finn riu.

— É para isso que servem as noites e os fins de
semana. Você gostaria que eu fosse dar uma olhada e
ver o que preciso fazer?

Joel sorriu para si mesmo.

— Isso seria bom. Eu moro na Mills Road, 350.
Quando você poderia passar por aqui?

— Posso ir hoje depois do trabalho. Eu
geralmente termino por volta das quatro. Tudo bem?

— Qualquer hora depois das quatro horas seria
bom. — Finn precisava ver o lugar à luz do dia. — Te
vejo mais tarde então. — Joel desligou o telefone,
sentindo o pulso acelerar. *Isso vai mesmo acontecer.* Ele já
sabia que Finn era um cara legal. *Vamos ver se ele é um
bom carpinteiro também.* Então ele raciocinou. *Ele está
ajudando a construir um hotel. O homem tem que ter algumas
habilidades.*

Joel sabia que seu pulso acelerado não tinha nada
a ver com a perspectiva de um novo deck, e sim com
o homem atraente que vinha avaliar o trabalho.

Finn saiu da estrada e subiu a entrada que levava
à casa de Joel e desligou o motor. A Mills Road era
ladeada de árvores, com casas escondidas aqui e ali. A
casa de Joel era pitoresca, mas uma olhada na varanda

da frente disse a ele que precisava de um pouco carinho. Ele pegou seu bloco de notas do banco do passageiro, procurou uma caneta no bolso e saiu da caminhonete. Antes de chegar à porta, ela se abriu e Joel apareceu atrás da tela.

— Se você cresceu com cachorros, imagino que não tenha problemas com a baba deles.

Finn riu.

— Ah, ele é só um cachorrinho. E um pouco de baba nunca matou ninguém. — Joel abriu a porta de tela e Finn entrou rapidamente. Bramble apareceu em um instante, abanando o rabo, com os olhos brilhantes e tudo nele dizendo *Me acaricie*. Finn se abaixou e o acariciou, admirando o pelo brilhante. — Ele é maravilhoso.

— É o meu primeiro cachorro. Acho que tive sorte.

Finn se endireitou, então olhou ao redor para o interior.

— Você já comprou este lugar?

— No momento, estou alugando, mas a hipoteca está sendo liberada enquanto conversamos.

Finn arqueou as sobrancelhas.

— Perdi este quando aluguei o meu. O seu é muito melhor.

— Você aluga também?

— É a melhor forma. Vou onde tem trabalho, mas nos últimos anos tenho trabalhado principalmente no litoral, construindo casas. — Ele gostou da casa de Joel. As janelas deixavam entrar mais luz que na sua, que tinha uma sensação escura e claustrofóbica.

— Já pensou em construir sua própria casa? — Finn olhou para ele, e Joel franziu a testa. — Eu disse a coisa errada?

— Não, de jeito nenhum. É que... esse tem sido meu sonho desde que comecei a trabalhar como carpinteiro. Comprar um terreno ou uma casa que possa derrubar para construir outra em seu lugar.

— Que tipo de casa?

Finn sorriu.

— Uma com muito vidro, para trazer a luz. Para poder ver o oceano. Ouvir as ondas.

— Ah, sim. — Os olhos de Joel brilharam. — Parece a minha ideia de paraíso.

Finn já estava contemplando *sua* ideia de paraíso, e a visão estava melhorando a cada segundo.

Foco no trabalho, cara. Mantenha o foco no trabalho.

— Sim, parece maravilhoso, certo? Exceto que um terreno como esse não sai barato. Talvez eu tenha o suficiente quando me aposentar. — Finn sorriu. — Só mais quarenta e um anos e... — Ele contou nos dedos. — Quatro meses. Dito isso, não consigo me ver fazendo isso quando estiver na casa dos sessenta.

— Deve ser um trabalho muito físico — Joel observou. Ele olhou Finn de cima a baixo. — Mas, obviamente, te mantém em forma.

Finn lutou contra a vontade de ficar boquiaberto. *O Sr. Homem Hétero Casado acabou de me avaliar?* Ele afastou o pensamento, descartando-o como nada mais que fantasias da hora de dormir invadindo o momento real. *Foco no trabalho, lembra?* Ele olhou ao redor novamente, assentindo.

— Este lugar é agradável. Gostei. — Ele sorriu. — Me mostre o deck que quebrou.

Joel acenou com o dedo.

— Por aqui. — Ele o conduziu até a porta dos fundos, parando na soleira. Joel sorriu. — Não, Bramble, você não vai. Você já fez xixi.

Finn adorou como o labrador se deitou, com a cabeça apoiada nas patas dianteiras, parecendo para todo o mundo que estava de mau humor. Ele seguiu Joel pela porta de tela e saiu para um deck. Viu instantaneamente a parte quebrada: ele a cobriu com papelão. O deck não era tão grande, com espaço para duas cadeiras pequenas, e em um canto havia um único degrau íngreme que descia para o quintal.

Finn saiu do deck e caminhou até a cerca traseira. Ele se virou e olhou para a casa, tentando imaginar como ela poderia ficar.

— Bem, vamos consertar o deck? Ou fazer um novo? — Ele já sabia o que gostaria de fazer.

Joel se juntou a ele, rindo.

— Você parece a minha ex-esposa. Ela acha que eu deveria construir um novo. — Ele vestiu um casaco grosso.

Sua ex-esposa? Finn estava morrendo de vontade de perguntar se era a mulher que estava com ele no outro dia, mas não era da sua conta.

— Eu concordo com a sua ex. — Ele abriu o bloco de notas, tirou a caneta do bolso e fez um esboço rápido. — No momento, o deck está abaixo da entrada, mas você pode aumentá-lo. Um deck não deve ficar mais de dois centímetros abaixo da parte inferior da porta usada para acessá-lo. E tem espaço suficiente aqui para torná-lo maior.

— Maior quanto? — Joel perguntou.

— Grande o suficiente para uma mesa e quatro cadeiras. Você poderia jantar aqui nas noites de verão. Posso colocar uma grade em volta e degraus que levem ao quintal. Se quiser algo mais, posso colocar uma pérgula cobrindo metade dele. — Sua caneta voou sobre o papel.

— Sério?

Finn fez uma pausa.

— Não sei se você gosta de jardinagem, mas poderia cultivar flores, como madressilva e jasmim que subiriam pelos postes e cobririam as vigas. Ficaria lindo aqui fora no verão. Além disso, pode pendurar pequenas luzes. — Ele podia ver isso em sua cabeça. — Talvez algo assim? — Ele mostrou o esboço a Joel.

Joel olhou para o bloco de notas.

— Isso parece incrível.

Finn sorriu.

— Obrigado. Acho que ajuda o cliente a visualizar o que estou descrevendo. *Mas...*

Joel riu.

— Achei que devia haver um *mas* em algum lugar. Eu estava assumindo que seria o preço.

Finn riu.

— Vou chegar a isso em um minuto. Eu *ia dizer* que poderia finalizar tudo o que acabei de descrever até o verão, mas para fazer isso, preciso da sua ajuda, se você puder. Se não puder, encontrarei alguém que possa.

— Que tipo de ajuda? Do que estamos falando?

— Não estou sugerindo que você ajude na instalação. Mas antes de começar a trabalhar... — Ele deu a Joel um olhar especulativo. — Isso tudo pressupõe que eu consiga o emprego.

Joel riu.

— Continue. Você está indo bem. Acho que não vou ligar para mais ninguém, a menos que você me cobre um preço que faça minha cabeça girar e minha carteira chorar.

Finn resistiu ao impulso de dar um soco no ar.

— Tudo bem então... Antes de começar, o deck

antigo precisará ser desmontado, os detritos e os postes de suporte removidos, o solo nivelado e é preciso cavar buracos para novos postes. — Ele deu um sorriso rápido para Joel. — E *essas tarefas* caberiam a você.

Joel não pareceu perturbado com a ideia.

— Posso cavar.

Finn fixou os olhos nele.

— Estamos falando de buracos profundos, talvez um metro, porque devem estar abaixo da linha de gelo. Depois os encheremos de concreto para sustentar os novos postes. Não sei se o seu trabalho permite que você faça isso, e é por isso que estou dizendo que posso contratar alguém se precisar. — Ele sabia que alguns dos caras do trabalho dariam uma mãozinha.

O sorriso confiante de Joel deu a Finn sua resposta antes que ele pronunciasse uma palavra.

— Sou consultor financeiro. Meu escritório é em Augusta, e passo lá, no máximo, um ou dois dias por semana. No resto do tempo, trabalho em casa ou dirijo para encontrar clientes. Então sim, eu posso ajudar. Não tenho certeza se serei bom em cavar...

— Vou medir para você e mostrar onde os postes devem ficar. Assim que o concreto estiver pronto, farei o resto. — Bramble apareceu na porta de tela dos fundos e Finn sorriu. — Ele poderia me fazer companhia enquanto trabalho — brincou.

— Não tenho certeza se é uma boa ideia. Ele pode ser uma distração.

Não tanto quanto você seria. Finn estava dividido entre esperar que Joel não estivesse por perto enquanto ele trabalhava e querer vê-lo mais.

— Sobre a parte da desmontagem... — Finn sorriu. — Você quer o caminho mais fácil ou o mais difícil?

— Me explique os dois.

Finn inclinou a cabeça para o lado.

— Já empunhou uma serra elétrica?

— Não. — Joel arregalou os olhos.

— Pergunto porque essa é uma maneira de ir bem mais rápido: cortar, cortar, cortar e acabou. Mas algumas pessoas ficam nervosas perto de uma motosserra. A segunda maneira é usar uma *Sawzall*, que é uma serra para leigos, ou uma serra *Skil*. Você corta o deck em partes e depois em pedaços. E a terceira via? Você pega uma chave de fenda e remove parafuso por parafuso, placa por placa.

Joel o olhou boquiaberto.

— De jeito nenhum. Desmontar parafuso por parafuso? Esqueça isso. Não estou feliz com a ideia da motosserra, mas provavelmente poderia lidar com um *Sawzall*... mas não tenho uma.

— Eu tenho duas — Finn disse a ele. — Posso te emprestar. Apenas se certifique de usar óculos de segurança e luvas. — Ele fechou o bloco de notas. — Então... você está feliz com os planos?

Joel sorriu.

— Muito. Claro, estou dizendo isso antes de saber quanto vai custar. Imagino que você já tenha construído decks antes?

Finn assentiu.

— Eu sei o que estou fazendo.

— Não duvido. Você me parece muito capaz. — Joel deu olhar de cima a baixo novamente, só que agora Finn tinha certeza: ele estava sendo examinado.

Lá estava aquela voz novamente. *Mas ele é hétero, lembra? Com esposa, filhos?*

Ex-esposa. Não se esqueça dessa parte.

Tais pensamentos não o levavam a lugar nenhum.

Finn pigarreou.

— Certo. Se você mesmo construísse, o custo médio seria de cerca de vinte e cinco dólares por metro quadrado, mas isso é apenas para os materiais. O preço final dependeria dos materiais utilizados, do tamanho, da instalação...

— Que tamanho você estava pensando?

Finn esfregou o queixo.

— Talvez um deck quatro por quatro? Muito maior que isso não fica bom e, neste espaço, não dominaria o quintal. Ou pode ir ao longo de toda a parte de trás da casa e não ficar tão comprido. Assim você também pode ter móveis aqui, um sofá, cadeiras, um pufe... — Ele sorriu. — Aquilo que chamam de área de estar ao ar livre hoje em dia. — Quando os olhos de Joel se arregalaram, Finn sabia que tinha acertado o alvo.

— Quais as opções de materiais?

— Pode ser madeira prensada, madeira dura, composta...

Joel olhou para a casa, e Finn quase podia ouvir as engrenagens funcionando.

— Então, se você tivesse que colocar um preço nisso? Estou perguntando qual seria a sua ideia do máximo que eu teria para gastar. Só para saber quanto devo gastar com isso.

Finn fez alguns cálculos mentais rápidos.

— Sete mil, no máximo. — Ele sabia que algumas empresas cobrariam de dez a quinze mil por uma instalação dessas, mas não era ganancioso. Também sabia que faria um trabalho estelar com o qual Joel ficaria feliz.

Joel nem estremeceu.

— Negócio fechado.

Finn sorriu.

— Quando quer que eu comece?

Joel sorriu.

— Já que você não vai começar nada até que eu tenha feito o trabalho de base, deveria ser mais uma questão de quando posso começar?

Finn riu.

— Bom ponto. — Sim, ele gostava mesmo desse cara. Decidido, engraçado, claramente inteligente... e na idade perfeita. *Droga.*

— Quando eu assinar o contrato, podemos conversar novamente. Mas gosto da ideia de fazer isso a tempo para o verão.

— E tem certeza de que está bem preparando a obra? Eu faria isso, mas estamos falando apenas de noites e fins de semana, quando eu estaria disponível. Isso irá economizar tempo a longo prazo.

Joel assentiu.

— Posso envolver meus filhos em um fim de semana. — Seu rosto se contraiu por um momento, e algo brilhou naqueles olhos azuis. Algo que parecia muito com dor.

O que está te machucando, Joel?

Tão rapidamente quanto o pensamento passou pela sua cabeça, outro veio no seu rastro. Não se envolva. Não é da sua conta.

Finn recolocou a caneta no bolso.

— Sobre o uso da *Sawzall*...

— Sei que nunca lidei com essa serra, mas é muito difícil?

Finn mordeu o lábio.

— Vou te mostrar como usar quando eu a

trouxer. Mas se você conseguir que seus filhos ajudem, mantenha a serra fora do alcance deles, sim? — Ele sorriu. — Eles parecem crianças sensatas.

Joel piscou, franzindo a testa.

— Mas como... — Então sua testa se suavizou e seus olhos brilharam. — Você os viu, quando passamos. Naquele dia você estava limpando a sua caminhonete.

O fato de Joel se lembrar apenas acrescentou mais combustível ao fogo.

Parece que eu não era o único olhando.

— Não vou te segurar por mais tempo — Joel disse de repente. — Você deve querer ir para casa jantar. Eu ligo quando as coisas estiverem resolvidas. — Ele estendeu a mão e Finn a apertou. — Obrigado por ter vindo. Você me deixou animado com a perspectiva. Mal posso esperar para começar.

Nem Finn, mas por razões muito diferentes.

Joel o acompanhou pelo portão que dava para a lateral da casa e seguiu até a caminhonete. Ele ficou parado na entrada da garagem enquanto Finn dava ré na estrada, verificando o tráfego nos retrovisores. Ele deu a Joel um aceno final, então se afastou.

O homem era um mistério que Finn estava morrendo de vontade de desvendar, não importando o que sua cabeça lhe dizia.

Quero conhecê-lo melhor.

Assim que começasse a instalar o novo deck de Joel, Finn poderia ter a chance de fazer exatamente isso.

Capítulo sete

Joel se serviu de um copo de uísque e se sentou na cadeira de balanço. De sua cama, Bramble ergueu a cabeça e olhou na direção dele, então a abaixou e fechou os olhos. Joel olhou para a sala de estar, colocando mentalmente seus pertences ao redor do lugar. Guardou muitas coisas quando se mudou, e agora que finalmente tinha uma casa, era hora de pensar em recuperá-las. Carrie estava com sua coleção de vinis, sem falar no toca-discos que pertenceu ao pai dele. Não havia como Joel pensar em se desfazer daquilo: o pai o havia dado quando o filho foi para a faculdade. Nate havia brincado com ele sobre isso, se oferecendo para converter todos os seus discos de vinil em formato digital. Ele aceitou a oferta, sabendo que quando Nate terminasse, ele ainda ouviria sua música favorita em sua forma original.

Também havia telas que ele adquiriu ao longo dos anos. Nesse momento, estavam embrulhadas em lençóis e parados na garagem de Carrie. Joel avaliou quanto espaço na parede teria. O suficiente para algumas.

Ele pegou o telefone em cima da estante e procurou o número da ex.

— Oi. Pode falar agora?

— Com certeza. A sua filha está me deixando louca.

— Percebo que ela é sempre a *minha* filha quando está sendo problemática, mas *sua* quando tira

notas incríveis na escola — ele brincou. — O que ela
está fazendo agora?

— Ela queria ajuda com o dever de casa de
ciências. Você sabe, as coisas em que eu nunca fui boa,
então eu sempre a conduzi em sua direção. — Carrie
soltou um suspiro. — Tudo bem dizer que sinto sua
falta agora?

— Eu também senti a sua esta manhã — ele
confessou.

— Mesmo?

— Sim. Você sempre soube cozinhar ovos
melhor que eu.

Ela riu.

— Obrigada por isso. O que posso fazer por
você?

— Tenho pensado em buscar algumas das
minhas coisas do depósito, agora que tenho um
telhado para chamar de meu. — Não que ele tivesse há
muito tempo – uma semana, na verdade –, mas estava
ansioso para colocar sua marca no lugar.

— Aah, eu gosto dessa ideia. Especialmente se
isso significar que terei mais espaço por aqui. Vou levar
o carro cheio para você neste fim de semana.

— Ei, não tão rápido — ele protestou, rindo. —
Posso pelo menos passar uma tinta no lugar antes de
você fazer isso?

— Acho que sim — Carrie falou com óbvia
relutância fingida. — Me avise quando quiser.

— Na verdade, uma visita neste fim de semana
pode ser uma boa ideia. Estou desmontando o deck
antigo e gostaria de saber se as crianças gostariam de
ajudar.

— Quer que eu pergunte a eles?

— Claro. — Ele tomou um gole de uísque

enquanto esperava, ciente do rumor abafado de vozes. Tinha certeza de que Laura viria. Nate era outra questão. Joel esperava alguma reação à notícia de que estava comprando o lugar, mas não houve nenhuma.

É como se ele não se importasse mais com o que faço. O pensamento o atingiu. Havia pouco que Joel pudesse pensar em fazer para alterar a situação. A única solução era aguardar seu tempo e esperar que Nate aparecesse.

— Certo. A Laura gritou e agora está dançando pela casa, então obrigada por isso. O Nate disse que vai.

Joel não teve coragem de perguntar quais foram as palavras exatas de Nate.

— Pode mandar suas luvas de jardinagem? Se eles vão lidar com o deck antigo, não quero que fiquem machucados.

— Vou procurar três pares.

— Três?

— Claro. Vou precisar de um par também. — Ela fez uma pausa. — Isto é, se você não se importar que eu vá junto.

— Sim, certo, como se eu me importasse. Se você tem certeza...

— Vou adoçar o negócio: você e as crianças trabalham para desmontar o deck e eu levo comida. Vou preparar uma caçarola que você pode colocar no forno. O que acha?

— Você é incrível. — Seu peito apertou. — Me desculpe.

— Pelo quê?

— Eu deveria ter sido honesto com você desde o início. — Ele não a merecia.

No silêncio que se seguiu, Joel ouviu o murmúrio das vozes de seus filhos: a risada de Laura, o estrondo mais profundo de Nate...

— Querido. — O suspiro suave de Carrie encheu seus ouvidos. — Fiquei feliz quando você finalmente me contou tudo. Isso me ajudou a ver a situação de uma perspectiva diferente. Eu entendo porque você me convidou para um encontro tantos anos atrás. Você não podia ser quem era, então teve que criar uma persona que se encaixasse. E embora eu sinta muito por não termos tido o tipo de casamento que eu esperava, nunca me esquecerei que isso nos trouxe seres humanos maravilhosos que atualmente estão discutindo sobre de quem é a vez de carregar a máquina de lavar louça.

Ele riu.

— Eles *são* maravilhosos. E mal posso esperar para vê-los no sábado. Dependendo do horário, pode ser que vocês conheçam o Finn. Ele é o cara que vai transformar meu quintal... quando não estiver trabalhando naquele novo hotel, é claro.

— Ele é um daqueles caras? Por que de repente estou imaginando um cara corpulento com jeans até a metade da bunda, que tem um arroto que assustaria crianças pequenas e dedos de salsicha?

Joel riu.

— Fico feliz em informar que a descrição não se encaixa nem um pouco. Ele vem no sábado para me emprestar algumas ferramentas e garantir que eu possa usá-las sem arriscar nenhum membro.

— Boa sorte.

— O que isso significa?

— *Um* de nós tem inclinação para a mecânica, e não é você.

— Ei! — ele protestou em falsa indignação.

— Diga que estou errada.

— Vou encerrar esta ligação agora mesmo.

Carrie soltou um gritinho.

— Viu? Você sabe que estou certa. — Os dois riram disso. — Certo, é melhor eu ir ver se a Laura entendeu os fundamentos do DNA. Quando me contou o que estavam estudando, ela disse que achou que seria fácil, porque já sabia de tudo, tendo visto *Jurassic Park*.

Joel gemeu.

— Para citar suas palavras, boa sorte com isso. — Eles se despediram e ele desligou. Joel balançou a cabeça. — *Jurassic Park*. — Ele sorriu. Se Finn estivesse por perto quando Carrie chegasse, ela veria como suas suposições estavam erradas.

Então ele teve outro pensamento. Agora que Carrie tinha Eric, ela poderia decidir que Finn era exatamente o que Joel precisava.

Por favor, Carrie, não tente bancar a casamenteira. Porque ele não tinha ideia se Finn gostava de homens, e se não gostasse, Joel morreria de vergonha.

Finn estava pegando um pedaço de queijo na seção de *delicatessen* da Goose Rocks General Store quando seu telefone tocou. Ele sorriu quando viu que era Seb.

— Oi. Por que você não está ocupado corrigindo

trabalhos?

Seb bufou.

— Porque são seis horas e acabei de chegar da escola. Reunião de equipe. Dia longo. Onde você está?

— Comprando mantimentos. — Finn jogou o queijo em sua cesta. Os muffins de chocolate chamaram sua atenção. — E me debatendo se devo comprar um muffin de chocolate ou dois.

— Pegue dois. *Você* queima calorias com muita facilidade.

Finn riu.

— Está com inveja? — Seb estava sempre de olho em sua figura. Ele pegou dois e os colocou na cesta. — Certo, por que você está me ligando?

— Preciso de um motivo?

Finn riu tão alto que todos os clientes da loja olharam em sua direção.

— Você sempre tem um motivo. Desembucha.

— Ei, só queria colocar o papo em dia, só isso. Você sabe, descobrir o que há de novo na sua vida...

— Você deve estar entediado. Ou isso, ou está adiando fazer algo que *realmente* não quer fazer.

Houve uma pausa.

— Cara, você me conhece muito bem.

— Depois de todos esses anos? Você sabe. Vamos, o que há?

— Tenho que fazer o plano de aula de amanhã. Estou sendo observado.

O coração de Finn se compadeceu dele.

— Eu me esqueci. Você está se preparando para a certificação profissional agora, não é? Como está indo?

— Eu *não* te liguei para falar sobre aulas. Vamos falar de outra coisa. Está transando com alguém?

Finn parou no meio da seção de produtos.

— Você perdeu a parte em que eu disse que estou no mercado?

— Está de brincadeira comigo? Você trabalha com construção: aposto que a temperatura esquenta quando você e seus colegas de trabalho conversam.

— Claro, quando não há ninguém por perto para ouvir. — Finn foi até a caixa registradora, depositou a cesta e ajudou a senhora a colocar tudo em sacos de papel. — Pode esperar apenas um minuto até eu chegar na caminhonete?

— Posso. Não é como se eu tivesse algo melhor para fazer.

— Sim, você faz planejamento de aula, lembra? Já te ligo de volta. — Finn guardou o telefone no bolso, pagou as compras e carregou os pacotes até a caminhonete que estava estacionada em frente ao prédio coberto de folhas de cedro. Ele os largou no banco do carona, sentou-se ao volante e apertou *ligar*. — Pronto, *agora* podemos conversar. Não que eu tenha algo a compartilhar, mas não queria que toda a loja soubesse que minha vida sexual é um deserto.

— Ainda? Caramba, você é *muito* exigente.

— Não sou — Finn protestou. — Você sabe como é. Estou sempre nervoso em dar o primeiro passo.

Seb ficou quieto por um momento, e Finn olhou para a tela para verificar se a chamada ainda estava conectada. Finalmente Seb soltou um suspiro gentil.

— Sabe qual é o seu problema?

— Me esclareça. Porque *eu sei* que você está morrendo de vontade.

— Você dá seu coração com muita facilidade. Você conhece um cara, vai a um encontro, transa e de repente ele é seu namorado. Se dá cento e cinquenta por cento. A questão é que os caras que você escolhe não querem isso. Eles têm interesse em algumas semanas, talvez até um mês de muito sexo, e depois querem seguir em frente. Vocês se separam, eles passam para o próximo cara e você passa um tempo cuidando do seu coração partido. Isso te derruba e te faz levar uma eternidade para criar coragem suficiente para se expor novamente, porque, apesar de toda a sua conversa quando está entre amigos, você é um cara tímido. E quando você *faz* um movimento novamente? *Bum*. Replay instantâneo.

Finn engoliu em seco.

— Acho que você realmente me conhece bem. — Doía o fato de Seb enxergar tanto, mas era bom saber.

— Só porque falamos sobre cada coisa em nossas vidas. Quantos namorados você teve desde aquele cara que conheceu em Millbury quando estava fazendo seu treinamento? Dois?

— Três.

— Hum-humm. Então são três namorados em o que, oito anos? E nenhum deles foi de longo prazo, certo?

— Não. Mas antes que você diga outra palavra... eu não sou como você, Seb. Não tenho casos de uma noite. Não posso ser tão casual assim. — Finn não queria apenas sexo, ele queria o pacote completo.

— Já te ocorreu — Seb disse em uma voz tão baixa que não soava nada como ele — que tenho casos de uma noite só porque isso é tudo que eu consigo? Você pode se surpreender ao saber que somos muito mais parecidos do que pensa.

Naquele momento, Finn realmente o *entendeu*, e

seu peito apertou.

— Sinto muito.

— Sei como todos vocês me veem. O cara despreocupado que não liga para nada, a vadia, a...

— Eu nunca pensei em você assim, e não acho que nenhum dos outros pense assim também — Finn disse, aumentando o tom de voz. — Sei que brinco sobre você abrir caminho entre toda a população gay do Maine, mas é só isso, uma piada. E é inteiramente baseado na merda que você diz, então você não pode me culpar.

Seb suspirou.

— Ponto justo. Certo, agora você sabe. É uma atuação. E, de coração, espero que você encontre alguém que te mereça. Porque você é um cara legal.

— Obrigado. — Finn fez uma promessa a si mesmo de nunca mais provocar Seb sobre sua vida sexual.

— Então não há realmente nada de novo em sua vida?

Finn fez uma pausa, olhando para as paredes cinza da loja.

— Bem...

— Alguma coisa *tem*. Desembucha.

— Tem um cara...

Seb vaiou.

— Não tem sempre? Quem é ele? Como você o conheceu?

— Calma, não tão rápido. — Finn relatou como ele observou Joel de longe e como finalmente se conheceram, sem se esquecer da parte em que poderia jurar que Joel o estava analisando enquanto eles discutiam o trabalho.

— Então ele é divorciado?

— Parece que sim. Não parece ter sido um rompimento ruim, a julgar pela aparência deles quando passaram pela casa. Eles pareciam... felizes. Relaxados. E não é como se eu fosse dar em cima de um cara hétero, então nem sei por que estou falando sobre ele.

— Você está falando porque está interessado nele, e não há nada de errado com isso. — Seb riu. — Dá algo em que pensar nas noites longas e frias, certo?

Finn riu.

— Sim, você me conhece muito bem.

— Já parou para pensar que ele pode ser bi? Isso pode explicar por ele ter ficado se olho em você, se é isso que ele estava fazendo.

Nos dias que se seguiram, Finn chegou à conclusão de que havia imaginado aqueles olhares.

— Sabe de uma coisa? Não vou pensar sobre isso. Por que me torturar? Eu só vou lá, faço o trabalho e vou embora.

— Espere... você vai lá?

Finn soltou um ruído de exasperação.

— Você perdeu a parte em que eu disse que vou construir um novo deck para ele? Vou lá no sábado para mostrar como usar a serra, para que ele possa quebrar o deck antigo.

— Tudo bem, então você vai construir o deck dele. E enquanto isso, vai trabalhar em seu quintal, brincar com seu cachorro, observá-lo de perto... — Seb gargalhou. — Só não fique com tesão enquanto estiver fazendo isso.

— Muito bem. Acabou a conversa. Vá preparar seu plano de aula, Sr. Professor. Chega de procrastinação.

— Você pode ser muito malvado, sabia disso?

— Sim. Mas você sabe que eu te amo.

Seb ficou quieto por um segundo.

— Também te amo, cara. Você e o resto do nosso grupinho. Vai à festa de aniversário da Vovó? Eu disse ao Levi que vou. As aulas terminam na semana antes da festa.

— Vou sim. Mas acho que precisamos planejar uma reunião só para nós. Uma onde poderemos conversar mais.

— Estou pronto para isso. Vocês podem ficar na minha casa. Claro, alguns de vocês vão acabar dormindo no chão, a menos que acampemos no quintal. — Ele riu. — Porque eu *sei* o quanto você ama acampar.

— Idiota.

— Uau, que moderação. Pensei que pelo menos mereceria um *vadia*.

Finn riu.

— Você tem trabalho a fazer. Nos falamos em breve?

— Claro. Divirta-se com o Joel no sábado. — Ele desligou antes que Finn pudesse responder.

Finn não tinha certeza de quanta diversão ele poderia esperar de uma sessão rápida sobre como usar ferramentas elétricas, mas pelo menos ele ficaria perto do cara por um tempo.

E do Bramble. Não se esqueça do Bramble. Aquele cachorro era adorável. Então ele suspirou. *A quem estou enganando? Os dois são.*

Joel era engraçado, lindo... e inatingível. Isso que era tortura...

Capítulo oito

Joel deu uma última olhada no local para se certificar de que tudo estava como deveria. Carrie chegaria a qualquer momento e o coração dele estava batendo forte. Os últimos cinco meses tinham sido difíceis. Ele sabia o que queria: que as crianças se sentissem confortáveis o suficiente para visitá-los sempre que quisessem, mas isso dependeria da disposição de Nate para fazer a viagem.

Acho que ainda estamos longe disso.

Ele sabia o que Carrie temia: que ele estivesse patinando em uma linha tênue por não contar tudo a eles.

— *Espere demais* — ela falou — *e eles vão acreditar que você não confia neles o suficiente.* — Nate não estava aceitando bem o divórcio. Certamente saber que Joel era gay só iria agravar a situação.

Bramble se levantou da cama e correu para a porta, abanando o rabo. Ele bateu com a pata nela com um gemido suave.

— Eles estão aqui, garoto? — Joel espiou pela janela. Com certeza, o carro de Nate estava na garagem e Laura já estava vindo em direção a eles. Assim que Joel a deixou entrar, ela disparou em direção aos fundos da casa, com Bramble correndo atrás dela.

Joel riu.

— Vai à algum lugar? Não recebo nem um *oi, pai?*

— Vai ter sorte se ela fizer isso — Carrie disse

quando passou pela porta, com Nate atrás. — Tudo o que ela falou durante toda a viagem foi em atacar aquele deck. Não fazia ideia de que havíamos criado uma filha tão destrutiva. — Ela beijou Joel na bochecha.

Nate lhe deu um aceno de cabeça.

— Oi, pai.

Joel abriu a boca para perguntar como tinha sido a viagem, mas o grito lamentoso de Laura o interrompeu.

— Quero ver o que vou demolir.

— Ei, você não vai demolir nada — Joel disse a ela. — *Sua* tarefa é tirar as coisas do caminho e garantir que seu pai sempre tenha algo para beber. — Ele apontou para uma garrafa de água de plástico transparente sobre a mesa da cozinha. — Está vendo isso? Se perceber que está ficando vazia, reabasteça. E se for mover pedaços de madeira, use sempre luvas.

Laura revirou os olhos.

— Você é tão malvado quanto a mamãe. — Ela olhou para a mesa. — Ei, o que é isso? — Ela pegou o esboço de Finn do projeto proposto. Joel havia deixado lá para mostrar a eles.

— É o que vai ser construído lá fora.

— Posso ver? — Carrie se aproximou, com a mão estendida. Laura deu a ela.

— Foi isso que o Finn propôs.

Carrie assentiu com aprovação.

— Acho que vai ficar lindo. Mal posso esperar. — Ela olhou por cima do ombro para onde Nate ainda estava na sala de estar. — Venha ver. Você vai achar interessante.

Essa também era a esperança de Joel. Mas antes que Nate pudesse ver, Laura falou primeiro.

— Podemos sair para o quintal?

Joel riu.

— Sim. — Ele os conduziu até a porta dos fundos e a destrancou. Bramble passou pela abertura em um piscar de olhos e Laura o perseguiu, rindo. Nate saiu para o deck e olhou para o buraco.

— Foi por aí que você enfiou o pé?

Joel assentiu.

— As tábuas estão um pouco podres. Acho que há um vazamento na calha. A chuva caiu e apodreceu a madeira. — Ele inclinou a cabeça ao som de um motor de carro. — Deve ser o Finn. — Joel desceu do deck e contornou a lateral da casa até o portão.

Finn estava caminhando em direção à traseira de sua caminhonete.

— Ei, bom momento. — Ele abriu a aba e tirou duas grandes caixas de ferramentas. — Você pode me ajudar a carregá-las. — Ele olhou para o carro de Nate. — Cheguei em uma hora ruim? A sua mensagem disse que eu poderia vir a qualquer hora.

— A Carrie, minha ex, e as crianças estão aqui. Venha conhecê-los. — Joel pegou uma das caixas de ferramentas e estremeceu. — O que tem aqui?

Finn riu.

— Você não passou muito tempo com ferramentas elétricas, não é? Lidere o caminho. Voltarei para buscar o resto.

— Quer dizer que tem mais? — Joel exclamou, fingindo choque.

Finn apenas sorriu. Ele seguiu Joel pelo portão, carregando a outra caixa de ferramentas. Joel fez as apresentações e, depois de largar a caixa, Finn apertou a mão de Carrie.

Ela olhou para as caixas de ferramentas e sorriu.

— Então é você quem vai mostrar a Joel como usar a serra? — Seus olhos brilharam. — Tenha medo. Tenha muito medo.

Joel deu um olhar zombeteiro a ela.

Nate olhou com interesse óbvio para as caixas de ferramentas.

— Você usa muitas ferramentas?

— Qualquer coisa para tornar a vida mais fácil — Finn disse a ele. — Na época em que eu estava estudando para ser carpinteiro, tivemos um professor que nos contou toda a história da carpintaria, desde o Egito e a Grécia antiga, com uma breve parada na idade média e revolução industrial. Ele nos disse que costumavam medir com barbante e fita. Hoje em dia, é claro, usamos lasers e GPS. — Finn se agachou ao lado da caixa de ferramentas e deu um tapinha nela. — As ferramentas elétricas são nossas amigas.

Os olhos de Nate brilharam.

— Quero ser arquiteto.

Finn sorriu para ele.

— Mesmo? Isso é bom. Você está na faculdade?

O peito de Nate inchou.

— Estou estudando arquitetura na UMA.

O marceneiro arregalou os olhos.

— Muito bem. Seu portfólio deve tê-los impressionado.

— Acho que sim. — Nate deu um sorriso tímido. — Você sempre quis ser carpinteiro?

— Espero que você não se importe com tantas perguntas — Joel falou depressa. Não que Finn parecesse se importar, mas ele não o conhecia muito bem.

— De jeito nenhum — Finn o assegurou. — Interesse em ferramentas elétricas? Isso está no nosso

DNA, não é?

Carrie riu.

— Pode estar no meu, mas não tenho certeza se está no do Joel. — Ela deu a ele um sorriso doce. — Acho que o termo correto é: desafiado mecanicamente.

Nate riu disso.

Joel deu um suspiro exagerado.

— Tudo bem. Pode zombar. — Ele não podia negar.

Finn se levantou.

— Bem, estou aqui para mostrar a ele como usar as ferramentas. — Seus olhos brilharam quando ele olhou para Carrie. — Talvez eu devesse mostrar a você.

Nate soltou uma risada mais alta.

Carrie sorriu.

— Ei, ele pode ter melhorado com a idade.

Joel tossiu.

— Estou bem aqui, sabia? Que tal deixar o Finn fazer o que ele veio fazer aqui?

— Acho que essa é a minha deixa para fazer o café — Carrie declarou em tom diplomático. Ela olhou para as crianças. — Pessoal? Que tal vocês trazerem o Bramble para dentro? Acho que o papai não quer que ele fique aqui fora porque vai haver pregos e outras coisas. — Laura agarrou Bramble pela coleira e o puxou em direção à porta, com Bramble fazendo o possível para resistir. Carrie segurou a porta para ela, então a fechou atrás deles, dando a Joel um sorriso simpático.

— Posso ajudar? — Nate perguntou.

Joel semicerrou o olhar.

— O que você *realmente* quer dizer é: *posso ficar para ver o papai fazer papel de idiota?*

Nate riu.

— Ei, você disse isso, não eu.

Finn enfiou a mão em uma das caixas de ferramentas e puxou um pé de cabra.

— Aqui. Segure isso. E se estiver tudo bem para o seu pai, vou deixar você fazer alguns cortes também.

Nate sorriu.

— Ótimo. — Ele olhou para Joel. — Isso seria bom, não é?

Como se Joel fosse acabar com o clima.

— Claro. Só me deixe pegar o jeito primeiro?

Finn limpou a garganta.

— Posso ter toda a sua atenção, por favor? — Ele abriu a outra caixa de ferramentas e removeu seu conteúdo. — Muito bem, esta é uma *Sawzall*. Ela pode cortar praticamente qualquer coisa. Escolhi esta lâmina porque atravessa madeira e pregos. — Ele bateu com a ponta do dedo. — Regra de ouro rápida. Quanto menos dentes por polegada, mais rápidos e ásperos os cortes.

— Se meu pai estiver fazendo isso, vai ser difícil — Nate gritou.

Joel deu um olhar zombeteiro ao filho.

— Mudei de ideia. Você não tem um cachorrinho para acariciar, ou algo assim?

Nate sorriu.

— Isso é muito mais divertido.

— Desista, *papai* — Finn disse com uma risada. — Preciso de toda a sua atenção.

Joel olhou para a serra.

— Você não tem que ligá-la?

Finn mordeu o lábio.

— Hum, Joel? É sem fio. — Ele bateu na base debaixo do cabo. — Esta é uma bateria de serviço pesado. — Ele estendeu a serra para Joel. — Quer segurar?

— Não muito.

Finn riu.

— Bem, uma mão na alça, a outra por aqui. — Ele indicou a área preta moldada atrás da lâmina.

Joel pegou.

— É mais pesado que eu pensava.

— E você precisa segurar firme com as duas mãos e fazer um pouco de pressão para manter o controle. — Finn apontou para as grades ao redor do deck. — Você vai cortar a base dessa grade. Use a sapata – é essa guarda aqui – para firmá-la. Isso vai reduzir a vibração.

Joel virou a ferramenta elétrica de lado, colocando a lâmina plana contra o deck, a sapata ajustada contra a borda. Finn assentiu com aprovação.

— Muito bem, você está pronto. Vá em frente.

No segundo em que ligou, ele entendeu o que Finn queria dizer com vibração. Ele deslizou a lâmina pela base do corrimão e a atravessou como manteiga. Joel sorriu.

— Ei, consegui.

— Conseguiu, sim. É fácil, certo? E agora vou te mostrar como fazer um corte profundo. — Finn olhou para o corpo de Joel. — Só estou verificando se você não está usando nada solto. Você não quer que suas roupas fiquem presas nisso. — Ele apontou para o meio do deck. — Aponte a ponta da lâmina aqui, em um ângulo. Apenas tome cuidado ao cortar, porque não há proteção nessa coisa. Não a puxe em direção ao seu corpo.

— Acho que sei o que estou fazendo. — Bem, ele tinha uma ideia, mas com Nate parado ali, não iria admitir que a ferramenta o intimidava.

— Bom, mas acho que vou ficar mais um pouco e ver você em ação — Finn declarou a ele. — Pelo menos até eu sentir que você está confortável com ela.

Joel não disse nada, mas secretamente estava satisfeito. Não queria ocupar muito a tarde de Finn, mas esperava que ele ficasse.

— Vamos, pai — Laura gritou. — O Finn ficou sem coisas para cortar.

Joel não tinha ideia de como isso aconteceu, mas cortar o deck, de alguma forma, se tornou uma corrida. Seu trabalho era cortar as tábuas com a *Sawzall*, Finn as cortava em pedaços menores com a serra *Skil* e as crianças as carregavam até a caminhonete dele.

O único problema era que Finn estava trabalhando muito mais rápido que Joel.

— Sim, Joel — Finn disse com um sorriso. — Me dê outra coisa para cortar.

Joel lhe deu um olhar.

— Você nem deveria estar aqui. Não que eu me importe, mas isso não anula o propósito? Quero dizer, eu não deveria estar fazendo isso para que você pudesse começar a trabalhar? E ainda assim você está aqui...

Finn riu.

— Tudo bem, estou ficando um pouco mais do que pretendia.

Carrie riu.

— Você está aqui há três horas. O jantar estará pronto em cerca de quarenta minutos. — Ela olhou para Joel. — Há muita comida para todos. Achei que todos ficariam com fome depois de toda essa atividade, então fiz muita.

Joel sabia o que ela queria que ele perguntasse.

— Por que você não fica para o jantar? — ele sugeriu.

Finn parou.

— Ah, eu não gostaria de me impor.

— Você não vai e, como a Carrie disse, ela fez muito.

— Sim, mas muito o quê?

— Caçarola de carne — Joel disse a ele.

— Tudo bem, mas ela é uma boa cozinheira? — Finn perguntou em um sussurro teatral. Carrie deu um suspiro fingido.

— A mamãe é uma *ótima* cozinheira — Nate respondeu. — Este é um dos nossos pratos favoritos.

— Olha, se você tem algum lugar para ir, nós entendemos. — Não que Joel quisesse que ele fosse. Foi uma tarde agradável. As crianças haviam entrado no espírito da tarefa, Carrie havia se assegurado de que eles bebessem bastante água e o deck havia praticamente desaparecido. Nate e Carrie trabalharam na remoção dos postes de apoio. Faltava apenas remover o último pedaço do deck e nivelar o terreno. Eles conseguiram fazer muita coisa.

Finn esfregou o queixo.

— Tenho *Frango Ding* esperando por mim em casa.

Joel franziu a testa.

— O que é *frango ding*?

Finn sorriu.

— Enfio uma faca no plástico, coloco o frango no micro-ondas e, quando ele faz *ding*, está pronto.

Joel riu.

— Bem, se você prefere isso a caçarola de carne da Carrie...

Finn revirou os olhos.

— Acho que você já sabe a resposta.

— Mas só tem quatro cadeiras — Laura observou.

— Tem um banquinho que eu guardo no banheiro — Joel disse a ela. — Alguém pode se sentar nele.

— Você poderia me contar sobre alguns dos empregos em que trabalhou? — Nate perguntou a Finn. — Eu adoraria ouvir sobre isso.

— Ei, se quiser passear com o Bramble depois do jantar — Joel disse a ele — e se conseguir persuadir o Finn a ir junto, ele pode te mostrar onde está trabalhando agora. Ele está construindo aquele hotel de frente para a praia.

Nate arregalou bem os olhos.

— Um hotel?

Finn riu.

— Não estou construindo sozinho, mas sim, você pode achar interessante.

— Aquele lugar na estrada? Sim, eu adoraria saber mais sobre isso.

Pelo menos, Nate tinha falado mais durante a visita, embora na maioria das vezes tivesse sido com Finn. O estômago de Joel se apertou.

Eu gostaria que você falasse comigo, filho.

Finn limpou os lábios com um guardanapo e empurrou o prato vazio para longe dele.

— Meus cumprimentos ao chef. Estava delicioso. — Carrie não estava brincando. Ela tinha feito o suficiente para um pequeno exército. Joel ainda comeria as sobras por alguns dias.

— Que bom que gostou. — Carrie olhou para o prato. — Tem mais, se você quiser.

— Duas porções já deixaram o meu cinto apertado. — Foi uma refeição agradável. Nate fez muitas perguntas e Finn ficou mais que feliz em respondê-las. Joel parecia um pouco calado, mas era porque Laura e Nate eram os que mais falavam.

O que Finn não conseguia entender era o relacionamento entre Carrie e Joel. Eles se davam muito bem. Brincavam um com o outro do jeito que Finn fazia com seus amigos, à vontade um com o outro.

Bem, é claro que eles estão à vontade. Foram casados por quanto tempo? Eles se conhecem muito bem.

Finn os observou, esfregando o queixo e coçando a bochecha. Seus pais se divorciaram quando ele tinha sete anos, e Finn relembrou a atmosfera, a tensão...

Em uma explosão de clareza, veio a ele. *Isso é o*

que está me confundindo. Eles não agem como um casal divorciado. Tudo bem, nem todos os divórcios eram iguais, mas... Ele não podia deixar de se perguntar o que havia causado a separação.

Quanto aos olhares de Joel na visita anterior, não havia sinal deles.

Eu tinha razão. Eu imaginei a coisa toda. Que merda.

Seb estava certo sobre uma coisa: pelo menos, Finn poderia ter Joel em seus sonhos. Porque era o mais perto que ele chegaria.

Capítulo nove

Finn jogou a bolsa na traseira da caminhonete. Estava pronto para um banho quente e uma cerveja gelada. Caramba, estava pronto para isso há três horas.

— Quase lá — Ted disse enquanto destrancava o carro, que estava estacionado atrás do de Finn.

— Quase onde?

Ted sorriu.

— O fim de semana, é claro.

Finn balançou a cabeça.

— Hoje é quarta-feira, caso você não tenha notado.

— Não há mal em ansiar por isso, certo? Você tem algo planejado?

Finn revirou os olhos.

— Sim. Lavanderia, compra de mantimentos, limpeza...

Ted mordeu o lábio.

— Uau. Você com certeza sabe como viver. — Ele subiu ao volante e acenou para Finn enquanto se afastava do meio-fio.

O outro rapaz entrou na caminhonete e olhou para o oceano.

Como será que ele está se saindo?

Joel não estava longe de seus pensamentos desde que Finn lhe emprestou a escavadeira manual no sábado. Ele deu instruções sobre como usá-la, despediu-se de Carrie e das crianças e desejou boa sorte a Joel.

O olhar que o homem deu a ele quando entrou em sua caminhonete fez Finn pensar que ele iria precisar.

Talvez eu devesse verificar o progresso dele...

Era uma desculpa, e ele sabia disso. No entanto, não iria impedi-lo de aparecer... *Isso se ele estiver lá.*

Finn pegou o telefone e escreveu uma breve mensagem. *Está em casa?*

Um minuto depois, veio a resposta de Joel. *Acabei de chegar.*

Bem, isso respondia a uma pergunta. *Tudo bem se eu for até aí?*

Claro.

Em menos de cinco minutos, Finn estava entrando na garagem do chalé de Joel. Quando desligou o motor, a porta se abriu e o homem saiu para a varanda da frente.

— Nem tive tempo de me trocar — comentou. — Não achei que você seria tão rápido.

Ah, caramba. Joel de terno era *delicioso*. A quem ele estava enganando? Finn podia apostar que o homem poderia vestir um saco e ainda pareceria lindo. Ele fez o possível para não olhar enquanto saía da caminhonete e caminhava em direção à casa.

— Nós moramos muito perto. E fiz essa parada rápida, só para ver como as coisas estão indo. Preciso de um banho com urgência, então eu não chegaria muito perto se fosse você.

— Você não pode ficar longe, pode? Ou é apenas porque você não confia em mim para fazer o que devo fazer? — Joel sorriu. — Sou um cara de confiança.

Finn sorriu.

— Muito bem, Sr. Confiável, vamos ver o que

você fez até agora.

O sorriso de Joel vacilou.

— Sim, quanto a isso... Foi mais difícil que eu pensava. Saí mais que o normal na última semana.

Finn levantou uma mão para parar Joel no meio do fluxo.

— Que tal você me mostrar o que fez?

Joel apontou para o portão lateral.

— Vá em frente. Encontro você na porta dos fundos.

Finn atravessou o portão ao lado da casa, virou a esquina e parou. *Acho que realmente foi difícil.*

Um buraco foi cavado.

Joel apareceu na porta.

— Eu sei, está ruim. — Ele colocou uma caixa resistente abaixo da soleira da porta para usar como degrau.

Finn esfregou a mão no rosto.

— Você vai conseguir terminar os outros oito quando eu estiver pronto para começar a trabalhar? — Ele olhou para o cavador de poste manual que estava no chão ao lado do buraco. — Pegou o jeito?

— Fiz o que você disse. Joguei-o no chão como se estivesse caçando. No entanto, você não me contou uma coisa.

— O quê?

— Que este é um trabalho de merda. Não ajuda que a sujeira esteja seca e em pó, para não mencionar compactada. Isso dificultou o corte. Por que a terra não poderia estar molhada? Além disso, para piorar a situação, tive menos tempo nos últimos dias. — Joel fez uma careta. — Olha só. Estou cheio de desculpas.

Finn se apressou em tranquilizá-lo.

— Ei, olhe... Temos uma semana e meia antes de

eu começar a trabalhar. Que tal se eu passar de novo no sábado e ver como você está indo? Os suprimentos serão entregues durante a próxima semana.

— Bem, isso é um prazo. Eu posso trabalhar com um prazo.

— Então vou te deixar com isso. — Finn deu a ele um sorriso que esperava ser reconfortante. — Ei, pelo menos você começou. Pense em como seria embaraçoso se eu aparecesse e você não tivesse feito nada.

Joel revirou os olhos.

— Um buraco.

— É um buraco a mais do que você tinha no sábado. E veja o quanto fizemos naquele dia. — Finn indicou a terra a seus pés. — Havia um deck aqui, se lembra?

Joel mordeu o lábio.

— Você é *sempre* como um raio de sol?

Finn sorriu.

— As coisas funcionam bem assim para mim. — Ele se despediu e voltou para sua caminhonete. Ao se sentar ao volante, tirou o telefone do bolso. Percorreu seus contatos.

— Arnie? Há algo seu que eu gostaria de pegar emprestado, se estiver tudo bem.

Finn tinha a sensação de que Joel iria precisar de uma ajudinha.

— E aí, o que você fez nos últimos dois dias? — Finn perguntou quando Joel abriu o portão lateral para ele. Sem terno desta vez, apenas um par de jeans desbotados que se agarravam às coxas como uma segunda pele. Ele usava camiseta preta debaixo da camisa xadrez vermelha aberta, parecendo um nativo do Maine em cada centímetro.

— Não pergunte. — Quando dobraram a esquina, ele apontou. — Nem tudo é ruim. Onde havia um buraco, agora tem dois.

Finn olhou para o chão.

— Você não vai terminar até o próximo fim de semana, vai? — Ele não estava preocupado, não agora que trouxe sua arma secreta.

— Ei, não é como se eu tivesse escolha. Não vou deixar você aparecer e descobrir que não estamos prontos. Vou fazer isso.

O tom de Joel era sério, mas Finn sabia que, mesmo com a melhor boa vontade do mundo, era improvável que ele cavasse os sete buracos restantes. Ele acenou com o dedo.

— Venha comigo. — Ele conduziu Joel pelo portão lateral e até onde estava sua caminhonete. — Trouxe algo para ajudar a acelerar o processo.

Joel olhou para a broca.

— O que é isso? Parece uma furadeira gigante.

— *Isso* é um trado, e vai ser preciso nós dois para levá-lo para os fundos da casa *e* usá-lo. — Finn enfiou a mão no bolso do peito e removeu a proteção laranja para os ouvidos. — Você vai precisar disso. Essa coisa *não* é silenciosa. — Ele entregou um par para Joel, que os enfiou no bolso da calça jeans.

Juntos, eles tiraram a broca da caminhonete a carregaram pelo portão até o pátio.

— Como funciona? — Joel perguntou.

— Com gás — Finn disse a ele. — Vai precisar de luvas.

— A Carrie deixou um par aqui para mim.

Ele riu.

— A sua ex é incrível. — Eles colocaram a broca no chão, onde Finn marcou as posições dos nove postes. — Certo. Este bebê vai cortar os buracos em pouco tempo, mesmo com *o tipo errado* de sujeira.

Seu tom de provocação passou despercebido por Joel. Ele franziu a testa.

— Isso não está certo.

Finn esfregou a nuca.

— O que não está certo?

— Isso não fazia parte do acordo. Você fez todo aquele trabalho no sábado, agora está aqui me ajudando de novo... Sinto que estou me aproveitando de você.

Finn não poderia dizer a ele o que estava ganhando com isso: a chance de estar perto de Joel um pouco mais.

— Olha, normalmente você teria que pagar para alugar uma ferramenta dessas. Tenho um amigo que ficou feliz em me emprestar. É mais rápido que fazer manual, mas precisa de duas pessoas para usá-la. — Ele sorriu. — Confie em mim nisso. Trabalhei em uma obra onde um cara novo tentou usá-la por conta própria. Ele meio que se inclinou e ligou. A coisa o girou como um pião antes de jogá-lo longe.

— Então, como fazemos isso?

Finn tirou a jaqueta e a camisa.

— Me deixe pegar minhas luvas na caminhonete. Você pega as que Carrie deixou.

— Aqui. — Joel estendeu a mão para suas

roupas. — Vou colocar lá dentro.

Finn as entregou, então se dirigiu para a caminhonete. Ele pegou as luvas que havia jogado no banco do passageiro. Quando voltou ao pátio, Joel havia tirado a camisa, ficando apenas com a camiseta. Quando Finn mordeu o lábio, o outro homem deu a ele um sorriso adoravelmente tímido.

— Bem, ao te ver tirar a camisa... eu meio que tive a impressão de que isso vai me fazer suar.

— E mais um pouco. — Eles pegaram a máquina e ficaram de frente um para o outro. Finn segurou as alças. — Muito bem. Vamos fazer assim: vou ligar, depois colocamos a ponta no meio de onde queremos que fique o buraco. Mas uma vez que comece, você tem que manter a pressão, empurrando para baixo. Se não fizer isso, a máquina vai girar. E é melhor torcer para que não batamos em um tijolo ou algo assim.

— Por quê? O que acontece?

Finn gargalhou.

— Vai nos jogar em duas direções diferentes. — Ele encontrou o olhar de Joel. — Pronto?

— Sim. — Ele segurou a alça.

— Espere. Você está com o protetor de ouvido?

Joel enfiou a mão no bolso e tirou os plugues laranja. Ele os colocou nos ouvidos, enquanto Finn fazia o mesmo.

O rapaz puxou a corda e a furadeira de cem decibéis ganhou vida. Ele acenou com a cabeça para Joel e eles colocaram a ferramenta em sua posição. Joel manteve o olhar fixo nos braços de Finn, imitando seu movimento, e a broca giratória entrou cerca de quinze centímetros no chão.

Joel sorriu, e aquele olhar de orgulho aqueceu o

coração de Finn. Eles repetiram a ação, empurrando as alças com força, e a cada passagem a furadeira ia mais baixo, até que Finn julgou que já tinham ido fundo o suficiente. Levaram cerca de oito minutos para cavar o primeiro buraco, mas Joel não deu sinais de querer parar.

Que homem. Finn amava a atitude dele.

Apesar de a temperatura estar em torno de vinte graus, provavelmente o dia mais quente até agora em maio, a camiseta de Finn grudou nele, o suor encharcando o algodão. A camisa de Joel estava no mesmo estado, e o rapaz mais jovem teve que se esforçar para não olhar. *Minha nossa, se fosse branca, já estaria transparente.*

Agora *ali estava* um pensamento delicioso.

Os mamilos de Joel estavam eriçados contra o tecido, e o aperto da camisa deixava óbvio que Joel era um cara magro. Finn não pôde deixar de admirar a curva de seu bíceps, os ombros firmes, a maneira como seu abdômen se esticava enquanto ele se esforçava para manter o controle da broca.

Uma hora depois, eles tinham sete buracos, cada um com cerca de um metro de profundidade, e a camisa de Finn estava toda molhada. Ele desligou a ferramenta e a colocaram no chão.

Joel soltou um suspiro.

— Uau. Quem precisa de academia? Meus braços fizeram um treino completo. — Ele olhou para Finn. — Não é de se admirar que você esteja em tão boa forma.

Finn flexionou o braço para ele, sorrindo. Então isso o atingiu. *Agora sei com certeza que não sou o único que está de olho.*

— Me ajude a colocar isso de volta na

caminhonete.

Eles carregaram a furadeira e Joel se espreguiçou depois de colocá-la na parte traseira.

— Não sei você, mas acabei abrindo o apetite.

O estômago de Finn roncou e ele riu.

— Tem que repor todas aquelas calorias que você acabou de queimar, certo?

— Eu ia fazer sanduíches de frango. Há muito, se você quiser se juntar a mim. Parece o mínimo que posso fazer, depois de tudo que você fez hoje.

— Ei, nós dois cavamos os buracos — Finn o lembrou. — E por mais que eu ame a ideia de um sanduíche de frango agora, de jeito nenhum vou sentar na sua cozinha assim. — Ele gesticulou para a camiseta encharcada de suor.

Joel revirou os olhos.

— Eu *tenho* um chuveiro. *E* você tem uma camisa para vestir depois, se lembra? Como se eu fosse ficar de má vontade você por usar o banheiro. Se não fosse por você, eu ainda teria sete buracos para cavar.

— Tem certeza? — Não que Finn se importasse com a perspectiva de passar mais tempo com Joel, mas não queria parecer *muito* ansioso.

— Me deixe tomar um banho rápido primeiro, depois é todo seu. Tem muita água quente.

Finn olhou para os buracos recém cavados.

— Vá tomar seu banho e, enquanto estiver fazendo isso, vou começar a remover um pouco da sujeira desses buracos.

Joel sorriu.

— Você nunca fica parado? — Ele entrou na casa.

Finn pegou a pá que estava encostada na parede e começou a remover a terra solta. No momento em que o grito de Joel de *sua vez!* chegou até ele, o solo estava nivelado e nove buracos perfeitos estavam prontos para serem preenchidos com concreto. Finn recolocou a pá contra a parede e usou a caixa para entrar na casa. Ele tirou as botas, deixando-as ao lado das de Joel no tapete.

Joel saiu do banheiro, com o cabelo ainda úmido e vestindo uma camiseta limpa.

— Coloquei toalhas limpas para você e um sabonete novo. Fique à vontade para usar meu shampoo.

Finn sentiu o cheiro dele, que foi direto para seu pau. *Amo o cheiro de homem limpo.* Não que ele se importasse com um pouco de suor, nas circunstâncias certas. Ele correu para o banheiro, não querendo que Joel percebesse sua excitação. Quando estava debaixo da corrente de água quente, Finn se lavou a toda velocidade. Não era hora para um banho demorado. Ao sair, notou que Joel havia pendurado sua camisa no gancho atrás da porta.

— O almoço está pronto — Joel gritou.

O rapaz se vestiu o mais rápido que pôde e saiu do banheiro para ser saudado por dois pratos de sanduíches substanciais, uma tigela de batatas fritas e dois copos grandes de suco. Joel já estava sentado e Finn se juntou a ele.

— Obrigado. Isso é ótimo.

— É o mínimo que posso fazer. Esta manhã, apenas uma olhada lá fora foi o suficiente para me deprimir. Sinceramente, pensei que lutaria para fazer tudo. — Joel sorriu. — Trazer o trado foi uma ótima ideia. Acho que formamos uma grande equipe.

— Você estava certo, no entanto, sobre o que disse na quarta-feira.

Joel franziu a testa.

— Qual parte?

Finn riu.

— *É* um trabalho de merda. — Eles riram. Finn atacou seu almoço com entusiasmo, a conversa esquecida por um tempo. Joel ficou em silêncio enquanto devorava seu sanduíche. Bramble se interessou pelo que estavam comendo, até que Joel lhe disse com voz firme para ir para a cama. O olhar de desânimo de Bramble apertou o coração de Finn.

— Não caia nessa.

Finn franziu a testa.

— O quê?

Joel inclinou a cabeça em direção à sala de estar.

— É tudo cena. Aquele cachorro é muito mimado.

Finn sorriu.

— Ele é muito bom nisso.

— *Aham*. Acho que ele ensaia na frente de um espelho.

A fome de Finn diminuiu, ele levou um momento para estudar o homem sentado à sua frente. Foi só então que ele percebeu que Joel estava fazendo a mesma coisa.

— Desculpe. Eu estava te encarando. Isso foi rude.

Finn sorriu.

— Tem algo no meu rosto? — Essa seria uma explicação.

Joel riu.

— Na verdade? Sim. Um pouco de maionese... — Ele estendeu a mão e esfregou o polegar no canto da boca de Finn, depois o limpou em um guardanapo. — Pronto. Saiu. — Finn olhou para ele e Joel corou.

— Não poderia deixar você andando por aí com maionese no rosto.

O simples gesto íntimo causou um arrepio prazeroso na espinha de Finn. Joel o estava confundindo pra caramba. Ele não conseguiu conter sua curiosidade nem mais um minuto.

— Posso te perguntar uma coisa pessoal?

Joel ficou imóvel.

— *Tudo bem.*

— É sobre você e a Carrie.

Joel piscou.

— O que tem nós dois?

O coração de Finn disparou.

— Eu não entendo. Quer dizer, observei vocês dois no fim de semana passado, e... — Ele engoliu em seco. — Vocês parecem se dar tão bem. O que aconteceu? Por que se divorciaram?

Joel ergueu o queixo.

— Simplesmente não era para ser, só isso.

Finn o olhou nos olhos.

— Quanto tempo vocês foram casados?

— Vinte anos.

Isso explicava a facilidade um com o outro, mas algo ainda não batia.

— E há quanto tempo vocês se separaram?

Joel largou o guardanapo com um suspiro.

— Concordamos com o divórcio em dezembro passado. Eu me mudei em janeiro e se o assinamos no mês passado.

Agora fazia ainda *menos* sentido.

Não era típico de Finn ser tão ousado, mas ele não pensava em mais nada desde que conheceu Carrie e viu suas interações.

— Olha, se eu estiver passando dos limites aqui,

você pode me mandar catar coquinho, mas...

Joel piscou brevemente, mas então todo traço de humor desapareceu, e seu olhar ficou um pouco dolorido.

— Você vai ficar por aqui por um tempo, trabalhando no deck. E já provou ser um cara legal. Então acho que posso dizer a verdade.

Um olhar para aqueles olhos azuis disse a Finn qualquer verdade que Joel estava prestes a compartilhar, ele estava morrendo de medo ao pensar nisso.

O quanto isso poderia ser ruim?

Capítulo dez

Por onde eu começo?

— Foi a Carrie quem pediu o divórcio — Joel admitiu. — Não que tenha sido um grande choque. Quero dizer, nós dois sabíamos que isso aconteceria.

— As coisas estavam ruins entre vocês?

— De jeito nenhum. Não houve briga. Ela apenas me chamou para conversar e disse que era óbvio, pelo menos para ela, que nos distanciamos. Éramos mais como colegas de apartamento que um casal. E ela tinha razão. — O alívio que acompanhou aquela conversa... Parecia errado sentir a leveza que o invadiu ao ouvir suas palavras, mas Joel percebeu que Carrie também sentiu o mesmo.

— Acho ótimo que vocês dois se sintam confortáveis o suficiente para serem honestos um com o outro. — A voz de Finn era calorosa. — Ouvir a maneira como você e a Carrie conversam e brincam, me lembra de como sou com meus amigos. Estamos falando das pessoas de quem sou mais próximo.

Joel o invejava por isso. Ele tinha poucos amigos e certamente nenhum de quem pudesse dizer a mesma coisa. *Graças a Deus por Carrie.*

— É por isso que me considero sortudo. Perdi uma esposa, mas ganhei uma amiga. Dito isto, poderia ter sido muito diferente. — *E não é essa a verdade?*

— O que você quer dizer?

Joel o estudou. Ele gostava de Finn, mas, o que havia para não gostar? *Quanto eu devo dizer a ele?*

Só havia uma resposta para isso se quisesse ganhar a confiança e a amizade de Finn. E Deus sabia que ele queria.

— Quer um pouco mais de suco? — Sem esperar para ouvir a resposta de Finn, Joel se levantou e foi até a geladeira, sentindo o pulso acelerar. Ele sabia que estava atrasando o momento, mas lutar contra seu nervosismo estava se mostrando mais difícil que ele esperava.

— Estou bem, obrigado.

Joel serviu-se de outro copo de suco e voltou a se juntar a Finn. Ele respirou fundo.

— Você sabe que há mais por vir, certo?

Finn reprimiu um sorriso.

— Eu meio que percebi.

— Para mim, concordar com o divórcio foi o ponto de partida. — Joel sorriu. — Acho que isso soa um pouco estranho. O divórcio é um fim, certo? Mas a Carrie ser tão honesta comigo sobre como ela se sentia, me encorajou a mostrar a ela a mesma honestidade. Não havia mais necessidade de esconder a verdade. — Ele estremeceu, se lembrando do medo que o consumiu, até o momento em que Carrie começou a chorar. Não lágrimas de tristeza, mas de alívio por ele finalmente se sentir capaz de compartilhar.

Finn estava muito quieto.

— A verdade?

— Acho que contar a verdade a ela foi, de alguma forma, responsável por nosso relacionamento hoje. Agora não temos segredos, mas desde o momento em que nos conhecemos, havia um grande segredo, e era meu.

Finn não disse nada, apenas olhou para ele.

— A Carrie disse que nos distanciamos, mas, no fundo, sei o motivo pelo qual isso aconteceu. Eu sabia que era culpa minha. — Ela negou, é claro, mas Joel nunca seria convencido do contrário.

— Não pode ter sido tão horrendo — Finn protestou. — Não acho que vocês seriam tão próximos quanto são, se tivessem compartilhado algo horrível, algo ruim o suficiente para separar vocês.

Joel já havia sido evasivo por tempo suficiente.

— Me assumir para ela foi a coisa mais difícil que já fiz. — Seu coração batia forte.

Finn engoliu em seco.

— Quando você diz se assumir...?

Joel assentiu. Ele levantou o queixo para encontrar o olhar questionador de Finn de frente.

— Eu sempre soube que era gay. — Ele esperou por alguma reação, um suspiro, um olhar de olhos arregalados, qualquer coisa, mas Finn sequer se encolheu. Joel levantou as duas mãos, com as palmas voltadas para Finn. — Sei que muitas pessoas diriam que sou bi, não gay. E, tecnicamente? Estariam certos. Sim, eu dormi com a Carrie. Mas ela é a única mulher com quem já dormi. O fato é que nunca me considerei bi. Desde que me lembro, eu estava mais interessado em garotos do que em garotas. E quero dizer desde o ensino fundamental.

A respiração de Finn falhou, mas ele não disse nada. Sua falta de repulsa encorajou Joel a continuar.

— Quando eu era mais jovem... — Suas bochechas estavam pegando fogo com a lembrança de suas primeiras façanhas. — Você dormia na casa de amigos quando era mais jovem? — Finn assentiu. — Eu também. A única coisa era que não apenas líamos quadrinhos ou assistíamos TV. Eu estava sempre tentando fazer o outro cara – ou caras – brincarem. — Ele sorriu. — Às vezes funcionava.

Finn arregalou os olhos.

— Ah, meu Deus. Aposto que você era um garoto difícil.

Joel o encarou.

— Se *uma palavra* do que fiz chegasse ao ouvido dos meus pais... eu cresci em um estado muito conservador.

— Isso explica tudo. — Quando Joel deu a Finn um olhar perplexo, ele sorriu. — Você não parece ser nascido e criado no Maine.

Joel riu.

— Caramba, não. Fui criado em Idaho. Carrie e eu nos mudamos para o Maine quando o Nate era pequeno. Minha família era extremamente conservadora, mas com isso não quero dizer religiosa. Durante toda a minha infância e adolescência, fomos pressionados a seguir a linha de "casar e ter filhos". Você *não* tem ideia da pressão. Lá estava eu, com dezessete anos, em meados dos anos 1990, querendo desesperadamente ser eu mesmo, em um lugar onde a maioria das pessoas pensava que ser gay era sinônimo de ter HIV. — Ele suspirou. — E tentando manter em segredo o fato de que durante todo o ensino médio eu tive um namorado.

Finn tomou um gole de suco.

— Uau. Isso deve ter dado trabalho.

Joel assentiu.

— Nós também fizemos faculdade juntos. Seu nome era Davi. Passamos a maior parte do tempo juntos. Mas não havia como sairmos.

— Por que não? Olha, não posso imaginar o que você deve ter passado. Mas com certeza... assim que você foi para a faculdade...

— Isso não importava. O David e eu sabíamos que assumir não era uma opção. Teríamos perdido nossos amigos e família. A única maneira de viver abertamente gay seria mudar de estado. E para nós dois, isso também não era uma opção. Então... chegamos a uma decisão.

Finn exalou lentamente.

— Você namorou garotas.

— Nós dois namoramos. A primeira com quem namorei foi a Carrie. Estávamos juntos há três meses quando ela me pediu em casamento.

Finn sorriu com isso.

— A Carrie não vacila, não é?

Joel riu.

— Não quando ela vê algo que quer. Espero que não seja informação demais, mas naquele momento ainda não tínhamos transado. *Provavelmente* é aqui que devo dizer que o David e eu paramos de transar também, assim que tomei a decisão de namorar garotas. Não gostei da ideia de manter um relacionamento com alguém e traí-lo. O David não gostou muito da ideia, mas aceitou minha decisão. Então... a Carrie me pediu em casamento, eu aceitei, e três meses depois nos casamos. Nenhum de nós viu motivo para esperar.

— E você começou a viver uma mentira.

Joel assentiu.

— Não foi uma mentira completa. Eu costumava ler romances gay sempre que tinha chance. Assistia pornô gay também, mas sim, na maior parte do tempo mantive uma grande parte de mim escondida.

Finn respirou fundo.

— Não estou surpreso que você se divorciou. Isso deve ter colocado muita pressão em seu relacionamento.

Joel deu de ombros.

— Fiz o que muitos gays fazem. Ficamos no armário, casamos e temos filhos, porque é isso o que se espera de nós. Sair do armário era um risco muito grande.

— Como a Carrie reagiu?

— Melhor que eu merecia. Isso nos uniu de alguma forma. — O estômago de Joel se apertou com a memória. — Ela disse que eu tinha sua bênção para viver minha vida e encontrar alguém.

Finn parou.

— Ei... se você está solteiro agora... você e o David poderiam...

— Não, *não poderíamos* — Joel respondeu com voz firme. — Ele se casou também. — Ele fez uma pausa. — Embora também tenha se divorciado.

Finn sorriu.

— Parece uma oportunidade.

A observação fez uma onda de calor irradiar pelo peito de Joel. Ele esperava que Finn concordasse com suas revelações, mas esse nível de aceitação o surpreendeu.

— E talvez fosse... na ficção. No entanto, na vida real? O David se divorciou porque a esposa descobriu que ele a estava traindo com um cara.

— Mas você nunca fez isso — Finn afirmou, olhando nos olhos de Joel.

— Não, jamais. Levei meus votos a sério.

Finn inclinou a cabeça para o lado.

— As crianças sabem? Que você é gay?

Joel balançou a cabeça.

— Quando contamos a eles sobre o divórcio, o Nate reagiu mal. Não quero dizer que ele se tornou argumentativo ou mal-humorado. Ele apenas... se fechou no próprio mundinho. Ele não fala sobre isso. Não *conversa*, ponto final. — Ele sorriu. — Acho que *você* conseguiu mais dele no fim de semana passado que eu em seis meses.

— E a Laura?

— A Laura é uma menina incrível. Parte de mim sente que se eu contar, ela vai ficar bem. Mas não tenho certeza se estou pronto para correr um risco tão grande. — Ele engoliu em seco. — O Nate me culpa pelo divórcio.

Finn semicerrou os olhos.

— Ele *disse* isso?

— Não, mas acho que colocou na cabeça que a Carrie está me acobertando e que fiz algo que nos separou. Se eu disser *ei, adivinhe? Eu sou gay*, acho que isso só vai piorar a situação.

— Você não pode ficar quieto. — Finn não quebrou o contato visual. — Provavelmente tem razão, você sabe. Manter esse segredo corroeu seu casamento. Mas quando vejo você e a Carrie, penso... Você estava certo em contar a ela. E talvez contar para as crianças não seja tão ruim quanto você pensa.

Joel empurrou a cadeira para trás, se levantou da mesa e caminhou até a porta dos fundos. Ele olhou para as árvores além do vidro, os galhos balançando de leve com a brisa.

— Eu estava muito cansado de esconder meu verdadeiro eu. Aqui, posso ser a pessoa que sinto *que deveria ser*: um homem gay assumido. Mas ainda não cheguei lá. *Talvez* quando eu estiver confortável comigo mesmo, eu conte a eles. — No silêncio que se seguiu,

Joel se virou para olhar para Finn, incapaz de deixar de notar sua testa franzida. — Você acha que estou errado. Que eu deveria contar.

Finn respirou fundo.

— Nunca adianta esconder coisas. E digo isso por experiência. Meus pais passaram por um divórcio conturbado, mas não esconderam nada de mim. Eles sempre enfatizaram que dizer a verdade era o caminho a seguir. Alguns dos meus amigos não tiveram tanta sorte. — Ele ergueu as mãos. — Mas é a sua vida, Joel. Você tem que viver da maneira que achar melhor. — Seu rosto brilhava. — Te acho incrível, para não mencionar corajoso.

Joel respirou um pouco mais facilmente.

— Obrigado.

— Pelo quê? Os elogios? Falei de coração.

— Não, por se sentar aqui e me ouvir. Por não julgar.

Finn mordeu o lábio.

— Não estou em condições de fazer isso. Quer saber *por que* eu acho que você foi imensamente corajoso? Você acaba de revelar algo muito pessoal para alguém que conhece há pouco tempo.

Joel voltou para a mesa e retomou seu lugar.

— Eu confio em você — ele disse. — Sei que não nos conhecemos há muito tempo, mas há algo em você...

Finn sorriu.

— Semelhante atrai o semelhante, não é o que dizem?

Joel o encarou.

— Não entendi.

— Tudo bem, vamos tentar de outra forma. É preciso *ser*, para *reconhecer* outro.

O batimento cardíaco de Joel acelerou e algo vibrou lá no fundo. *Sem chance.*

Finn olhou para ele com aqueles olhos cor de tempestade fixos.

— Um dos meus amigos diz que família nem sempre é aquela em que você nasceu, mas aquela que escolhe. As pessoas com quem você escolhe se cercar. As pessoas que você convida para sua vida, que te aceitam, te apoiam, te amam. — Seus olhos brilharam. — Em outras palavras, como diz aquele grupo antigo, Sister Sledge... *We are family* — Ele recitou o verso da famosa música dos anos de 1970 e mordeu o lábio. — Com minhas desculpas pelo fato de que eu realmente não sei cantar.

Puta merda.

— Você é gay.

Finn assentiu.

— Bem-vindo à família.

Capítulo onze

A cabeça de Finn estava girando. *Quais as chances?* Então um pensamento o atingiu. *Certo, talvez ele estivesse realmente de olho em mim.* Ele sorriu para si mesmo. *Eu não imaginava.* Mas ele afastou essa suposição. *E talvez eu esteja muito cheio de mim.* Pensar que Joel estaria interessado nele parecia arrogância.

Joel parecia ter ficado chocado com a revelação de Finn. Ou isso, ou ele ficou sem palavras.

— Obrigado por confiar em mim — Finn disse. — Isso significa muito. E ouvir sua história... acho que minha vida foi mais fácil enquanto eu crescia.

— Hoje em dia, se assumir não é grande coisa. Ou pelo menos é o que me parece — Joel refletiu. — Toda vez que ligo a TV ou acesso à internet, alguém está fazendo isso e ninguém liga. — Ele se inclinou para a frente, com os cotovelos sobre a mesa, segurando o copo com as duas mãos. — Acho que nossas histórias devem ser muito diferentes.

— Não tanto quanto você pode pensar. — Finn sorriu. — Exceto pela parte das noites na casa dos meus amigos. Mas... Agora que estou pensando nisso...

— O que você quer dizer?

— Você me fez pensar em um dos meus amigos, Seb. Não pensei sobre isso antes, mas... — Ele riu. — Aquele filho da puta sorrateiro. — *Como é que deixei de perceber?*

— Vai me dizer *o que* você não pensou antes? — Joel perguntou com um sorriso.

— Quando eu tinha treze ou quatorze anos, alguns amigos costumavam dormir na minha casa regularmente. O Seb era um deles. Eu era um cavalheiro, sempre deixava um deles ficar com a minha cama e os outros dormiam no chão em sacos de dormir. Bem, houve uma vez em que o Seb veio sem o saco e perguntou se poderia dividir comigo. E é claro que eu disse sim.

Joel sorriu.

— Me parece que o Seb era gay. — Ele inclinou a cabeça para um lado. — Ele tentou alguma coisa?

— Acho que eu teria notado se tivesse — Finn respondeu com uma risada. — Embora... tudo bem, não era um saco de dormir grande, então ficamos um pouco espremidos, mas... acordei com o braço dele em volta de mim. Na hora não pensei em nada.

— Gostaria de conhecê-lo algum dia. Ele parece ter sido tão espertinho quanto eu. — Joel tomou um gole de seu suco. — Então você tinha um amigo gay? Segurança em números, certo?

— Na verdade, no colégio éramos três. Pensávamos em nós mesmos como os três mosqueteiros gays. Como eu disse, os semelhantes se aproximam. Nós nos encontramos e continuamos amigos.

— Isso é incrível. Esses são os amigos de quem você estava falando?

Finn assentiu.

— Levi e Seb eram os dois originais. Depois o Noah, Ben, Shaun, Dylan e Aaron meio que se juntaram a nós. — Ele sorriu. — Minha família.

Joel piscou.

— Não acredito que são *todos* gays. As chances de oito adolescentes gays se tornarem amigos devem ser astronômicas.

— Concordo. Eu diria que quatro são. — Ele não tinha tanta certeza sobre Dylan e Shaun, não que qualquer um deles tivesse falado sobre suas preferências. — E um dos quatro se assumiu recentemente. Ele diz que demorou mais para descobrir as coisas.

— Eu te invejo. Nunca tive nenhum amigo próximo quando jovem.

O coração de Finn se compadeceu dele.

— Posso entender. Você tinha que se esconder. Mas as coisas são diferentes agora. É como você disse... agora pode viver do jeito que quiser. Você é livre para conhecer outros homens, fazer amigos... — Ele sorriu. — Caramba, você me conheceu, certo?

Os olhos de Joel brilharam.

— Você vai ser meu amigo? — Ele revirou os olhos. — Isso me faz parecer como se eu tivesse seis anos.

Finn riu.

— Podemos nos tornar amigos com certeza. Sei que vou trabalhar para você, mas acho que já passamos da fase de empregador/empregado, não é?

O sorriso de Joel era brilhante.

— Com certeza. — A felicidade fazia bem para ele. — Obrigado novamente pelo que fez hoje.

Finn sorriu.

— Trazer a ferramenta?

— Isso e a conversa. Você *não* tem ideia de como foi importante.

A ideia de que ele trouxe uma medida de felicidade para Joel fez Finn se sentir como se tivesse ganhado um milhão de dólares.

— Você tem uma vida totalmente nova pela

frente. Isso deve ser muito emocionante.

— Emocionante e assustador pra caramba.

Finn sabia que ele estava pensando nos filhos. E embora ele pudesse passar o resto do dia conversando com Joel, havia trabalho esperando por ele em casa, sem mencionar a ferramenta parada em sua caminhonete.

— Obrigado pelo almoço, mas eu realmente preciso devolver a ferramenta. O dono dela está construindo sua casa agora.

— Esse é o seu sonho também.

Finn sorriu.

— Você se lembrou. Sim. Um dia, talvez. Mas até então, tenho algumas tarefas para preencher o resto do fim de semana. *No próximo*, você poderá me assistir derramar concreto.

Os olhos de Joel brilharam.

— Aguenta coração. Não tenho certeza se ele aguenta tanta empolgação. — Ele apontou para a camiseta de Finn que havia colocado nas costas de uma das cadeiras. — Não se esqueça de levar sua roupa suja com você.

— Obrigado novamente pelo uso do chuveiro.

— Imagina. Ah, e falando nisso? No outro dia, quando você me disse para não chegar muito perto? — Joel sorriu. — Não me importei com o seu cheiro.

Não havia como confundir aquele brilho nos olhos de Joel.

Ora, sr. Hall. Você está flertando comigo.

Finn tossiu.

— É melhor eu ir embora. — Ele pegou a jaqueta e a camiseta, e Joel o acompanhou até a porta. Bramble se levantou da cama e veio trotando. Finn estendeu a mão para acariciá-lo. — Bom menino. —

Isso lhe rendeu um abanar de rabo.

— Vou procurar por você na próxima vez que estiver passeando com o Bramble na praia. Tenha uma boa semana.

Eles se despediram, então Finn se dirigiu para a caminhonete. Ele ligou o motor e saiu da garagem, lançando um último olhar para Joel pelo espelho retrovisor.

Bem, o que dizer sobre isso?

Finn não ia fazer nada quanto a isso, não seria profissional, mas ele não podia negar que algo havia mudado.

Eu sempre posso ter esperança, certo?

Joel sorriu quando viu o nome de Carrie na tela.

— Oi — ele disse assim que atendeu a ligação. — Tenho buracos.

Carrie riu.

— O que acha de reformular isso? Ou, pelo menos, me dar mais informações?

Joel riu.

— O Finn passou por aqui hoje e trouxe uma ferramenta muito útil. Todos os buracos estão feitos, prontos para o concreto.

— Ele fez todos?

— Não, *ele* não... *nós* fizemos. Ele não poderia ter

feito sem mim. — Ele sabia que soava presunçoso, mas Joel não dava a mínima.

— Ah, agora eu entendo. Tenho certeza de que você vai ser um dos convidados daquele reality de reformas.

— Pode zombar, mas deveria ter me visto.

Ela riu.

— Então sábado é dia de concreto?

— Sim. O Finn disse que vai deixá-lo curar, e então vai dar andamento.

Houve uma pausa.

— O Nate e a Laura querem te fazer uma visita no próximo fim de semana... sozinhos.

O batimento cardíaco de Joel acelerou.

— Sério? O Nate gostou dessa ideia?

— Sim, ele está feliz com a viagem. Mas só vou deixá-los vir se você tiver certeza de que não vão atrapalhar.

Joel riu.

Eles não vão ficar no meu caminho. Finn é quem vai fazer o trabalho.

— Mais uma coisa: a Laura perguntou se eles poderiam ficar.

O peito dele se apertou.

— O Nate está bem com isso também?

— Ele concordou. — Outra pausa. — O que é mais importante é: *você* está bem com isso?

— Por que não estaria? Vai ser ótimo. Vou me certificar de comprar pipoca e refrigerante, e podemos assistir a um filme. — Então ele percebeu que precisaria sair para fazer compras. Precisaria de mais roupas de cama.

— Ei, pega leve com o refrigerante. A Laura já é hiperativa como é. Você não quer que ela quique nas paredes.

Ele riu.

— A Laura não precisa de refrigerante para isso.

— Verdade. — Carrie limpou a garganta. — Então... o Finn... Ele *não* é como eu o imaginei.

Joel lembrou de sua descrição.

— Não mesmo.

— Na verdade, eu diria que ele é muito fofo. — Seu tom tornou-se provocador. — Você está interessado? *Ele* está interessado?

Ah, caramba.

— Pare com isso. Você não sabe nada sobre ele. Você me ouviu tentando te arrumar homens?

O silêncio caiu do outro lado da linha.

— O que você não está me contando?

Droga.

— O que te faz pensar que não estou te contando algo?

— Porque eu te *conheço.*

Ter alguém que o conhecia como ela era uma bênção e uma maldição.

— Nós conversamos muito hoje. Ele fez algumas perguntas sobre nós. Queria saber por que nos damos tão bem, apesar do divórcio. E... contei a ele sobre o meu passado.

— Uau, isso deve ter exigido um pouco de coragem. Ele é a primeira pessoa a quem você contou desde que conversamos?

— Sim. — Joel ainda não conseguia acreditar que tinha encontrado coragem para fazer isso.

— Estou orgulhosa de você. E aí?

— E aí o quê?

— Como ele reagiu?

Não havia como contornar isso.

— Acontece que... o Finn é gay.

Uma gargalhada feliz ecoou em seus ouvidos.

— Muito bom. Eu gosto do caminho que essa história está seguindo.

— Ei, isso não vai a *lugar nenhum*. Então ele é gay. — Joel ergueu os olhos para o céu. *Eu* sabia *que ela faria isso*.

— Sim, ele é. Também é fofo e engraçado, para não mencionar sexy pra caramba.

Ele é mesmo, não é? Não que ele fosse dizer isso a ela.

— Ele está disponível ou tem um namorado escondido em algum lugar?

— Não sei. Ele não disse e não perguntei.

— Mas por que não? Se fosse *eu* naquelas circunstâncias...

O pulso de Joel acelerou.

— Ei. E daí se ele for gay? Isso não significa que ele estaria interessado em mim.

— Ah, mas ele está. — Ele podia ouvir o sorriso em sua voz.

— Está o quê?

— Interessado.

— E no que você está se baseando? Intuição feminina?

— Não, em algo muito mais tangível. Eu o observei quando você estava tendo a aula sobre como usar a serra.

— Achei que você estava fazendo café na hora. — *E o que ela viu para fazê-la pensar que ele está interessado?*

— Sou multitarefa. Acredite em mim, ele gosta de você.

— Gosto dele também. É um cara legal.

— Você sabe o que eu quero dizer.

Algo se agitou no estômago de Joel.

— Não. Não. Eu *não* vou por esse caminho. Se eu começar a pensar assim, vou ficar analisando demais tudo o que ele diz, cada olhar, cada ação.

— Como diz o ditado, perco tudo, menos a esperança. Vou ficar na expectativa e você não pode me impedir.

— Tudo bem. Tenha esperança. Enquanto isso, *vou* viver no mundo real.

— Joel. — Carrie suavizou o tom de voz. — Não há nada de errado em admitir que você gosta dele. Ou que gostaria que algo viesse disso. Eu entendo, você está nervoso. Deus sabe que entendo exatamente como você se sente. — Ela deu uma risada irônica. — Olhe só para nós dois. Regredimos para a adolescência.

— As coisas ainda estão bem com o Eric?

— As coisas estão ótimas. Ele... ele me convidou para viajar no próximo fim de semana.

Joel riu.

— *Agora* entendo por que as crianças vão vir para cá. Eu sou a babá.

— Não é, *não*. Na verdade, a Laura já havia me pedido isso antes do Eric tocar no assunto.

— Hum-humm.

— É sério.

— E você? Está bem com essa viagem?

— Sim. Não tenho ideia de onde ele vai me levar e é só por uma noite. Posso admitir que estou nervosa?

Joel riu.

— Junte-se ao clube. Saia esta semana e compre uma lingerie nova. Algo para impressioná-lo.

— Farei isso, mas só se *você* prometer não desistir da ideia de convidar o Finn para um encontro. E antes que me diga que ele não está interessado, deixe-me dizer uma coisa. A maneira como ele te olhou quando você serrou o primeiro poste foi *adorável.*

Joel gostaria de ter visto também.

— Ei, Joel? Talvez seja melhor *você* ir comprar uma nova roupa íntima sexy. Sabe como é, só por garantia...

— Pode parar com isso? — Como se ele não soubesse que ela continuaria por esse caminho. — Diga às crianças que estou ansioso para a vinda deles. E tenha um ótimo fim de semana. — Eles se despediram e Joel desligou.

Ela está certa sobre o Finn?

Apesar de seus fervorosos protestos de que não faria nada, Joel sabia que Carrie estava certa sobre a questão da esperança.

Ela tinha acabado de acender o fogo sob a dele.

Finn estava deitado na cama, com os dedos entrelaçados debaixo da parte de trás da cabeça enquanto olhava para o teto.

Joel é gay.

Isso acrescentou uma nova dimensão à imaginação de Finn.

Parece que faz vinte anos desde que esteve com um cara. Mas sexo era como andar de bicicleta, certo? Ainda assim, o pensamento de Joel redescobrir as alegrias do sexo trouxe consigo imagens deliciosas. Pelo menos agora, Finn tinha alguma noção de como era o corpo sensual que se escondia debaixo das roupas de Joel.

Ele passou a mão pelo ventre e acariciou seu pau duro devagar, com os olhos fechados. Como uma reflexão tardia, Finn pegou o lubrificante da mesa de cabeceira e a toalhinha pendurada na maçaneta da gaveta.

Ele iria precisar.

— O que você quer fazer?

A respiração de Joel falhou.

— Tudo?

Finn soltou uma risada enquanto acariciava o torso de Joel com um único dedo, notando o tremor que o percorreu quando Finn alcançou seu pau.

— Que tal estreitarmos um pouco o campo? Por onde você quer começar?

Joel abriu os lábios e suas pupilas dilataram.

— Com seu pau na minha bunda?

Finn poderia trabalhar com isso.

— Vire-se.

Joel virou de bruços, com os quadris inclinados para cima, e Finn passou as mãos por baixo dele para abrir o zíper da calça jeans. Ele a segurou com firmeza e sem pressa, e a abaixou para revelar aquele traseiro lindo.

Joel virou a cabeça para olhar para ele.

— Não me faça esperar. Faz muito tempo.

O tom de anseio em sua voz foi direto para o pau de Finn. Ele puxou os jeans de Joel até tirá-los completamente, então se ajoelhou entre suas pernas, abrindo-as com os joelhos.

— Caramba, sim — Joel sussurrou.

Finn deu uma olhada no traseiro de Joel, abrindo as nádegas, enquanto provocava aquela pequena entrada com a língua. O outro homem inclinou mais a bunda, e Finn continuou,

*beijando, lambendo e acariciando a entrada de Joel até que ele
estivesse em movimento constante, e o pênis de Finn estivesse
vazando o líquido pré-ejaculatório em um fluxo constante.*

— Pronto para mim?

Joel virou a cabeça, com o rosto corado.

— Coloque em mim.

*Finn segurou seu pau com os dedos úmidos, depois
inclinou a cabeça para beijar o cenho franzido de Joel.*

*— Respire, amor. — Ele o penetrou de leve, gemendo
quando o corpo de Joel cedeu e ele finalmente estava dentro. —
Puta merda, tão apertado.*

Joel ofegou.

*— O que você esperava? Você é o primeiro cara que entra
em mim em algumas décadas. — Então um gemido escapou de
seus lábios quando Finn o penetrou mais. — Ah, caramba, você
está tão dentro de mim.*

Finn moveu os quadris, deslizando o pênis
contra os lençóis de algodão, ganhando impulso como
em sua cabeça, como se Joel se movesse para trás para
encontrá-lo. A fricção foi perfeita, e rápido demais,
Finn sentiu a aproximação do orgasmo. Ele enrijeceu
quando gozou, levando a toalha depressa contra si para
pegar o primeiro gozo. Finn segurou o pau ao redor da
base e tremeu enquanto gozava. Quando terminou, ele
se limpou, estremecendo quando passou a toalha sobre
a cabeça sensibilizada.

Ele caiu de costas, o pau mole contra sua coxa.

Uau. Essa foi uma fantasia sexy demais. Sentiu
uma pontada de culpa com a ideia de se masturbar
pensando em Joel. *Ele quer um amigo, lembra?*

Finn poderia ser amigo.

A questão era que ele queria ser muito mais que
isso.

Capítulo doze

Pela terceira vez naquela manhã, Finn olhou para a praia, procurando por qualquer sinal de Joel. Tentou não ser óbvio, mas alguns caras perceberam, resultando em muita provocação. O rapaz respondeu que *eles* olhavam com frequência para as pessoas que passavam, então por que ele não deveria? Não que a provocação o irritasse, era mais um caso de que ele se arrependia de ter entregado munição.

Então Joel apareceu e, assim, o dia de Finn ficou muito melhor. Ele usava jaqueta de couro marrom e jeans, o cachecol enfiado debaixo do queixo. Bramble parecia estar com pressa para fazer sua corrida matinal: ele estava puxando a coleira com força, mas Joel a segurava com firmeza. Uma vez que estavam na areia, ele o soltou e Bramble partiu, correndo para as ondas que batiam na costa e farejando tudo à vista.

O que eu daria para estar lá embaixo, andando com ele...
Nesse momento Joel olhou para o hotel, protegendo os olhos. Finn soube o quando o outro homem colocou os olhos nele. Ele levantou a mão e acenou. O rapaz acenou de volta, percebendo tarde demais que sua saudação não havia passado despercebida.

— Ah. Estamos *acenando* agora, não é? — Tim falou em óbvio deleite.

Finn forçou o máximo de indiferença possível em sua resposta.

— Vá se foder.

Aparentemente, não foi o suficiente.

— Atingimos um ponto fraco, pessoal. Deixe-me ver. — Max abriu caminho sobre as tábuas até a borda, olhando para a estrada. — É ele? O cara na praia? — Finn não respondeu, mas isso não iria parar Max. — Então, como ele é na cama?

Finn sorriu.

— Por quê? Está pensando em adicioná-lo à sua lista de *com quem trepar*? Vou perguntar se ele pode te receber esta semana.

Max devolveu o sorriso.

— E ele já te *recebeu*?

Finn mostrou-lhe o dedo do meio.

— Só estou fazendo um trabalho para ele.

Ted gargalhou.

— É *assim* que chamam hoje em dia? Isto me lembrou de uma coisa. Da gostosa que conheci no fim de semana... É melhor eu ligar para o número que ela me deu e ver se ela quer que eu "faça algum trabalho". — Ele fez aspas no ar e os outros gritaram, rindo.

— Esse é o cara para quem você pegou minha ferramenta emprestada? — Arnie perguntou. Ele sorriu. — Aposto que *ele* conseguiu uma perfuração.

Finn simplesmente acenou com a mão e voltou ao trabalho. Ele sabia que não demoraria muito para que encontrassem outro assunto para ocupar suas cabecinhas sacanas. Na sequência, começaram a falar sobre a última conquista de Max e Finn se desligou. Não queria ouvir sobre as supostas proezas sexuais do colega de trabalho.

Quando chegou a hora do intervalo, ele se sentou em sua caixa de ferramentas como de costume e se serviu de café.

Lewis se aproximou e se agachou ao lado dele.

— É isso mesmo, você está trabalhando para ele? O Sr. Amante de Cachorros?

— Sim. Estou construindo um novo deck. E o nome dele é Joel.

Os olhos de Lewis brilharam.

— Joel, é? Achei fofo. Mas ei, trabalhar para ele deve abrir muitas possibilidades. Talvez você possa atraí-lo para o outro lado. Você sabe, convencê-lo de que rebater para o outro time não é tão ruim. *Você* daria muito menos trabalho que uma mulher.

Finn olhou por cima do ombro, se certificando de que os outros não estavam ao alcance da voz.

— Ele já rebate para o meu time — respondeu em voz baixa.

Lewis arregalou os olhos.

— Não me diga. Sério? — Ele se levantou e olhou para a praia. — Ele ainda está lá. — Ele deu a Finn um sorriso maligno. — Você pode convidá-lo para vir até aqui. Você sabe, para compartilhar seu café.

Finn tinha certeza de que a maior parte de Goose Rocks Beach ouviu seu bufo.

— Ah, tá.

— Ah, por que não? Tenho certeza de que os outros adorariam conhecê-lo. — Ele olhou para a praia. — Não olhe agora, mas ele está nos observando. — Aquele sorriso maligno ainda era evidente. — Devo te dar um beijo para deixá-lo com ciúmes?

Finn bufou.

— Você não faz meu tipo. E lamento desapontá-lo, mas não há nada entre nós.

Lewis se inclinou para mais perto.

— Ainda. Não há nada entre vocês *ainda*. Mas dê tempo ao tempo. — Ele deu um tapinha no ombro de Finn, então foi se juntar aos outros.

Finn tomou um gole, com o olhar fixo no homem magro, passeando pela praia com Bramble correndo em círculos, como sempre fazia.

Deus, ele queria que Lewis estivesse certo.

Finn tinha acabado de jantar quando o telefone tocou. Ele sorriu quando viu o nome de Seb.

— Você está me ligando da escola ou te deixaram sair de lá?

— Sim, estou rindo pra caramba. Não *moro* lá, sabia? — Ele riu. — Às vezes parece que sim. — Um suspiro encheu os ouvidos de Finn.

— Acho que para você deve ser como quando éramos crianças, quando as aulas acabavam. A perspectiva de todas aquelas semanas de liberdade.

— É isso aí. Mas não estou ligando para falar sobre meus planos para um verão quente... porque, acredite, vai ser. Quero saber como foi com o Sr. Divorciado. Isto é, se ele *for* divorciado.

Finn riu.

— E por que você quer saber sobre ele? — Como se ele não soubesse.

— *Dã.* Quero saber se há uma chance de vocês acabarem entre os lençóis. Porque se tem um cara que precise transar, é você. E daí se ele for hetero? Isso não significa que não esteja curioso. — Seb deu uma risada maligna. — Já passei por isso, querido. Teve um que...

— Antes de você começar a voltar no tempo, preciso atualizá-lo. — Finn fez uma pausa. — Ele não é hetero.

— Ele é... puta merda. — Seb soltou um grito de prazer óbvio. — Parece que seu presente de aniversário chegou mais cedo este ano... e aposto que não será a *única* coisa que chegará mais cedo. Depois de todo esse tempo, você vai explodir como um foguete.

Finn havia passado do ponto de ficar chocado com o que saía da boca sem filtro de Seb. Mas antes que ele pudesse dizer uma palavra, Seb avançou.

— Você gosta dele, não é?

— Não importa se gosto dele. Ele não está procurando nada além de amizade.

— Ele *disse* isso? E você não respondeu minha pergunta. Não pense que não percebi.

Finn passou os dedos pelo couro cabeludo.

— Não, ele não disse, e é claro que gosto dele. Ele é um cara legal.

— Hum-hum. Um cara legal que *você* pensou que estava de olho em você.

Finn revirou os olhos.

— Você não está ouvindo? Ele não está interessado.

— Então ele é cego. Caramba, você não faz meu tipo, mas até eu sei que você é gostoso demais. — Seb fez uma pausa. — Ei, é comigo que você está falando. Você pode ser honesto, sabia?

Finn engoliu em seco.

— Ele *é* um cara legal, tá? Ele é inteligente, sexy, engraçado...

— Sexy, né? *Agora* estamos chegando a algum lugar.

— Ele também foi casado por algumas décadas
e só agora está vivendo como um homem gay. Ele tem
toda essa jornada de descoberta pela frente.

— Parece que ele pode precisar de um guia. —
Outra pausa. — Mas brincadeiras à parte... se você quer
esse cara, pelo amor de Deus, *diga* a ele. Porque você
não sabe se ele pode ser mais que uma fantasia. E ele
é, certo?

— A mais sexy de todas — Finn confessou, seu
pulso acelerando.

— Então vá em frente. O máximo que pode
acontecer é ele dizer não e, embora a rejeição doa pra
caramba por um tempo, não vai te matar. — Seb riu.
— Ah, caramba, eu pareço um professor.

— Um professor muito bom. — Finn suspirou.
— Obrigado, Seb.

— Pelo quê?

— Por ouvir. Cuidar de mim.

— Sempre. Vejo você na festa da Vovó, a menos
que eu te encontre antes.

Eles desligaram e Finn colocou o telefone na
mesa. *É impossível não amar o Seb.* Quando tocou mais
uma vez, ele sorriu. *O que ele se esqueceu de dizer?* Então
ele viu o nome, e sentiu o corpo esquentar.

Era Joel.

Finn clicou em *atender*.

— E você diz que não posso ficar longe. — A
tentação de passar na casa de Joel depois do trabalho
foi enorme, mas Finn resistiu. Ele poderia ter alegado
que queria verificar a entrega de materiais, mas parecia
uma desculpa esfarrapada.

— Estou te incomodando?

*Senhor, não. Eu ouviria sua voz por horas, se tivesse meia
chance.*

— Não. Acabei de comer. O material chegou?

— Sim, esta manhã. Acho que irritei o motorista.

Finn riu.

— O que você fez?

— Ei, fiz exatamente o que você disse e verifiquei tudo na lista que você deixou comigo. Ele ia deixar tudo e ir embora, mas eu disse que não ia assinar até conferir.

— Deixe-o ficar chateado. Você agiu certo. Presumo que não faltou nada.

— Não, está tudo aqui. Também está no jardim da frente, o que não me agrada. Qualquer um poderia subir e pegar o que quisesse.

— A menos que alguém esteja procurando por piso e cimento grátis, duvido. — Finn sorriu. *E há um potencial ponto brilhante para terminar o meu dia.* — Olha, se estiver preocupado, posso passar aí e levar tudo para o quintal.

— Não precisa — Joel protestou, embora não de forma muito vigorosa.

— Não é grande coisa. Eu só ia assistir TV. Me deixe pegar as luvas e já vou. — Ele desligou antes que Joel tivesse a chance de protestar novamente.

No momento em que Finn entrou na garagem, Joel já estava no jardim da frente, empurrando um saco de cimento em direção ao portão lateral.

— Ei! — Finn gritou enquanto saía da caminhonete. — Pare. Vou te ajudar.

Joel olhou para ele com as sobrancelhas arqueadas.

— Está insinuando que não sou forte o suficiente para fazer isso? — Ele contraiu os lábios. — Ótimo jeito de me fazer sentir emasculado.

— Não estou insinuando nada. Eu faço isso para

viver, então estou acostumado. Você pode... empurrar alguma coisa. E eu odiaria que isso acontecesse. — Finn colocou as luvas enquanto ia até Joel. — Pelo menos abra o portão primeiro.

Joel abriu, depois voltou para o saco.

— Essas coisas são pesadas.

— Nem fala. — Finn apontou para uma das pontas. — Pegue essa ponta. Mas dobre os joelhos ao se levantar, sim?

Joel riu.

— Sim, senhor. — Os dois carregaram os sacos até o quintal e continuaram indo e voltando com as tábuas. Joel enxugou a testa enquanto depositavam a última tábua e voltou para a pilha ainda substancial de suprimentos. — Não fazia ideia de que um deck precisaria de tudo isso.

Finn riu.

— Sim, se quiser um que dure mais de cinco minutos. Mas ei, você não precisa pensar em nada disso. Seu trabalho será ficar na porta, balançando a cabeça e sorrindo enquanto eu trabalho, e ocasionalmente me perguntando se quero um café ou algo assim. *E me dando algo lindo de se ver.*

— Eu posso fazer isso — Joel afirmou com confiança. Seus olhos brilharam. — Essa é sua maneira de dizer *fique fora do meu caminho enquanto estou trabalhando?* Você já teve clientes que achavam que poderiam fazer o trabalho melhor que você?

Finn bufou.

— Com certeza. Deus me salve dos adeptos do *faça-você-mesmo* que querem me dar uma palestra sobre como usar a serra porque não estou "fazendo certo" — ele disse, fazendo aspas no ar.

Joel riu.

— Não serei um desses.

Uma vez que estava tudo fora de vista atrás da cerca da casa de Joel, Finn tirou as luvas.

— Pronto. Feliz agora?

— Em êxtase. — Joel inclinou a cabeça em direção à casa. — Quer um café ou algo mais forte? Parece o mínimo que posso fazer.

Finn não precisou considerar o convite por mais de um nanossegundo.

— Claro, por que não? Embora eu possa ter que dizer não para as coisas mais fortes. Vou ter que dirigir e tudo mais.

Joel sorriu.

— Não estava planejando te deixar embriagado. Uma cerveja. Você consegue beber uma cerveja, certo? Além disso, a *que* distância você mora daqui?

Finn poderia tomar uma cerveja naquele momento.

— Tudo bem, você ganhou. — Ele colocou as luvas de volta na caminhonete e entrou na casa. Bramble estava a seus pés em um piscar de olhos, e Finn acariciou sua cabeça e orelhas macias. — Oi, garoto.

Joel já estava na mesa da cozinha, onde estavam duas garrafas de cerveja.

— Na garrafa mesmo ou quer um copo?

Ele riu.

— Copos são para almas mais delicadas que eu. — Ele pegou a garrafa oferecida e olhou para o rótulo.

— *Pale ale* está bem para você? — Joel perguntou. — Se não estiver, tenho uma cerveja tipo malte ou uma de trigo estilo belga.

— *Pale ale* é boa, embora eu seja mais do tipo *lager*. Só não me lembro de ter visto esse rótulo antes.

Joel bateu na garrafa com o dedo indicador.

— Comprei em uma micro cervejaria em Portland. O que me lembra... está acabando. Preciso comprar mais na próxima vez que passar por lá.

Finn arqueou as sobrancelhas.

— Devo dizer que esta é uma experiência nova. Normalmente, eu me contento com uma Bud.

— Bem, não há nada de errado em experimentar coisas novas. Me diga o acha. Tenho a sensação de que você vai gostar.

Eles foram para a sala. Joel se sentou na cadeira de balanço e Finn na poltrona. Bramble os seguiu, escolhendo sentar-se aos pés do rapaz. Ele se inclinou para a frente e coçou atrás das orelhas de Bramble.

— Seu cachorro gosta de mim.

— Meu cachorro gosta de qualquer um que preste atenção nele. Desculpe. — Joel ergueu a garrafa. — Saúde.

Finn o imitou, então tomou um longo gole. Ele deu um aceno apreciativo.

— Gostei.

O sorriso de Joel iluminou seu rosto.

— Viu? Eu te disse.

— Sim, verdade. — Ele esticou as pernas e relaxou na cadeira.

— Dia difícil? — Joel perguntou.

Finn riu.

— Não mais que qualquer outro.

— Isso obviamente mantém você em forma.

A parte esperançosa do cérebro de Finn entrou em ação instantaneamente. *Ele está dizendo isso porque gosta do que vê?* Afastou a ideia. *Não* podia se dar ao luxo de pensar assim sobre Joel. Além disso, não era como se o homem estivesse olhando para ele, ou despindo-o com os olhos, certo?

E que pena é isso.

— Você cresceu por aqui? — Joel perguntou, se balançando lentamente.

— Um pouco. Nasci em Wells, a cerca de vinte quilômetros daqui — ele respondeu, apontando para o sul. — Não que eu não tenha estado fora do estado... me mudei para Millbury, Massachusetts, por quatro anos enquanto estava estudando. Mas eu voltava para casa na maioria dos fins de semana.

— Caseiro, hein?

Finn riu.

— Não exatamente. A maioria dos caras da minha classe passava os fins de semana em bares e eu não bebia muito. Vi muito disso enquanto crescia.

Joel arregalou os olhos, mas não disse nada.

— Houve um ano em voltei pouco.

— Deixe-me adivinhar. Algo a ver com um cara?

Finn assentiu.

— O Eli foi meu primeiro namorado. Nos conhecemos na aula, o que tornou as coisas um pouco estranhas quando terminamos. Não foi um término ruim. Ficamos muito bem por cerca de três meses, até que outra pessoa chamou sua atenção, então concordamos em terminar. No momento em que as aulas acabaram, ele passou por homens como eu passo por lâminas de serra.

— Você já teve muitos relacionamentos? — Joel ficou imóvel. — A menos que não queira falar sobre isso. Pode me mandar cuidar da minha vida.

Finn acenou com a mão.

— Está tudo bem. E não há muito o que contar. — Ele gostava de Joel, mas de jeito nenhum iria compartilhar seus fracassos.

— Me conte sobre esses seus amigos.

Finn bebeu um pouco de sua cerveja.

— O que você quer saber?

— Bem, pelo que disse outro dia, parece que você é amigo deles há muito tempo. A parte sobre dormir na casa de outros garotos... conhece algum deles desde a adolescência?

— Ah, bem antes disso. Pelo menos, o Levi e eu estamos juntos desde o início do ensino fundamental. Conhecemos o Seb na oitava série. Então, quando chegamos ao ensino médio, os outros meio que se desviaram do nosso caminho.

— Mas você não sabia que o Levi e o Seb eram gays quando estavam no ensino fundamental, não é?

Finn balançou a cabeça.

— Isso veio depois. — Ele bufou. — Descobrir revistas gays na bolsa de ginástica do Seb foi meio que revelador, mas ele nunca foi sutil sobre gostar de garotos.

Joel mordeu o lábio.

— Olha, não precisa responder isso, mas... seus amigos gays... vocês já...?

Não era preciso ser um gênio para descobrir o que ele queria saber.

Finn começou a rir.

— Meu Deus, não. Eles são mais como irmãos. Não que eu tenha me sentido atraído por algum deles. O que não significa que sejam feios, porque...

Os olhos de Joel brilharam.

— Pode parar por aí. Eu entendo.

— Não há nada de errado com eles — Finn continuou. — É só que...

— Só que o quê?

Finn deu de ombros.

— Eles não são meu tipo.

O sorriso de Joel deixou Finn agitado.

— Então você tem um tipo?

Ah, sim, e estou olhando diretamente para ele.

Finn tossiu.

— Vou me reservar ao direito de ficar calado.

A respiração de Joel falhou.

— Entendo. — Ele tomou um gole da garrafa e nenhum dos dois disse nada por alguns minutos.

Eu poderia ter mentido. Poderia ter dito que estava interessado em bombeiros, médicos, qualquer tipo de homem. Qualquer coisa para impedi-lo de saber que gosto de caras mais velhos... bem, um cara mais velho em particular.

Joel parou de se balançar.

— Ah. Esqueci de mencionar uma coisa. Não serei apenas eu quem estará de olho em você pela porta dos fundos neste fim de semana. As crianças virão para cá e vão passar a noite aqui.

Finn sorriu.

— Isso é ótimo. — Ele inclinou a cabeça quando Joel não respondeu. — Não é?

— Acho que sim. Estou feliz que o Nate se sinta confiante o suficiente para fazer a viagem sem a Carrie como apoio.

— Nunca se sabe. Talvez não ter a Carrie por perto signifique que ele se abra um pouco. — Finn só podia imaginar o quanto a situação machucava Joel.

— Talvez. Veremos. — Joel acenou com a cabeça em direção à garrafa de Finn enquanto bebia o resto de sua cerveja. — Quer outra?

— Melhor não. — Finn olhou para o relógio na parede. — Na verdade, é melhor eu ir. Tenho que acordar muito cedo. — Ele se levantou e Joel também.

— Claro. Obrigado novamente por ter vindo.

Eu realmente não esperava que você fizesse isso. —
Ele estendeu a mão para a garrafa de Finn e, quando o
rapaz a entregou, os dedos de Joel roçaram nos dele. O
olhar de Joel encontrou o de Finn. — Obrigado pela
conversa também.

— De nada. — Nenhum deles se moveu, até que
Bramble se sentou no pé de Finn, encostado em sua
perna. Finn olhou para o cachorro e riu. — Posso
ajudar?

Joel soltou uma risada baixa.

— Ele não quer que você vá embora. — Com
isso, ele foi para a cozinha com as garrafas.

Finn se ajoelhou na frente de Bramble e segurou
a cabeça do cachorro em suas mãos, olhando para os
olhos castanhos líquidos. *Eu também não quero*. Então
ele se levantou mais uma vez quando Joel voltou para
a sala.

— Te vejo no sábado bem cedinho.

— Estou ansioso por isso. — Joel o
acompanhou até a porta.

Quando Finn deu um aceno final antes de sair
para a estrada, sua mente lutava com uma pergunta.

Ele está ansioso para fazer o trabalho ou me ver?
Finn sabia qual opção ele queria

.

Capítulo treze

Finn abriu o portão lateral e caminhou até o quintal. Ele acordou ao nascer do sol como sempre fazia, mas esperou algumas horas antes de sair de casa. Não seria bom acordar seu novo cliente fazendo barulho antes das sete e meia.

Ele olhou para o rolo de tela. Essa seria a primeira tarefa da manhã. Então virou a cabeça em direção à porta dos fundos quando ela se abriu. Joel apareceu, com uma caneca de café na mão. O aroma era quase tão tentador quanto à vista: o homem usava calça de moletom cinza de aparência macia e um suéter largo.

Existe alguma coisa que não o faça parecer lindo?

— Bom dia. — Joel olhou para o próprio corpo. — Por favor, me desculpe a roupa. Estava prestes a me vestir quando ouvi a caminhonete. — Bramble passou a cabeça pela perna de Joel e soltou um latido baixo. O tutor olhou para ele e estendeu a mão para acariciá-lo. Aparentemente, isso era tudo o que o cachorro queria. Ele desapareceu de vista.

Finn sorriu.

— Oi. Entrei direto. Não tinha certeza se você ainda estaria dormindo. E não ia tocar a campainha a essa hora.

— Não se preocupe. Sou madrugador. — Joel inclinou a cabeça para o lado. — Você acorda cedo porque se acostumou por causa do trabalho ou é madrugador de natureza?

— O último, acho. — Finn apontou para o tecido da paisagem. — Eu estava planejando mentalmente minhas tarefas. Quando as crianças chegam?

Joel riu.

— Não faço ideia, mas duvido que seja cedo. Digamos que quando se trata de tirar o Nate da cama, um pé de cabra é útil.

Finn riu.

— Isso me faz lembrar o meu amigo, Ben. Ele *não* é uma pessoa matutina. Costumávamos nos sentar perto dele na primeira aula do dia, para cutucá-lo quando ele adormecia.

Joel ergueu a caneca.

— Eu ia me servir de mais. Quer?

Finn mordeu o lábio.

— Isso não é justo quando estou pronto para começar a trabalhar.

— Desculpe. Só não queria tomar meu café sozinho esta manhã.

Como se Finn pudesse recusar uma oferta como essa.

— Nesse caso, irei pela frente, visto que você precisaria de equipamento de escalada para entrar pela porta dos fundos.

Joel revirou os olhos com a piada de Finn.

— Porque, claro, a porta dos fundos está muito alta em relação ao chão. — Ele a fechou. Finn atravessou o portão lateral e deu a volta na varanda da frente. Joel já havia aberto a porta, e assim que o rapaz entrou, o aroma de dar água na boca de café e bacon encheu suas narinas.

— Gosto do cheiro da sua casa pela manhã. — Ele tirou as botas e caminhou pelo chão de madeira de meias.

Joel soltou outra risada.

— O bacon ainda demora um pouco. Sirva-se de café. E enquanto isso, me diga o que espera de mim em termos de bebidas e lanches ao longo do dia.

Finn olhou para ele.

— Não espero que você me alimente. Trouxe uma garrafa térmica com café, duas garrafas de água e fiz sanduíches.

— Bem, nem pense em comer isso aí fora. As crianças vão querer que você almoce conosco. — Joel apontou para cima. — Vou trocar de roupa. Você sabe onde está a cafeteira. — E com isso, ele subiu a escada.

Finn entrou na cozinha e examinou as bancadas organizadas.

— Joel? Onde você guarda as canecas?

— No armário acima da cafeteira — o outro homem gritou. — Tem creme na geladeira. Você não toma com açúcar, certo?

— A sua memória é boa. — Finn abriu o armário e pegou uma caneca. O cachorro apareceu ao seu lado, e Finn lhe deu um tapinha. — Bom dia para você também, Bramble. — O cachorro se sentou no pé de Finn e se inclinou, o que o fez rir. — Você não pode ficar aí. Vá em frente, volte para sua cama. Em um minuto, você pode ganhar carinho. — Bramble soltou um pequeno bufo e voltou para a sala de estar. — Ei, Joel? Sabe que o concreto só vai me tomar metade do dia, certo? Talvez eu tenha terminado quando você estiver pronto para o almoço.

A risada de Joel reverberou pela cabana.

— Senhor, eu amo o seu otimismo. Acha mesmo que vai manter sua programação quando as crianças chegarem? Não acha que pode ter algumas *interrupções*?

Finn riu.

— Tudo bem, você pode ter razão. Está pronto para esta noite? Você deve estar feliz por eles passarem a noite aqui. Primeira vez na casa nova e tudo mais.

— Feliz... e nervoso.

— Por que nervoso?

— Porque eles não fizeram isso antes. Quando me mudei, eles não vieram me visitar... eu fui até eles. Então isso é uma grande coisa.

Finn não se deixou enganar pela voz calma de Joel.

— Não, isso parece uma coisa *enorme*. O que planejou para eles?

— Pizza para o jantar... não dá para errar com pizza. E tenho refrigerantes e pipoca para mais tarde, enquanto assistimos a um filme.

Finn parou, com a caneca a meio caminho dos lábios.

— Er... quem vai escolher o filme?

Joel riu.

— Eles. Vou apenas ligar a Netflix e passar o controle remoto. Porque Deus me livre de escolher um filme que eles achem velho, chato, ou... estou sem ideia de qual expressão as crianças usam hoje em dia.

— Acho que deixá-los escolher é a opção mais segura. Apenas esteja pronto para vetar se achar que é inapropriado. — Os filhos de Joel não pareciam ser do tipo que gostavam de assistir a filmes de terror, mas, o que ele sabia? Podia haver apenas sete anos entre ele e Nate, mas todo um abismo de diferença em seus mundos.

Joel entrou na cozinha, vestindo jeans e camiseta.

— Também estou um pouco nervoso porque

será a primeira vez que o Nate dirige até aqui sem a Carrie. — Na mesa da cozinha, o telefone de Joel tocou e ele foi atender. Ele sorriu. — É a minha irmã. É melhor eu atender. — Ele pegou o telefone e foi para a sala.

Finn caminhou até a porta dos fundos, com a caneca na mão, e olhou para o quintal, avaliando quanto tempo o trabalho levaria. Em teoria, poderia construir o deck em três dias, mas isso não permitia imprevistos. Também precisava começar a cadeira de balanço da Vovó, mas isso poderia ser uma tarefa que ele faria à noite... os próximos dois fins de semana eram todos de Joel.

Quero que esteja pronto quando junho chegar. Isso era possível.

— Não, você não pode vir. Não me importo se a Lynne está morrendo de vontade de ver o lugar, tenho planos para hoje. — A voz de Joel se elevou, um contraste com seu estado habitual de fala baixa.

Finn sorriu para si mesmo. *Parece que Joel pode ter a casa cheia de gente.*

— Megan... as crianças vão vir para cá... não sei... Além disso, estou com obra... — Joel suspirou. — Sim, eu sei que você não está tão longe daqui... Está bem, então você não os vê há muito tempo, mas... não me *importa* com que rapidez você pode preparar... você disse macarrão com queijo? Que jogo sujo.

Finn abafou uma risada. Talvez aquele ditado sobre o caminho para o coração de um homem não estivesse tão errado assim.

Joel soltou um suspiro.

— Tudo bem. Uma hora. Tenho certeza de que eles já estarão aqui... Claro... Até lá.

Finn não se moveu de seu lugar perto da janela.

Joel logo se juntou a ele, com outra caneca de café na mão.

— Estou supondo que você ouviu a maior parte disso.

Finn reprimiu um sorriso.

— Família, hum?

— A minha irmã também mora no Maine. Na verdade, acho que foi por causa dela que a Carrie e eu começamos a pensar em nos mudar para cá.

— Parece que ela é a mais velha.

Joel arqueou as sobrancelhas.

— Suposição astuta. Ela é quatro anos mais velha que eu. Mora em Portland com a parceira, Lynne.

Finn piscou.

— Acho que existe um gene gay. — Ele tomou o café e colocou a caneca sobre a bancada. — Bem, se você vai receber visitas, é melhor eu começar a fazer o máximo que puder antes que eles entrem por aquela porta. — E com isso ele foi até a frente da casa, calçou as botas e saiu.

Ele caminhou, tentando imaginar como seria a aparência da irmã de Joel. Tudo o que criou foi uma versão feminina dele, tão alta quanto, mas com cabelos mais longos.

Mal posso esperar para conhecê-la. A julgar pela maneira como a conversa ao telefone foi, Megan parecia ser capaz de provocar muitas risadas, mas era terrível ao mesmo tempo.

O almoço poderia ser divertido.

Joel abriu a porta enquanto Nate e Laura saíam do carro.

— Como foi a viagem? — Passava um pouco do meio-dia e Joel já havia ligado para Carrie para saber a que horas haviam saído de casa. Quando ela disse que Nate só tinha saído da cama às nove e meia, ele riu. O rapaz não havia mudado nada.

— Tudo bem — Nate disse, dando de ombros. — A mãe me disse para pegar um caminho diferente por causa da obra na 295, então pegamos a rodovia. O trânsito não estava muito ruim.

— O Nate estava xingando — Laura falou com um sorriso.

Joel semicerrou o olhar.

— Um, não fale mal do seu irmão e, dois, Nate, não xingue na frente da sua irmã. — Ele se afastou para deixá-los entrar, e Laura largou a bolsa no meio da sala na pressa de cumprimentar Bramble. Joel a pegou e colocou ao lado do *futon*.

Nate colocou a mochila ao lado da dela e olhou para a sala de estar.

— Você ainda não fez nada com o lugar.

Joel riu.

— Quanto tempo se passou desde sua última visita? Duas semanas? Roma não foi construída em um dia, não é o que dizem?

Nate espiou pela cozinha até a porta dos fundos.

— Tem alguém lá fora. — Ele se virou para encarar Joel. — O Finn está aqui?

Joel assentiu.

— Ele está despejando o concreto hoje, então o Bramble tem que ficar dentro de casa. Caso contrário, haverá pegadas de cachorro nas bases dos postes.

— Ah, o Bramble só quer deixar sua assinatura, você sabe, como naquele lugar em Hollywood. — Laura acariciou as costas do cachorro.

— Ele pode querer tudo, mas ainda assim não vai lá. — Joel olhou para o relógio. — A propósito, sua tia Megan estará aqui em breve. Ela vai trazer o almoço.

O rosto de Laura se iluminou.

— A tia Lynne vem também? — Quando Joel assentiu, ela sorriu. — Legal.

— Posso ir falar com o Finn? — Nate perguntou.

O estômago de Joel se apertou.

— Claro. Só não fique no caminho dele, certo? — Nate deu um aceno e se dirigiu para a porta dos fundos.

Ele não pode ficar nem cinco minutos na minha companhia? Joel reprimiu fortemente tais pensamentos. Nate ia ficar com ele até o dia seguinte, certo? Eles teriam muito tempo para conversar. *Isso se ele quiser.* No entanto, os sinais não eram bons.

Ele deu a Laura toda a sua atenção.

— Se quiser, pode levar o Bramble para passear depois do almoço.

Ela arregalou os olhos.

— Sério? Ótimo. Talvez a tia Megan e a tia Lynne venham também.

Joel gostou da ideia. Qualquer coisa para que eles

ficassem menos tempo perto de Finn. Quando se tratava de bancar a casamenteira, Megan era muito pior que Carrie, e nem de longe tão sutil. Ela já havia tentado juntar Joel com alguns de seus amigos, mas ele abateu seus esforços muito rápido.

Mas o Finn? Ele seria um alvo fácil, e Joel sabia que Megan não seria capaz de resistir.

— Oi.

Finn olhou para onde Nate estava.

— Oi. E aí, Sr. Motorista. Como foi?

Nate deu um sorriso adoravelmente tímido.

— Foi tudo bem. — Ele olhou para o chão. — O que são todos esses tubos?

— São para ajudar a formar o concreto. Eu os preencho até a metade com cimento, uso um pedaço de dois por quatro para remover qualquer bolsão de ar e depois preencho o resto. — Ele só tinha mais dois postes para fazer.

— Posso ajudar?

Finn parou.

— É melhor você perguntar ao seu pai se está tudo bem.

Nate fez uma careta.

— Por quê? Ele não vai ligar. E não é como se

ele se importasse com o que eu faço.

Ai. Finn deixou o comentário de lado.

— Tudo bem, me passe um daqueles parafusos tipo J. — Ele apontou para os dois parafusos restantes.

Nate pegou um e entregou a ele.

— Esse é o nome deles mesmo?

Finn sorriu.

— Exatamente. Você tem que embutir a ponta do parafuso no concreto, deixando não mais que dois centímetros e meio à mostra e se certificando de que esteja alinhado com os outros parafusos. É para isso que serve esta parte curva.

Os olhos de Nate brilharam.

— O que aconteceu com os lasers?

Finn gargalhou.

— Aah, você é rápido. — Ele empurrou o parafuso no concreto depois de alinhá-lo com os outros. — Ei, se quiser um emprego, pegue aquele saco de cascalho ali e aterre as formas de concreto, como você pode ver que eu já fiz.

— Posso fazer isso. — Nate pegou o saco e derramou o cascalho com cuidado no espaço entre a terra e o tubo.

— Cubra bem — Finn disse a ele. Ele observou enquanto o rapaz fazia conforme as instruções, a pergunta bem ali na ponta da língua. No momento em que Nate terminou, Finn não conseguiu segurar nem mais um segundo. — O que te faz pensar que seu pai não se importa?

— Se ele se importasse conosco, não teria se divorciado da minha mãe.

Finn se endireitou e moveu o carrinho de mão para o buraco final. Havia concreto mais que suficiente para terminar o trabalho.

— Eu entendo o que você está passando — ele disse em tom calmo.

Os olhos de Nate brilharam.

— Sério? E por quê? — Então ele o olhou. — Seus pais também se divorciaram?

Finn assentiu.

— E sei que você pode não acreditar em mim agora, mas você tem sorte. Muito mais sorte que eu.

— O que você quer dizer com isso?

Finn começou a colocar o concreto no buraco.

— Eu vi seus pais juntos. Eles se dão muito bem e são boas pessoas.

Nate piscou.

— Como pode saber disso? Você nos conhece há quanto tempo, cinco minutos?

Finn fez uma pausa.

— Já conheceu alguém e, logo de cara, teve um bom pressentimento sobre essa pessoa? Bem, foi assim quando conheci seus pais. — *Especialmente o seu pai*.

— Mas isso não os impediu de se divorciarem, não é? — Nate olhou Finn nos olhos. — Como os seus pais ficaram depois do divórcio?

Finn engoliu em seco.

— Eu só tinha sete anos quando eles se separaram, mas ainda me lembro de como era, a tensão, as rixas... Quando fiquei um pouco mais velho, minha mãe me explicou por que eles haviam se divorciado. Ela disse... que não aguentava mais as bebedeiras do meu pai.

Nate estremeceu.

— Ah, meu Deus.

Finn assentiu devagar.

— É por isso que eu disse que você tem sorte. — Ele calcou o concreto.

Nate se sentou na caixa de ferramentas de Finn.

— Pelo menos, você sabe *por que* eles se separaram. Tudo o que *eu* recebo é uma desculpa esfarrapada sobre seguirem separados. E eu sei que *tem* algo mais.

— Por que você não fala com eles a esse respeito?

Nate contraiu o rosto.

— Falar com o meu pai? Foi ele que foi embora. Ele nos deixou.

— Bem, e a sua mãe? — A dor na voz de Nate partiu o coração de Finn. Aquele pobre garoto... Ele e Joel só precisavam sentar e conversar.

— Não posso falar com a minha mãe sobre isso. Ela só ficaria chateada.

Finn deu a ele um olhar especulativo.

— Tem certeza? Ela não parece estar lidando mal com o divórcio.

— Ela está fingindo, só isso. — Nate cerrou o maxilar.

Ficou claro para Finn que nada que pudesse dizer mudaria a opinião de Nate, mas isso não significava que não faria uma última tentativa.

— Olha, talvez eu tenha entendido tudo errado — ele disse em uma voz gentil —, mas... ainda acho que você precisa conversar com eles quando achar que é o momento certo. Porque você tem perguntas e eles são os únicos que têm as respostas.

Nesse momento a porta se abriu e Joel apareceu. Seu olhar foi de Finn para Nate, e Finn odiou como Nate se sentou tão rígido.

— Sua tia Megan está aqui e logo será hora do almoço. — Quando Nate não respondeu, Joel voltou sua atenção para Finn. — Você ainda vai ficar para o almoço?

— Me deixe terminar este poste e já vou — Finn assegurou.

Joel deu um aceno de cabeça e um último olhar para Nate, então fechou a porta.

Finn respirou fundo.

— Você vai ficar aqui até amanhã, e seu pai está ansioso por isso. E só precisa olhar para ele para saber que ele se preocupa com você, com vocês dois. Então, por favor... tente dar uma folga enquanto estiver aqui? — Ele suspirou. — Eu já tive minha cota de idiotas e, acredite, o seu pai não é um. — Quando os lábios de Nate se contraíram, Finn gemeu. — E não repita o que acabei de dizer a ele.

Nate soltou uma risada baixa.

— Não vou, prometo. Mas não é como se eu não tivesse ouvido essa palavra antes. Ele sorriu. — Será o nosso segredo.

— Legal. — Finn gesticulou para o último parafuso tipo J. — Agora, me passe isso e podemos ir comer. Fiquei com água na boca a manhã inteira só de pensar em macarrão com queijo.

O rosto de Nate de repente se iluminou.

— Macarrão com queijo da tia Megan? Por que você não disse antes? — Ele pegou o parafuso e o empurrou para Finn. — Vamos, enfie isso logo antes que a gente chegue lá e descubra que a Laura comeu tudo.

— Aquela garotinha? Ela é magra como um palito de dente.

Nate bufou.

— Ah, tá. Ela pode comer mais que o dobro de seu peso corporal em pizza.

Finn riu.

— Então é melhor entrarmos. — Ele terminou o último poste. Só retornaria no fim de semana seguinte. *A menos que eu venha verificar como o concreto está curando.* Qualquer coisa para ver mais o Joel.

Enquanto ele e Nate caminhavam pela casa, a cabeça de Finn revirava as coisas que o rapaz havia dito.

Eles realmente precisam conversar. Todos eles.

Então ele deixou isso de lado. Estava prestes a conhecer mais membros da família de Joel, e isso prometia ser *muito* divertido.

Capítulo catorze

Finn gostou de Megan desde o momento em que ela olhou para ele com olhos azuis *tão* parecidos com os de Joel e disse:

— Olá. — Ela estendeu a mão. — Megan Hall. Aquela linda criatura na cozinha é a minha cara-metade, Lynne. — Isso lhe rendeu um aceno de Lynne e um aperto de mão muito firme da irmã de Joel. Finn gostou que ela sorrisse com os olhos.

— Olá, Megan. Eu sou Finn Anderson.

Os olhos da mulher brilharam.

— Ah, eu sei tudo sobre você. Engraçado como o Joel não mencionou como você é atraente.

— Vai com calma, garota — Joel murmurou enquanto trazia um banquinho para a mesa. — Comporte-se.

Megan olhou para o irmão.

— Quieto. Não estrague a minha diversão. — Ela voltou a atenção para Finn. — Agora, sei o que você está pensando. Como é que herdei toda a beleza da família? Apenas sorte, eu acho. Mas tenho certeza de que o Joel compensa isso em outros departamentos. — Aquele brilho em seus olhos era absolutamente malicioso.

Joel tossiu.

— Se lembra de quem está ouvindo? — Ele inclinou a cabeça em direção à sala de estar onde Nate e Laura estavam fazendo barulho com Bramble, provocando-o com seu brinquedo estridente.

— Por que acha que estou falando através de insinuações? — ela respondeu, com as sobrancelhas arqueadas.

Finn riu.

— Eu sabia. Você é terrível.

Megan sorriu.

— É isso aí.

Finn lançou um olhar furtivo para Joel, que estava revirando os olhos.

— Para deixar claro — ele falou em voz baixa. — Ela não herdou *toda* a beleza da família.

Joel corou.

— Você recebe outra porção de macarrão com queijo por isso. Que você provavelmente vai queimar em dois segundos.

Finn deu um tapinha na barriga e Megan riu.

— Eu posso fazer isso, ou é apenas um privilégio do Joel?

— Quer parar? — Joel murmurou. — Eu nunca fiz isso. E o que te faz pensar que o Finn me deixaria? — Ele olhou com seriedade para Finn. — Eu não disse uma palavra sobre você ser... — ele murmurou gay.

— Por que não? — Megan sorriu. — É segredo? Porque... sério? — ela murmurou baixinho quando Nate e Laura se aproximaram da mesa. — Todo mundo com fome? Tem muita comida.

— Precisamos de outra cadeira — Lynne disse enquanto depositava um prato coberto no centro da mesa. Ela deu a Finn um sorriso caloroso. — Acho que você merece seu almoço.

Finn também gostou de Lynne. Ela era mais baixa que Megan, com cabelos grisalhos cortados rente, óculos de armação dourada e um grande sorriso.

— Admirando a minha Lynne? — Megan deu

um beijo na bochecha da esposa. — Às vezes, não sei o que ela vê em mim.

Lynne sorriu.

— Você é adorável e sabe disso.

Finn achou as duas adoráveis.

— Obrigada por ajudar meu irmão mais novo — Megan acrescentou. — Embora eu ainda ache que ele está louco por comprar este lugar. Muito pequeno.

— É aconchegante. — Finn olhou para Joel. — Não há nada de errado com isso.

— E *ainda* precisamos de outra cadeira — Lynne disse com um toque de exasperação.

— Está tudo bem — Finn falou depressa. — Eu fico de pé.

— Você não vai ficar de pé — Megan retrucou. — Tenho certeza de que alguém vai deixar você se sentar no colo. — Um sorriso brincou em seus lábios.

— Finn não precisa sentar no colo de ninguém — Joel respondeu com a voz firme. — Há uma cadeira dobrável no armário embaixo da escada. — Ele foi buscar.

— Isso parece gostoso — Laura falou enquanto examinava a mesa.

— A tia Megan faz o *melhor* macarrão com queijo — Nate disse a Finn. Isso lhe rendeu um olhar caloroso de Megan.

— Certo, agora estamos prontos — Joel falou, enquanto abria a cadeira. Foi um pouco complicado colocar todos em volta da mesa, mas eles conseguiram. Lynne serviu, e não demorou muito para que todos estivessem comendo com ruídos de apreciação.

Finn deu uma garfada na comida e gemeu.

— Ah, meu Deus.

— Não disse? — Os olhos de Nate brilharam.

— Você colocou pedaços de bacon? E esse molho está delicioso. — Finn deu outra garfada. Ele sorriu para Joel. — Aquela segunda rodada que você mencionou? Eu quero. — Bramble se aproximou para investigar, contorcendo o focinho marrom. Joel simplesmente deu a ele um olhar aguçado, e o cachorro bufou e voltou para sua cama.

— Você vai ter que brigar com a Laura por isso — Nate murmurou. A irmã deu uma cotovelada em suas costelas e ele estremeceu. — O quê? É verdade!

— Como está a escola? — Megan perguntou a Laura. — Você ainda é a primeira da classe? — Ela lançou um olhar para Finn. — Essa menina é esperta.

— Ei, quem é "menina"? Tenho quinze anos — Laura protestou. Então seu rosto suavizou. — Tudo bem. Acho que menina é um aviso carinhoso.

Finn riu e Nate revirou os olhos.

— É um *termo* carinhoso, sua idiota.

Laura o ignorou e se serviu de mais macarrão com queijo.

— Eu conto a todos os meus amigos sobre você, tia Megan. E sobre você também, tia Lynne.

— Por que seus amigos iriam querer saber sobre nós? — Megan olhou para o prato. — Alguém mais quer um pouco antes que a Laura coma tudo?

Os olhos de Laura brilharam.

— Está de brincadeira? É muito legal ter tias lésbicas. Está na moda.

— Então agora eu sou na "moda" — Megan disse com um sorriso.

— Alguns dos meus professores são gays — Nate acrescentou.

— Como você sabe disso? — Joel perguntou.

— Eles falam sobre si mesmos. Tem um que

vive contando histórias engraçadas sobre ele e o marido.

— E você não tem problema com isso? — Finn olhou para Joel enquanto fazia a pergunta.

— Por que eu deveria? E daí se ele for gay? É um ótimo professor.

Se Finn pudesse ter murmurado *viu?* sem ser notado, teria feito isso, mas em vez disso apenas arqueou as sobrancelhas. Joel semicerrou o olhar e continuou comendo.

— Então, Finn...

Ele se preparou. Não demorou muito para o rapaz perceber que absolutamente qualquer coisa poderia sair da boca de Megan.

— Hum?

— Parece que você é um rapaz da região.

Certo, isso não era tão ruim.

— De jeito nenhum. Eu cresci em Wells.

Lynne sorriu.

— Sério? Troco receitas no *Facebook* com alguém que mora em Wells. Ela faz os *melhores* biscoitos de aveia e passas. Linda Brown.

Finn ficou boquiaberto.

— Você está brincando?

Lynne arregalou os olhos.

— Você a *conhece*? Não acredito.

— Ela é a avó de um dos meus melhores amigos, o Levi.

O rosto de Lynne se iluminou.

— Ela fala sobre ele o tempo todo.

— E você tem razão. Ela faz os melhores biscoitos. — Então suas palavras foram absorvidas. — Espere um segundo... a Vovó está no *Facebook*? — Finn não sabia por que isso deveria tê-lo surpreendido:

Vovó era uma mulher notável.

Lynne riu.

— Ela é incrível. Espere até a próxima vez que eu conversar com ela, vou dizer que te conheci.

Finn engoliu em seco com exagero.

— Só não mencione maçãs, certo?

— Tenho a sensação de que há uma história por trás disso — Megan falou com um sorriso.

— A Vovó uma vez bateu com uma vassoura no meu traseiro quando me pegou roubando maçãs de sua árvore. Eu não consegui ficar sentado o dia inteiro.

Todos ao redor da mesa riram.

— Você tem muito mais a fazer lá fora? — Joel perguntou, inclinando a cabeça em direção ao quintal.

— Não, já terminei. Vou arrumar tudo antes de ir. Não há nada a fazer agora até que o concreto cure. No próximo fim de semana, posso começar a montar o deck.

— Acho que você vai precisar de uma festa quando terminar, pai. — Laura sorriu. — Do tipo quando lançam um novo navio? Vi na TV uma vez. Só que seria mais como, *Deus abençoe este deck e todos os que pisam nele.*

Joel riu.

— Qualquer desculpa para uma festa. — Ele olhou para o prato. — Meu Deus, a Laura deixou um pouco. Rápido, Finn, pegue antes que ela perceba. — Laura deu a ele um olhar zombeteiro enquanto todos riam.

Finn olhou para as pessoas sentadas ao redor da mesa. *Joel tem uma grande família.* Seu olhar permaneceu em Nate, e o estômago dele se apertou.

Ele precisa contar a verdade a Nate.

Finn sabia que o divórcio não tinha nada a ver

com a sexualidade de Joel, mas talvez se Nate soubesse, entenderia melhor por que seus pais se separaram em primeiro lugar.

Joel ficou parado perto da janela, observando enquanto Finn empacotava as ferramentas e limpava o quintal. Quando Finn se abaixou para pegar o que restava do rolo de tela, o olhar de Joel foi atraído para sua bunda, o jeans esticado sobre ela.

Ah, caramba.

— Essa é uma bunda linda — Megan murmurou ao lado dele.

Joel quase pulou de susto.

— Meu Deus, avise antes de se aproximar.

Megan sorriu.

— Se eu te avisasse, dificilmente seria furtivo, não é?

Joel olhou para ela.

— E o que *você* está fazendo, cobiçando a bunda do Finn? — ele questionou em voz baixa.

Megan arregalou os olhos.

— O que *eu* estou fazendo? E você? E por que eu não deveria olhar para aquela bunda linda? Posso ser lésbica, mas não estou morta. — Ela se inclinou. — Me diga que você vai dar em cima dele.

— Não, *não* vou. — Joel observou Finn se

movendo lá fora. — Por um lado, não seria apropriado. Estou pagando a ele para construir um deck. Isso faz de mim seu cliente. E por outro, ele não está interessado em mim. — Quando Megan não reagiu, ele se virou para ela. — O quê?

Megan mordeu o lábio.

— Querido, ele estava te observando.

— Quando?

— Enquanto a Lynne preparava o almoço. — Seus olhos brilharam. — Você acha que não posso dizer quando alguém está observando o meu irmão? Estamos falando de interesse *definitivo*.

Joel olhou por cima do ombro para se certificar de que as crianças não estavam ao alcance da voz.

— Não estou dizendo que você está vendo coisas... mas isso não importa de qualquer maneira.

Megan colocou o braço em volta dos ombros dele.

— Conte a eles? Por favor? Por que talvez então o Nate volte a ser o ótimo garoto que costumava ser, e você pode encontrar um pouco de felicidade. Deus sabe que *você* merece. Você se negou por muito tempo. Está na hora de *viver*, Joel. — Ela acenou com a cabeça em direção a Finn. — E ele poderia fazer parte dessa nova vida.

Joel não conseguiu dizer uma palavra. Ele teve a mesma ideia, mas toda vez que pensava em Nate e Laura, seu estômago dava um nó. Sabia exatamente o que tinha passado pela cabeça de Finn durante o almoço, quando as crianças conversaram de forma tão casual sobre o assunto.

Ele acha que eles vão lidar bem com isso, e talvez esteja certo.

Mas não era Finn quem precisava contar, e Joel

não havia criado coragem suficiente para realizar essa tarefa.

— Ainda digo que deveríamos ter assistido a todos os filmes *Toy Story*, em vez de apenas o número quatro — Laura reclamou enquanto ajudava Joel a arrumar os *futons*.

Joel riu.

— Tem alguma ideia de quanto tempo isso levaria? Talvez se tivéssemos começado a assistir um pouco mais cedo... — Ele olhou para a cama. — Você tem travesseiros suficientes?

Ela assentiu antes de sorrir para o edredom.

— Isso é bonito. — Papoulas vermelhas e vibrantes se destacavam contra um fundo branco.

— É novo. Comprei só para você.

Laura contornou o *futon* e abraçou Joel com força.

— Te amo, pai.

Joel beijou o topo de sua cabeça.

— Também te amo, gatinha.

Ela virou o rosto para ele, os olhos brilhando.

— Você não me chama assim há anos. — Então ela deu a ele um olhar zombeteiro. — Mas gatinhos são pequenos e eu cresci alguns centímetros desde o ano passado. — Ela apertou os braços ao redor dele e pressionou o rosto contra o peito dele.

— Você está bem, querida?

Laura assentiu contra ele. Finalmente, ela o soltou.

— Eu amo a sua casa.

— Fico feliz em saber disso. Quero que você se sinta bem em vir me visitar.

Nate saiu do banheiro e Laura pegou seu pijama.

— Minha vez. — Ela correu, batendo a porta atrás de si.

Joel apontou para o *futon* duplo.

— Tudo bem? Tem um aquecedor caso vocês fiquem com frio durante a noite.

— Obrigado. Isso parece bom.

O coração de Joel doía. Nate não falou muito durante o filme, exceto para dizer a Laura para não comer toda a pipoca.

Estou certo em esperar?

Joel não sabia mais.

Laura saiu do banheiro e Joel sorriu.

— Esse é fofo. — Suas calças de pijama estavam cobertas de pandas cochilando, e a parte de cima trazia um único panda com um olho aberto e as palavras *Não perturbe um panda adormecido.*

Laura revirou os olhos.

— Fofo?

Joel riu.

— Não há nada de errado em ser fofo. — Ele se certificou de que a porta estava trancada, então olhou para Bramble. — Não preciso adivinhar onde você vai dormir esta noite. — O cachorro já havia pulado na cama de Laura.

— Está tudo bem?

Joel beijou sua bochecha.

— Está, sim. Apenas tome cuidado. Ele ocupa muito espaço e você pode acabar sendo empurrada para fora da cama. — Ele olhou para onde Nate estava. — Boa noite, filho.

— Boa noite, pai.

Joel subiu as escadas até sua cama. A risada de Laura soou de baixo quando Bramble lambeu os dedos dos pés dela, e ele sorriu para si mesmo. *É ótimo tê-los aqui.* Ele se despiu e se deitou na cama, desligando a lâmpada que lançava um brilho quente no teto inclinado pintado de branco. As crianças estavam muito animadas para dormir, mas Joel já esperava por isso. Sua cabeça ainda estava revirando as palavras de Megan.

Ela está certa? Finn está interessado?

E se sim, Joel estava preparado para fazer algo a respeito? Porque ele não podia mais negar que estava interessado em Finn, mas não estava disposto a fazer nada. Não estava tão confiante.

— Por que você tem que ser tão resmungão o tempo todo perto do papai?

Joel enrijeceu. Laura havia falado baixinho, mas sua voz estava carregada.

— Cale a boca — Nate disse com um suspiro.

— Não, *não* vou me calar. Você precisa ser mais legal com ele.

— Você ainda é uma criança. Não sabe de nada.

— Ah, é? Sei o suficiente para perceber que você agir assim o está magoando.

Joel engoliu em seco. *Minha dor é tão óbvia?*

— E só porque eles se divorciaram não significa que ele mudou. Deus, quando eu era pequena, você costumava falar sobre o cara legal que ele era. — Laura parecia chateada.

— O que você quer dizer com *era*? Você ainda é pequena.

— E você está mudando de assunto. Vá em frente, me diga que estou errada. Que você não achava que ele era o melhor pai do mundo.

— E aí está a palavra de novo... "era". Não me diga que ele não mudou. Ele deve ter mudado, certo? *Algo* deve ter mudado. Porque eles se divorciaram. E não vou falar sobre isso. Vá dormir.

Joel esperou por mais, mas não havia nada além de silêncio.

Passou muito tempo antes que o sono o reclamasse.

Capítulo quinze

Quando Bramble reclamou pela terceira vez em uma hora, Joel sabia que estava no momento de uma caminhada. Já passava das cinco, e ele estava pronto para encerrar o dia. Um passeio na praia antes do jantar parecia exatamente do que precisava depois de uma tarde preso à mesa da cozinha, fazendo ligações.

— Vamos lá.

Bramble correu para a porta, onde a coleira estava pendurada em um gancho, e pegou a ponta dela com os dentes, puxando-a para o chão. Joel riu.

— Acho que não sou o único que precisa esticar as pernas. — Ele vestiu a jaqueta de couro e as botas, pegou o cachecol e saiu pela porta. — Que tal caminharmos pela cidade desta vez?

Como se Bramble se importasse com o caminho que tomavam, desde que levasse à praia.

Joel virou à esquerda na Winter Harbor Road, aproveitando a sensação da brisa leve em seu rosto e o som dos pássaros cantando nas árvores que ladeavam a estrada. Havia cinco ou seis propriedades ao longo dela, cada uma recuada e cercada por árvores. Em seguida, virou à direita na Beaver Pond Road, seguindo para a Summer Breeze Lane e a Skyline Drive. Essa era uma das coisas que ele adorava em Goose Rocks Beach, os pitorescos nomes das ruas.

Faltava mais ou menos um quilômetro e meio até a praia, e ele não tinha pressa de chegar. Enquanto caminhava, havia apenas uma coisa na sua cabeça: um certo carpinteiro. Não via Finn desde sábado, não havendo motivo para aparecer até o cimento curar, e não demorou muito para Joel perceber que sentia falta de ter o rapaz por perto.

— Você gosta do Finn, não é, garoto? — ele perguntou a Bramble enquanto passeavam. Ele se perguntou por que o rapaz não tinha namorado... ele não havia dito muito, então Joel estava fazendo uma suposição. *E você sabe o que dizem sobre assumir coisas...* Qualquer cara em sã consciência gostaria de namorar Finn. Ele era bonito, sexy, engraçado, talentoso...

Joel sairia com ele em um piscar de olhos, se ele mostrasse qualquer inclinação. Megan poderia dizer o que quisesse sobre o rapaz o observar, mas isso não tornava verdade, podia ser mais como uma ilusão da irmã.

Meu pensamento esperançoso também, se for o caso.

Joel suspirou.

— Olhe para mim, garoto. Estou com muito medo de convidar um cara para sair, com receio de que ele diga não. Estou fora do mercado há muito tempo.

Eles viraram na Wildwood Avenue, e Joel se lembrou de algo que Finn havia dito no dia em que se conheceram.

— Ei, garoto. O Finn mora em algum lugar por aqui. — E ele já deveria estar em casa. Tudo o que Joel tinha era a lembrança do comentário de que ele havia passeado com o cachorro pela sua casa, porque Finn o viu. Havia cinco estradas que saíam de Wildwood em direção à praia, mas Joel não estava disposto a pegar uma delas até descobrir onde o rapaz morava.

Então, o que você vai fazer quando encontrar a casa dele? Bater na porta sem aviso prévio? Isso não é legal. Mas não o impediria de dar uma olhada por aí.

Joel examinou as calçadas enquanto caminhava, procurando a caminhonete de Finn: era a única coisa que tinha para tentar identificar onde ele morava. *E se ele não estiver em casa? E se tiver ido fazer compras?* Joel estava começando a se sentir como um *stalker*.

Ao se aproximar do cruzamento com a Belvidere Avenue, ele parou. A caminhonete de Finn estava estacionada à direita, em frente a uma casa coberta de folhas de cedro rosa. À esquerda da propriedade havia uma ampla área gramada sombreada por árvores.

O coração de Joel acelerou. *Ele está em casa.* Não era desculpa para aparecer, e ele sabia disso. *Vá embora. Leve Bramble para a praia. Finn nunca vai saber que estive aqui.*

E então tais pensamentos se tornaram discutíveis quando a porta se abriu e Finn saiu, indo até a caminhonete. Joel paralisou, não ousando se mover até que raciocinou que isso era bastante ridículo. Bramble resolveu o assunto puxando a coleira, latindo e se esforçando para chegar até Finn.

— Bramble, acalme-se — Joel gritou, sendo forçado a correr atrás dele.

Finn virou a cabeça na direção deles, e um sorriso iluminou seu rosto.

— Oi. Estão dando um passeio?

Joel assentiu.

— Até que o Bramble te viu. Então acho que agora sei onde você mora — ele disse com o máximo de indiferença que conseguiu. *E, sinceramente, não estava procurando a sua casa.*

Finn inclinou a cabeça em direção à casa.

— Quer entrar? Tem café. Você terá que desculpar o estado da minha mesa. Estou no meio de um trabalho.

— Ei, não quero atrapalhar.

Finn sorriu.

— Não estou ocupado demais para fazer uma pausa. Entre.

De jeito nenhum Joel iria recusar.

— Tudo bem se o Bramble entrar?

— Claro. Ele é treinado para entrar em casa. Não é como se ele fosse fazer xixi no tapete, certo? — Finn se agachou e esfregou a cabeça de Bramble. — Você não faria isso, não é, garoto? — Ele se endireitou. — Só vim pegar uma coisa na caminhonete. — Ele abriu a porta do passageiro e tirou um grande pacote marrom. — Lixa — disse, acenando. Então trancou o veículo e voltou para casa, onde parou na porta e olhou para Joel, ainda com aquele sorriso fofo. — E aí? Tenho que te arrastar para dentro? Bramble, traga o papai.

O cachorro não precisou de outro convite. Ele seguiu Finn, abanando o rabo. O rapaz abriu a porta e ficou de lado para eles.

— Bem-vindos à *minha* casinha alugada.

A primeira coisa que Joel notou foi a sala de estar apertada.

— *Isso* é o que eu chamo de aconchegante. — Ele sorriu quando viu a mesa de centro, com tabuleiros de xadrez e gamão esculpidos na superfície, juntamente com linhas de buracos entre eles para pontuação. — Uau. Parece uma casa de temporada. — Então ele espiou a lareira. — Ei, pelo menos você pode se aquecer enquanto joga xadrez consigo mesmo.

— Você joga?

Joel assentiu.

— Meu avô me ensinou.

Finn riu.

— O Levi *tentou* me ensinar. Mas desistiu. — Ele olhou para o interior. — O que achou?

Joel olhou para as paredes de pinho da sala de estar, depois para a cozinha e a sala de jantar igualmente revestidas.

— Quem decorou este lugar ou tinha muita madeira sobrando, ou gostava *mesmo* de pinho.

Finn riu.

— Qualquer uma das opções pode ser verdade. Está em toda parte. E há uma terceira. O pinho é a madeira mais barata, então é a que mais se usa. — Ele acenou com o dedo. — Venha dar uma olhada no que estou trabalhando.

Joel o seguiu até a minúscula sala de jantar, onde a mesa estava coberta por um lençol. Sobre ela estavam vários pedaços de madeira moldada em tamanhos diferentes.

— O que é isso?

— Estou fazendo uma cadeira de balanço para a avó do Levi. O aniversário de setenta anos dela está chegando, e ele me encarregou de fazer isso. — Finn sorriu. — Como se eu fosse dizer não.

Joel acariciou uma das peças.

— Acho que você é muito talentoso. Também acho uma ótima ideia. — Ele franziu a testa. — Essa é a mesma pessoa de quem a Lynne estava falando? Aquela que faz biscoitos?

Finn sorriu.

— Isso mesmo. Ela é uma senhora muito especial. Poucas pessoas fariam o que ela fez.

Joel ficou intrigado.

— E o que ela fez? — Finn mordeu o lábio e Joel lamentou sua curiosidade. — Olha, se não quiser me contar, tudo bem. Não é da minha conta.

Finn suspirou.

— Não é segredo... quero dizer, todos os amigos mais próximos do Levi sabem, assim como a maioria dos moradores de Wells, porque você sabe como as coisas funcionam... mas o Levi não fala muito sobre isso. — Ele puxou uma cadeira e apontou para a que estava de frente. — Por favor, sente-se. — Joel fez como instruído, com Bramble ao seu lado, com o focinho em seu joelho. — A questão é... a mãe de Levi adquiriu maus hábitos quando era mais nova. A propósito, estamos falando de mais nova que o Nate. Maus hábitos... e amigos ainda piores.

— De que tipo de hábitos estamos falando? — Joel perguntou com cautela. Não que já não tivesse uma ideia.

O olhar de Finn encontrou o dele.

— Você sabe que o Maine está passando por uma enorme crise de drogas, certo? Está nos jornais com bastante frequência. Tem sido assim há anos, mas acho que é pior nas áreas do interior.

Joel assentiu.

— Acho que o vício em drogas está se tornando um problema maior onde quer que se viva neste país. — Ele sabia que Nate era sensato, mas Joel pedia a Deus que seu filho não seguisse por esse caminho. *Deveria ser uma tentação, não é?* Uma que ele rezava para que o rapaz fosse forte e sábio o suficiente para resistir.

— De qualquer forma, quando a mãe de Levi tinha dezoito anos, ela saiu de casa. Deu um monte de desculpas sobre se sentir presa e não ter liberdade, e era maior de idade, então não havia muito que seus pais pudessem fazer. Ela arranjou um emprego, se mudou de Wells e mal manteve contato.

— Como você sabe de tudo isso?

Finn deu de ombros.

— O Levi nos contou. Ele disse que a Vovó ficou louca de preocupação. Até o dia em que a mãe dele apareceu na porta da casa dos pais, grávida.

— Meu Deus.

— Sim. Ela disse que não sabia quem era o pai e jurou a Vovó que mudaria de vida.

— Por que eu tenho a ideia de que isso não aconteceu?

Finn encontrou seu olhar.

— Porque você já viu o suficiente da vida para saber como essas situações geralmente funcionam. E você está certo, claro. Não demorou muito para que ela voltasse aos velhos hábitos.

— Mas... ela estava *grávida.* — Joel não conseguia entender como uma mulher poderia abusar de seu corpo com drogas quando sabia que havia uma vida crescendo dentro dela.

Finn assentiu com a cabeça, seu rosto sombrio.

— Parece que ela permaneceu em casa por um tempo, depois voltou para onde estava morando anteriormente. A Vovó quase ficou louca. Então, quando em uma manhã, encontraram um bebê na porta com um bilhete dizendo que a criança ficaria melhor ali, eles não ficaram realmente surpresos.

— Eles tentaram encontrá-la para se certificarem de que ela estava bem?

— Sim. O serviço social estava envolvido e a Vovó chegou a contratar um detetive particular. Mas o fato é que a maioria dos escritórios de serviços sociais fica nas áreas do sul do Maine/Portland. Essa é uma parte muito pequena de um estado muito grande. As pessoas que vivem fora dessa região geralmente não têm acesso à ajuda de que precisam.

— Eles a encontraram?

Finn balançou a cabeça.

— Ninguém em Wells ouviu falar dela desde que ela deixou o Levi com a Vovó. E ele não sabe se a mãe está viva ou morta.

O coração de Joel se partiu pelo amigo de Finn. O relacionamento dele com os próprios pais ficou estremecido quando ele e Carrie se divorciaram, mas pelo menos Nate e Laura ainda mantinham um relacionamento com os avós.

— Então a avó do Levi o criou?

Finn assentiu.

— Ela se tornou a mãe de que ele precisava. O que ficou mais difícil quando seu avô morreu, pouco depois de o Levi nascer. Ele me disse que o avô morreu de problemas cardíacos, mas não tenho tanta certeza.

— Não é de se admirar que você a tenha em tão alta consideração. Parece que você convivia muito com ela quando estava crescendo.

Finn sorriu.

— Passei a maior parte do tempo na casa do Levi. Acho que somos mais irmãos do que amigos. Exceto... eu nunca levaria meu irmão a um bar gay. — Ele riu. — Você deveria ter nos visto. Nossa primeira vez... Estávamos muito nervosos.

— Não pode ter sido há muito tempo. Quantos anos você tem?

— Vinte e cinco, quase vinte e seis. E sim, esperamos até os vinte e um anos.

— A Vovó sabe? Que o Levi é gay, quero dizer.

Finn riu.

— Tente manter *qualquer coisa* em segredo da Vovó. Ele se assumiu para ela quando tinha dezesseis anos... ele já sabia há muito mais tempo, mas demorou para criar coragem suficiente. A Vovó levou na esportiva, como fazia com tudo.

Joel acariciou a cabeça de Bramble.

— Eu o invejo por isso. De jeito nenhum eu poderia ter compartilhado isso com *meus* pais. Ou até mesmo ido a um bar gay.

— Mas aposto que você compensou isso — Finn disse com um sorriso.

— Sinceramente? Nunca estive em um. — Ele acenou com a cabeça quando Finn o encarou boquiaberto. — Eu nunca iria enquanto era casado e, desde que me mudei, não tive tempo.

— Não tive... o que você quer dizer é que está nervoso com isso.

— Você não perde muito, não é?

Os olhos de Finn eram calorosos.

— Acho que estou te conhecendo.

Joel gostou do som disso.

— Você está certo, é claro. Está na minha lista de tarefas, mas, para ser sincero, coloquei todos os meus esforços para encontrar um lugar para morar, acompanhar meus clientes, encontrar novos... Eu meio que deixei isso para segundo plano.

Finn se recostou na cadeira, com as pernas esticadas à sua frente e as mãos cruzadas sobre o estômago.

— Tive uma ideia — ele falou.

Joel riu.

— Aah, por que eu não gosto de como isso soa?

Os olhos de Finn brilharam.

— Há um bar gay... na verdade é um clube noturno, em Ogunquit que acho que você vai gostar. Chama-se *MaineStreet*.

O coração de Joel disparou.

— Já passei por lá algumas vezes. — *Sim, mais como uma dúzia de vezes.*

— Então acho que está na hora de você entrar. — Aquele brilho ainda era evidente. — O que vai fazer neste sábado à noite? As crianças virão de novo?

Joel balançou a cabeça.

— Não neste fim de semana.

Finn deu um sorriso satisfeito.

— Nesse caso, que tal você e eu fazermos uma visita a Ogunquit? Fica a meia hora de carro ao longo da Route One, mais ou menos.

O coração de Joel acelerou.

— É um dos bares gays em Ogunquit, mas o outro é mais um restaurante. O *MaineStreet* é onde vou quando quero dançar e me divertir. — Ele inclinou a cabeça para um lado. — Você dança, Joel?

Joel engoliu em seco.

— Não danço há anos. E não tenho certeza de como me sentiria em uma pista de dança cercada por um bando de caras na casa dos vinte.

Finn piscou.

— Quantos anos você tem? Quarenta e um, quarenta e dois?

Joel soltou uma risada irônica.

— Tenho quarenta e dois anos, mas agora me sinto como se tivesse dezoito de novo. E igualmente nervoso.

Finn sorriu.

— Confie em mim, você vai ver uma grande variedade de caras na *MaineStreet*. Alguns são da minha idade, é verdade, mas também tem caras da sua.

Havia uma leveza no peito que Joel não sentia há muito tempo, sem falar na adrenalina.

— Acho que você gostou da ideia.

Joel riu.

— Isso é óbvio, não é? Agora estou dividido entre duas emoções. Há uma sensação de vazio na boca do estômago que sei que se deve ao nervosismo. Mas também há ansiedade para fazer algo pelo qual esperei tanto. — Bramble soltou um gemido suave e Joel esfregou as orelhas. — Isso foi *você* dizendo: *Achei que íamos dar um passeio, papai.*

Finn riu.

— Então você gostou do meu plano?

— Adorei... mas não significa que eu não morra de medo também.

Finn estendeu a mão sobre a mesa e colocou sobre o braço de Joel.

— Vou cuidar de você. Confie em mim.

O doce gesto quase o desfez.

— Eu confio. — Joel respirou fundo. — Certo. Sábado à noite. — Ele estremeceu. — Jesus, estou tão nervoso. Não tenho a menor ideia do que vestir.

— Não se preocupe com isso — Finn disse a ele. — Estarei na sua casa no sábado, trabalhando no deck. Tenho certeza de que posso encontrar cinco minutos para dar uma olhada no conteúdo do seu armário. Vou te deixar bonitão.

— Não quero ficar bonitão... só não quero parecer deslocado. — Seu coração poderia bater mais rápido?

Finn travou olhares com ele.

— Você vai ficar bem. — Outro gemido de Bramble trouxe um sorriso aos lábios do rapaz. — É melhor você passear com esse cachorro, antes que ele faça xixi no tapete. — Ele olhou para os pedaços de madeira. — E vou continuar trabalhando na cadeira da Vovó.

Joel se levantou e segurou a ponta da coleira de Bramble.

— Vou te deixar trabalhar. Te vejo no sábado?

— Com certeza.

Joel sorriu.

— Vou preparar o café.

Finn riu.

— Vai precisar de mais do que café... vai precisar de luvas.

Joel piscou.

— Achei que você não gostasse quando os clientes se intrometiam.

— Não gosto, mas *preciso* de alguém para segurar a madeira enquanto faço minhas coisas. Agora, pode ser você, ou posso ligar para alguns de meus amigos, ver se eles podem ajudar.

Joel decidiu garantir que todo o seu trabalho fosse concluído até sábado.

— Posso fazer isso. Tudo o que tenho a fazer é segurar a madeira?

— Exatamente — Finn respondeu com um sorriso. — Você segura e eu prendo, perfuro ou parafuso. Eu *poderia* fazer isso sozinho, mas levaria muito mais tempo. E já que eu tenho você bem aí....

Você pode me ter onde quiser. Puta merda, tudo o que ele disse foi uma brincadeira e a cabeça de Joel foi direto para sexo, como um adolescente com tesão.

Bramble ganiu novamente e Joel corou de culpa.

— É melhor eu ir. — Finn o acompanhou até a porta. Ele deu um último sorriso ao rapaz. — Talvez possamos tomar aquele café da próxima vez?

Finn arregalou os olhos.

— Estávamos tão ocupados conversando que me esqueci. Pode deixar. Passe por aqui de novo e, se eu estiver em casa, preparo uma xícara de café para você.

— Combinado. — Joel atravessou a rua, com Bramble puxando-o novamente. Ele se virou e acenou para Finn, então esperou até que o rapaz voltasse para dentro.

— Venha garoto. Há uma praia aqui que está clamando por você para brincar nela.

Enquanto caminhava pela Belvidere Avenue, a cabeça de Joel estava repleta da perspectiva de dançar com Finn. *Mas que tipo de dança? Dança lenta? Tão perto que estaríamos quase nos tocando?*

Ele tinha a sensação de que ficaria pensando nisso noite adentro.

Capítulo dezesseis

— Está aprumado? — Finn perguntou, com o martelo pronto para prender o poste com um prego estrutural. Ele olhou para Joel que estava ajoelhado em uma esteira ao lado dele, segurando o poste.

— A bolha está no meio... em ambos — Joel acrescentou rapidamente.

— Muito bem. Mantenha isso firme e eu o acerto.

Joel riu.

— Parece uma cena antiga de comédia. Você sabe, onde um cara acaba martelando os dedos do outro.

Finn riu.

— Contanto que você mantenha os dedos fora do caminho, vamos ficar bem. — Ele bateu o prego na posição.

— Esses postes não são um pouco altos? — Quando Finn olhou para ele, Joel corou. — *Ops.* Desculpe.

Finn riu enquanto se levantava.

— Pode soltar agora. — Ele foi até as ferramentas e pegou a trena. — Agora, medimos todos os postes para que possamos serrar os topos para colocá-los na altura certa. — Ele acenou para Joel. — Preciso de você aqui — disse, apontando para a parede dos fundos da casa. Joel o seguiu e Finn apontou para uma marca que havia feito na parede. — Preciso que você segure *esta* ponta da trena *naquela* marca, certo?

— Certo.

— E não se mova. Tem que ser preciso.

Joel revirou os olhos.

— Acho que posso mantê-la firme.

Finn riu e puxou a trena, caminhando até o poste mais distante. Ele prendeu o pequeno nível na trena e olhou, ajustando um pouco. — Tudo bem, espere aí. — Finn tirou a trena, deixando uma marcação azul no poste. Então ele começou a marcar os outros.

— E agora?

— Agora, segure os postes ao redor da base, enquanto corto os topos com a *Sawzall*. — Finn sorriu. — A menos que você queira fazer o corte?

Joel bufou.

— Acho que vou deixar isso para você.

Finn deu a ele um sorriso doce.

— Acho que é o melhor.

Ele nunca se divertiu tanto trabalhando com outra pessoa.

Joel saiu do banheiro ouvindo Finn cantando no quintal e sorriu.

Alguém parece feliz.

Eles haviam feito muita coisa naquela manhã, e Joel havia parado para que pudesse fazer o almoço, deixando Finn do lado de fora para cortar mais algumas vigas nos comprimentos corretos. Não que ele tivesse começado o almoço ainda... o banheiro tinha sido sua primeira parada. Ele caminhou até a porta e espiou pela tela.

Finn estava parado ao lado da base do deck, com a serra em uma mão, se movendo no ritmo do que quer que estivesse tocando em seus fones de ouvido e perdido para o mundo. Joel prendeu a respiração quando Finn revirou os quadris antes de dar pequenos impulsos com a pélvis.

Puta merda, ele dança bem.

E havia a maneira como ele usava aquele cinto de ferramentas, pendurado na cintura. Até aquele momento, Joel não sabia que tinha uma queda por caras musculosos com cintos de ferramentas, em particular, caras cujos músculos eram resultado de trabalho físico intenso, em vez de horas passadas na academia... mas, ei, ele estava aprendendo algo novo todos os dias.

Finn estava cantando de novo, e Joel teve que conter o riso quando o rapaz deu um pequeno e sexy meneio quando as palavras *Ooh, baby baby, baby baby...* escapou de seus lábios.

Podia não estar atualizado com as músicas mais recentes, mas até ele conhecia essa.

Ele abriu a porta, e Finn parou, com as bochechas coradas.

— Ei. — Ele largou a serra e rapidamente pegou o telefone.

Joel levantou as mãos.

— Não pare por minha causa. Não quando você parece estar se divertindo tanto. — Ele sorriu.

Finn riu e desligou a música.

— Eu amo *Salt-N-Pepa.*

Joel cruzou os braços e se encostou ao batente da porta.

— Está treinando para esta noite?

Os olhos de Finn brilharam.

— Querido, eu não preciso treinar. Faço muito bem *todos* os movimentos. — Ele deu um giro de seus quadris, então caiu na gargalhada. — Está bem, você me pegou. Achei que ninguém estava olhando.

Joel sorriu.

— Eu achei fofo.

Finn mordeu o lábio.

— Fofo é bom?

— Fofo é *muito* bom — Joel o assegurou. — E agora que eu o perturbei, posso arrastá-lo até aqui para comer?

A barriga de Finn roncou, e ele deu um sorriso tímido.

— Acho uma boa ideia. Só me deixe terminar esta parte primeiro.

Joel acenou com a cabeça em direção ao deck.

— Está ficando muito bom. Acho que terminaremos isso até o final do dia. — Quando Finn olhou para ele com os olhos arregalados, Joel se apressou em se corrigir. — A base, quero dizer. Acho que você já vai ter colocado todas as vigas no lugar.

Finn enxugou a testa e soltou um suspiro exagerado.

— Ufa. Você me deixou preocupado por um segundo. *Não há* como terminar o deck hoje, mas sim, posso fazer a base, com a sua ajuda, é claro. O que deixa as tábuas para amanhã. Se eu dedicar muitas horas, posso terminar no domingo à noite.

— Não se force — Joel falou. Então, ele bufou ao se lembrar de uma parte da letra da música que o rapaz estava cantando antes e que dizia exatamente isso. — Viu só o que fiz?

Finn riu.

— Uma vez foi engraçado. Duas pode ser visto como pressão.

Joel levantou as mãos.

— Muito bem, é isso. Chega. Eu faço o almoço... você volta a dançar... quero dizer, a serrar.

— Você quer dizer que ainda não está pronto? — Finn revirou os olhos. — Vou reclamar com a gerência.

Joel bufou.

— Sim, boa sorte com isso. Acontece que sei que ele é durão. E com isso, ele fechou a porta.

Ele foi até a geladeira pegar o queijo para os sanduíches e, ao passar pela janela, não resistiu e deu uma espiada em Finn. Os fones de ouvido estavam de volta no lugar, e o rapaz estava em seu elemento, balançando os quadris e com os braços acima da cabeça.

Eu amo o jeito que ele se move. Parte de sua anatomia claramente gostava de como Finn se movia também. Joel olhou para a virilha. *Não fique tendo ideias. Essa bunda bonita está fora dos limites*.

Agora tudo o que ele tinha que fazer era passar a noite sem se envergonhar.

Finn olhou para a prateleira de camisas no armário de Joel.

— Isso é tudo? — Não que houvesse algo de errado com as camisas do homem... ele só queria que Joel parecesse ótimo em sua primeira visita a um clube gay, e as camisas gritavam *contador* ou *consultor financeiro*. *Isso porque ele é um consultor financeiro. Dã.*

— Tem três gavetas cheias de camisetas, se você não encontrar nada adequado. — O rosto de Joel se contraiu. — Talvez devêssemos repensar isso.

Finn sabia que o nervosismo de Joel estava levando a melhor sobre ele.

— E talvez você devesse me mostrar as roupas — ele respondeu. — Além disso, camiseta é uma ideia melhor. — Ele sorriu. — Tem que mostrar esse corpo, certo? — Quando Joel piscou, Finn percebeu o que disse. — Ei, se você tem, precisa exibir. Você tem um grande peito e bons braços. Vou vestir algo que mostra minha melhor característica.

— E o que é?

Finn deu uma remexida.

— Minha bunda.

— Ah, não sei. Acho que você tem muitos recursos bons. Começando pelos olhos. — Então Joel parou e limpou a garganta. — As camisetas estão ali. — Ele apontou para as gavetas no canto do armário.

Por um momento, Finn ficou atordoado demais para falar. *Ele gosta dos meus olhos.* Então se lembrou de que tinha um trabalho a fazer. Abriu uma gaveta e tirou uma camiseta preta. Finn a desdobrou e olhou para a peça.

— Perfeita.

Joel arqueou as sobrancelhas.

— Bom, isso foi mais rápido que eu esperava.

Finn riu.

— Não dá para errar com preto. E você não vai parecer deslocado, eu garanto. Agora só falta combiná-la com uma calça jeans justa.

Joel piscou.

— Tem que ser justa?

— Não quero dizer tão apertado que você não possa se mover, apenas algo que mostre suas pernas. — Porque, *caramba*...

— Acho que tenho uma vai se encaixar no que você quer. — Mas Joel não parecia tão convencido.

Finn suspirou.

— Você vai ficar incrível, viu? Não se preocupe com isso.

Joel soltou um suspiro.

— Tudo bem. Estou feliz por você ir comigo.

— Não vou te deixar fora da minha vista, prometo. A menos que você queira visitar o banheiro. Acho que você é grande o suficiente para fazer isso sozinho. — Finn fechou a gaveta.

Joel colocou a mão no ombro de Finn.

— Caso eu me esqueça de dizer isso esta noite, obrigado.

Finn deu uma olhada na expressão séria de Joel, e tudo o que queria fazer era beijá-lo, abraçá-lo e dizer que tudo ficaria bem.

Porque aquela boca clamava por ser beijada.

Finn sorriu.

— De nada. E agora vou voltar para minha casa e me arrumar. Te pego às oito e meia, tudo bem?

— Estarei pronto. — Os olhos de Joel brilharam. — Nervoso, mas pronto.

E ali estava de novo, aquela vontade de beijar

aqueles lábios de aparência macia.

Finn tinha que sair de lá antes que fizesse um movimento que pudesse se arrepender.

Finn desligou o motor e olhou para Joel.

— Pronto?

Joel espiou a placa pelo para-brisa.

— Bom, até aí tudo bem. Uma bandeira do arco-íris e um copo de coquetel. — Por todo o caminho até lá, seu estômago estava em nós, e a situação não havia melhorado agora que chegaram.

Finn riu.

— Você vai se divertir esta noite. Então, que tal entrarmos?

Joel respirou fundo.

— Vamos.

Eles saíram da caminhonete e caminharam até a porta do clube. Na frente, havia um pátio lotado de rapazes, conversando, bebendo, com música tocando ao fundo. Acima dele havia outro deck, igualmente cheio.

— Você deveria vir aqui no auge do verão — Finn disse a ele. — Mal dá para se mexer.

Joel notou a abundância de camisetas.

— Eles não estão com frio?

Finn riu.

— Os dias de maio podem ser quentes para uma camiseta ou para um blusão fresco. Tudo depende de que lado o vento está vindo, especialmente no deck superior. E esta noite não está tão ruim assim. — Ele parou na porta e estendeu a mão. — Estou com você, certo? — Joel pegou sua mão e Finn a apertou. Então ele a soltou e o levou para o bar. Lá dentro estava mais escuro que Joel pensou que estaria, mas luzes brilhantes e de cores vibrantes piscavam no ritmo da música. O espaço estava cheio de homens e mulheres, se movendo no ritmo da música ou parados conversando.

— Achei que fosse um bar gay — Joel comentou acima da música.

Finn assentiu.

— Uma descrição melhor pode ser *bar gay-friendly*. — Ele sorriu. — Mas sem discriminação aqui. A única coisa que pode fazer alguém ser expulso é agir como um idiota. — Ele apontou para o bar que estava iluminado com um suave brilho roxo. — Quer uma bebida?

Joel nunca precisou tanto de uma.

Eles avançaram lentamente através da multidão até o bar, e Finn se virou para olhar para ele.

— O que vai ser?

— Posso ser muito chato e tomar rum com coca?

Finn sorriu.

— Você pode beber o que quiser. — Ele se virou para atrair a atenção do barman, e Joel deu uma boa olhada ao redor. Não demorou muito para ver que o rapaz estava certo. Havia homens de todas as idades, todos os tamanhos e todas as formas, e a constatação estava fazendo maravilhas pelo nervosismo de Joel.

Bad Romance, de Lady Gaga ecoou no ar, e Joel ficou aliviado ao ouvir algo que conhecia.

— Não ouço muita música — admitiu quando Finn terminou de fazer o pedido. — E não tinha certeza do que iríamos dançar. — Ele sorriu. — Claro, se tocarem *Salt-N-Pepa*, você está bem.

Finn riu.

— Eles tocam de tudo aqui. — O barman colocou os copos no balcão e Finn entregou um para Joel. Ele levantou o seu próprio. — À sua primeira vez.

Joel riu.

— À minha primeira vez. — Ele olhou para o lugar lotado. — É sempre tão cheio?

— Você deveria vir aqui nas noites do *Duelo das Divas Drags* — Finn disse a ele. — É muito divertido. Este lugar tem duas pistas de dança e três bares, então tem bastante espaço, mas ainda fica cheio. Quer dar uma olhada?

— Claro.

Enquanto se afastavam do bar, mas uma voz alta chamou o nome de Finn.

— Ah, meu Deus. Você não aparece aqui há *séculos*.

O rosto de Finn se iluminou.

— Deveria ter imaginado que você estaria aqui. — Ele se virou para Joel. — Este é meu amigo Seb. Acho que já o mencionei.

Joel sorriu.

— Já, sim.

Seb sorriu.

— Bem, eu espero? — Ele era alto, com uma mecha de cabelo ondulado que caía sobre os olhos e parava logo abaixo das orelhas. Tinha olhos azul-claros que brilhavam, e a mesma barba e bigode por fazer que faziam Joel se lembrar de Finn.

Ele é o professor? Seb parecia com um surfista.

Joel sorriu.

— Vamos apenas dizer que tenho a impressão de que você é um personagem e tanto.

Seb considerou Finn com as sobrancelhas levantadas.

— E o que você tem dito?

— Nada além da verdade — Finn o assegurou.

Seb olhou Joel de cima a baixo.

— Enquanto *você* é exatamente como *ele* o descreveu. Prazer em conhecê-lo, Joel. — Lady Gaga desapareceu e em seu lugar começou a tocar uma faixa dançante que o homem mais velho não reconheceu. Os olhos de Seb se iluminaram. — *Temos* que dançar essa.

— Ei, nós estamos com bebidas — Finn protestou.

Seb revirou os olhos.

— Meu Deus. — Ele gritou para o barman. — Pete? Cuide dessas bebidas, sim? Eles voltarão para buscá-las.

Pete sorriu.

— Claro, Seb.

Finn bufou.

— O que é isso, todo mundo sabe o seu nome?

— *Shhh.* Temos que dançar. — Antes que Joel pudesse recusar, Seb agarrou sua mão e o puxou para a pista de dança, com Finn os seguindo.

O ritmo era implacável e a letra surpreendeu Joel. Seb parecia estar em seu elemento, dançando de forma sinuosa, e dando olhares de flerte para os caras ao redor deles. Finn dançou na frente de Joel, nunca interrompendo o contato visual, e o homem mais velho respirou com mais facilidade. Ele se permitiu relaxar e se deixou levar pela música.

— Acho que dançar é como andar de bicicleta também — Finn comentou com um sorriso. — Porque você está indo muito bem.

Joel tinha que admitir que estava adorando: o baixo pulsando em seus pés; o movimento ao seu redor; as luzes que piscavam e os caras que cantavam junto com a música. Até que ele prestou atenção em um trecho da letra e parou.

— Ela acabou de dizer *ponto G*? Juro que ouvi isso. *E* acho que ouvi *olhos vendados* e *hardcore* em alguma parte. Que música é essa?

Seb riu.

— É *Dirty Talk*, de Wynter Gordon. As letras mais sacanas de todos os tempos. — Ele sorriu. — É o tipo de música que vai tirar todos os gays do banheiro e levar para a pista de dança.

— Falando em banheiro... — Finn deu a Joel um olhar de desculpas. — Eu já volto, sim?

Antes que Joel pudesse responder, Seb deu um tapinha no braço de Finn.

— Vou cuidar muito bem dele.

Finn apenas ergueu as sobrancelhas antes de correr para o banheiro.

Seb continuou dançando, e Joel relaxou mais uma vez. Essa observação enigmática o preocupou um pouco. *O que exatamente envolve cuidar de mim?* Mas Seb parecia feliz em dançar, e isso estava bom para Joel. A música mudou de novo e a voz de Kylie encheu o ar.

— Eu gosto dessa — Joel comentou com um sorriso.

— E eu gosto *desse*. — Seb estava olhando para um cara a alguns metros de distância. — *Uhummm.*

Joel seguiu seu olhar. O objeto da atenção de Seb

era um cara talvez na casa dos quarenta anos, com cabelos grisalhos e olhos escuros, que estava dançando com um homem mais jovem. Ele voltou sua atenção para Seb.

— Certo.

Os olhos de Seb brilharam.

— Exatamente o meu tipo.

Joel deu um palpite.

— Você curte caras mais velhos?

— Sem-pre — Seb enunciou.

— Bem, nem *sempre* — Joel corrigiu. — Porque obviamente não sou seu tipo, mas acho que sou um pouco mais jovem que aquele cara.

Seb mordeu o lábio.

— Está *brincando* comigo? — Ele puxou Joel no meio da multidão para o lado do salão onde havia menos pessoas dançando, então olhou para o homem mais velho de cima a baixo, com um olhar demorado que fez a pulsação de Joel disparar. — Querido, eu escalaria você como uma árvore em um piscar de olhos, mas isso seria errado.

— Por quê? — Não que Joel estivesse insatisfeito com a relutância de Seb em atacá-lo, mas estava intrigado.

— Porque eu amo o Finn como um irmão e não faria isso com ele. — Quando Joel franziu a testa em confusão, Seb suspirou. Foi-se o jeito paquerador, substituído por uma expressão séria que fez o peito de Joel apertar. — Não se semeia no jardim de outro homem, entende?

— O quê?

Isso lhe rendeu outro suspiro.

— O Finn gosta de você, então está fora dos limites.

Joel o olhou boquiaberto.

— Mas... eu e o Finn... nós... nós não estamos juntos. Ele me trouxe aqui esta noite porque nunca fui a um bar gay e ele achou que eu poderia precisar de um pouco de apoio. Isso é tudo. — Seu coração batia forte.

Seb arqueou as sobrancelhas.

— Ah, tá, continue acreditando nisso.

E o que isso significa?

Seb respirou fundo.

— A única razão pela qual estou falando com você assim é porque temos algo em comum.

— E o que é?

Ele olhou Joel nos olhos.

— O Finn. Não que ele signifique o mesmo para nós dois. Como eu disse, eu o amo como um irmão, mas tenho certeza de que você não quer ser irmão dele. — Seb ergueu os olhos. — E aí? Estou certo?

O calor inundou Joel, e sua boca seca de repente não estava mais seca. Sua respiração acelerou e ele estremeceu.

— Acho que tenho minha resposta. E só para você saber? — Seb deu um sorriso lento. — Não sou o único que prefere caras mais velhos.

Puta merda.

— Estou interrompendo alguma coisa?

A voz de Finn ecoou, assustando-o. Joel engoliu em seco.

— De jeito nenhum. O Seb e eu estávamos só... conversando.

Seb sorriu.

— E agora que *você* voltou, vou tentar a sorte com aquele *coroa* ali. — Ele beijou a bochecha de Finn. — Divirta-se. — Por um momento, seu olhar encontrou o de Joel. — Você também. — E com isso, ele dançou até o meio da pista lotada.

— Quer dançar mais um pouco? — Finn perguntou.

Joel acenou com a cabeça, a mente em um turbilhão. Pela primeira vez desde que conheceu Finn, entreteve a ideia de que algo acontecer entre eles não era tão improvável quanto pensava. Então a música mudou de novo, para uma com uma batida boa que era impossível não dançar.

Finn se aproximou.

— Eu não mordo, sabe?

O coração de Joel acelerou.

— Isso é uma promessa? — Ele tomou coragem e diminuiu um pouco mais a distância entre eles, até que estivessem dançando a poucos centímetros um do outro.

Finn arregalou os olhos.

— A menos que você *goste* de ser mordido, é claro.

— Não é meu estilo — Joel respondeu com um sorriso. Rihanna estava garantindo aos homens que dançavam que ela era a única que entendia como fazê-los se sentir como homem e, em vez de deixar a música tomar conta, Joel *ouviu*. Ele se movia da forma mais sensual que sabia, em sincronia com Finn, os dois presos em um momento frágil que parecia que iria se quebrar se eles *respirassem* errado.

Finn não desviou o olhar, mas se concentrou em Joel, sincronizando os lábios enquanto eles se moviam com a música. A batida estava bombando e ainda mais calor subiu pelo corpo de Joel quando Finn cantou, seus olhares se encontraram quando ele disse que poderia entrar.

Joel não quebrou o contato visual, com a

respiração irregular e o coração martelando.

E quando Finn se aproximou ainda mais, convidando Joel para levá-lo para um passeio, como dizia a música, o homem mais velho sabia, sem sombra de dúvida, que tipo de passeio ele tinha em mente.

Faça durar a noite toda, Finn murmurou, e *Deus*, Joel queria isso. Ele queria ter o corpo de Finn contra o seu, sentir cada movimento, cada ondulação. E quanto mais Rihanna cantava, mais Joel se convencia de que a música não tinha nada a ver com ser a única garota no mundo, e *tudo a ver* com sedução e sexo.

Joel também queria sedução e sexo naquele momento.

Rihanna terminou e começou uma música muito mais lenta que Joel não reconheceu, seu coração disparou quando Finn diminuiu a distância entre eles.

— Não sei quem é — Joel confessou, consciente de que estava tremendo. Ao redor deles, os caras dançavam ao som da música, com os braços em volta do pescoço ou da cintura, as bochechas unidas e os corpos se movendo em sinuosa harmonia.

— Kacey Musgraves — Finn disse a ele. Joel teve que se esforçar para ouvi-lo. — Essa se chama *Rainbow*. — *Arco-íris*. Seu olhar continuou indo para a boca de Joel, o que só serviu para acelerar os batimentos cardíacos de Joel.

Eles estavam dançando *muito* perto.

Podia ser o grande volume de caras pressionando ao redor deles, mas não era. Pelo menos, era o que Joel esperava. Ele queria colocar as mãos na cintura de Finn, ou em seu pescoço, mas não ousava.

Não estava *pronto* para ousar, não até Finn soletrar em palavras que até mesmo um idiota poderia entender. Porque naquele momento, era assim que Joel se sentia: um idiota infeliz, fora de si, querendo algo com cada fibra de seu ser, mas sem coragem suficiente para estender a mão e pegar.

Porque não importava o que Carrie disse, ou Megan, ou Seb...

O que importava era Finn, que estava olhando para ele com os olhos arregalados. E então o coração de Joel quase explodiu de alegria quando Finn segurou sua nuca e o puxou para reivindicar seus lábios em um beijo que não o deixou em dúvida de que o rapaz o queria tanto quanto ele.

Capítulo dezessete

Joel uniu os lábios aos de Finn, sentindo o gosto de rum, coca e Finn puro. E quando o rapaz deslizou a língua para dentro, o desejo o envolveu em uma torrente. Ele segurou os quadris do rapaz, puxando-o para mais perto até que o calor da virilha dele encontrasse o seu.

Finn parou o beijo com um suspiro, e eles se separaram.

— Minha nossa.

Joel lutou para recuperar o fôlego.

— Se você soubesse o quanto eu queria fazer isso...

Finn estava um pouco sem fôlego também.

— Acho que percebi.

Então a música mudou e o feitiço foi quebrado. Kacey Musgraves se foi e, em seu lugar, Shania Twain cantou sobre se sentir como uma mulher.

Joel sorriu.

— Não posso dizer que sinto o mesmo agora. — Quando Finn deu a ele um olhar perplexo, ele forçou uma risada. — Me sentir como uma mulher. Na verdade, eu me sinto como um tarado completo.

Finn soltou um suspiro.

— Com certeza não se esqueceu de como beijar.

Joel se esforçou para conter o desejo de arrastar Finn para um canto escuro para que eles pudessem se beijar como adolescentes.

— Faz algum tempo.

— Bem, por que não dançamos um pouco mais, e depois eu te levo para casa? — Os olhos de Finn brilharam nas luzes. — Então você pode me mostrar o que mais você se lembra. — Quando Joel prendeu a respiração, Finn parou. — Isso se você quiser.

Uma ousadia que Joel nunca havia experimentado antes tomou conta dele, que segurou a mão do rapaz, levando-a para sua virilha.

— O que isso lhe diz?

Finn estremeceu.

— Puta merda. — Joel teve que abafar um gemido quando Finn segurou seu pau e deu um aperto suave.

— Exatamente o que pensei. — Joel não tinha certeza de quanto tempo poderia continuar dançando quando tudo que conseguia pensar era Finn nu, em sua cama, em seus braços.

Finn parecia sentir o mesmo.

— Certo, temos três opções. Primeiro, partimos agora.

— Acabamos de chegar. — Joel olhou ao redor para os caras dançando juntos. — E embora eu queira tirar você daqui, quero aproveitar um pouco mais. Porque até agora estou adorando. — Sem mencionar que parte dele queria manter aquela sensação de vibração em seu estômago, o formigamento por todo o corpo, os deliciosos sentimentos que acompanhavam a antecipação. *Esperei por tanto tempo. Posso esperar um pouco mais.*

Mas não *muito.*

E havia a sensação estimulante de estar no meio de uma multidão de gays, de ser aceito.

De estar *fora* do armário.

Caramba, isso era bom demais.

— Eu meio que sinto o mesmo. — Finn respirou fundo. — Opção dois. Levo você ao banheiro e… alivio um pouco dessa pressão. — Outro aperto suave em seu pau. — Embora… essa não seria minha primeira escolha porque, embora os banheiros aqui sejam limpos e bem iluminados, também são um pouco apertados. — Seu sorriso fez Joel formigar. — Sou a favor de uma rapidinha quando não se pode esperar mais um segundo, mas gosto de conforto.

Joel *não* esperou vinte anos para ser chupado em um banheiro.

— Então, a opção três é ficarmos um pouco mais?

Finn assentiu. Ele sorriu.

— Pense nisso como preliminares prolongadas.

Joel mordeu o lábio.

— Sem muitas preliminares, tá? Posso manchar meu jeans se você me tocar de novo.

Finn entreabriu os lábios e os umedeceu.

— Não podemos permitir isso, certo? — Então ele riu. — Não se vire. O Seb está sorrindo como o gato de *Cheshire* e fazendo gestos obscenos com as mãos.

Joel se aproximou um pouco mais, finalmente colocando as *mãos* onde queria, na cintura de Finn.

— Ele *pode* ter deixado escapar que você gosta de caras mais velhos.

Finn passou os braços em volta do pescoço de Joel.

— Ah, sério? Então *talvez* eu tenha que conversar com ele.

— Não. Ele estava cuidando de você. E se ele não tivesse dito isso, talvez eu nunca tivesse encontrado coragem para…

Finn parou suas palavras com um beijo, e Joel se deixou levar, segurando o rapaz contra si, enquanto se moviam ao som da música, suas línguas entrando no jogo. Joel se perdeu no momento, curtindo a sensação dos lábios de Finn nos seus, a solidez do corpo, o cheiro dele...

Então um pensamento o atingiu e ele interrompeu o beijo. Ele levou seus lábios ao ouvido de Finn.

— Não tenho preservativos em casa.

A respiração de Finn fez cócegas em seu ouvido enquanto ele sussurrava.

— E não tenho nenhum comigo, mas isso não é problema.

O coração de Joel martelava.

— Eu... eu não posso...

Finn parou suas palavras com a mão nos lábios de Joel.

— Caso você não tenha notado, tem uma grande lata de acrílico no saguão e uma menor no final do bar. Estão cobertas de avisos brilhantes sobre a *Caminhada contra o HIV no sul do Maine* e *Corrida de 5 km*, e os dois estão meio cheios de preservativos, gratuitos para uso, cortesia do *Franny Peabody Center*, aquele centro de apoio a prevenção do HIV. Então pare de se preocupar e continue dançando. Nós cuidamos disso. — Ele sorriu. — Respire e vamos dançar enquanto podemos. Quando voltarmos para sua casa, podemos continuar com uma dança na horizontal.

Joel se inclinou para perto.

— Obrigado.

Finn franziu a testa.

— Pelo quê?

Ele exalou.

— Por se manter firme. Por me ajudar a me manter também. Por não apressar isso.

— Você esperou muito tempo. Mais algumas horas não vão te matar. — Finn deu um sorriso lento e sexy. — Ei, a antecipação é importante. Construir algo, curtir a excitação...

Joel deu uma risada trêmula.

— Ah, estou bem excitado. — A percepção de que o rapaz queria isso tanto quanto ele era inebriante.

O fato de Finn não estar apressado fez com que ele se sentisse mais leve.

Joel voltou para casa e trancou a porta da frente.

— Pronto. O Bramble já fez o que precisava. — Finn estava sentado na poltrona, com o casaco no chão ao lado do móvel e descalço. A visão dele provocou arrepios em Joel. Ele parou e olhou, incerto de seu próximo movimento, com o coração disparado e os músculos do estômago contraídos pra caramba.

Finn se levantou e caminhou até onde Joel estava. Ele segurou a nuca do homem mais velho e o olhou nos olhos.

— Está tudo bem. — Sua voz era bem baixa. Então ele se inclinou e beijou Joel, um roçar de lábios macio e demorado que não era nada como o primeiro beijo sexy e contundente. Joel suspirou, com a mão no pescoço de Finn, acariciando-o ali enquanto aprofundavam o beijo.

Ele interrompeu o beijo por tempo suficiente para deixar uma palavra escapar de seus lábios.

— Preservativos?

Finn sorriu.

— No bolso da minha calça jeans.

Um arrepio prazeroso o percorreu, e ele entrelaçou os dedos nos de Finn.

— Venha comigo. — Joel o levou até o pé da escada, então o soltou para subir, Finn o seguiu. Uma vez lá em cima, o homem mais velho foi até a mesa de cabeceira para acender a luminária, permitindo que a luz quente se espalhasse pelo espaço, refletindo no teto inclinado branco.

Joel respirou fundo.

— Minha nossa.

Finn o empurrou com gentileza para baixo, até que ele estivesse sentado na beira da cama.

— Afaste-se um pouco. — Quando Joel fez como instruído, Finn montou em seu colo e seus lábios se encontraram mais uma vez. O homem mais velho deslizou as mãos para segurar a bunda de Finn, que suspirou. — Quer ouvir o que meu coração está fazendo? — Ele segurou a cabeça de Joel e a pressionou contra o peito, e o outro homem ouviu a batida constante e reconfortante do coração de Finn, forte como o seu.

Ele também sente o mesmo.

Joel segurou a bainha da camiseta de Finn e puxou-a para cima, enquanto o rapaz levantava os braços para ajudá-lo a removê-la. Olhou para o peito largo com pelos escuros.

— Você é maravilhoso. — Ele se inclinou e deu

um beijo gentil no mamilo, ciente da dificuldade na respiração de Finn. Mas a atração dos lábios do rapaz era forte demais para ser ignorada. Quando seus lábios se uniram, Joel sentiu as mãos dele em sua cabeça, segurando com ternura e mantendo as bocas unidas enquanto ele se acomodava em um lento movimento de balanço.

— Quero te ver. — Finn agarrou a camiseta de Joel e a puxou para cima e sobre a cabeça. Ele olhou para o corpo do outro homem, traçando uma linha do umbigo até os mamilos, que o fez estremecer. O sorriso do rapaz aliviou as batidas do coração de Joel, ainda que só um pouco. — Eu gosto do que vejo.

Ele segurou Finn e o levantou, colocando-o na cama e se deitando ao lado dele. Joel se inclinou sobre ele e se beijaram, as mãos se movendo como um balé enquanto os corpos estavam unidos, acariciando, provocando, excitando... O homem mais velho criou coragem para chegar mais baixo, roçando as pontas dos dedos no botão de metal na cintura de Finn.

— Posso?

A respiração do rapaz acelerou.

— Deixa comigo. — Ele abriu o botão e Joel abaixou um pouco o zíper, o suficiente para ver a penugem escura do púbis de Finn.

— Ah, merda. — Seu coração batia ainda mais forte.

Finn enfiou a mão em um bolso e tirou três camisinhas antes de repetir a ação com a outra. Ele largou o estoque na cama e, apesar do nervosismo, Joel riu.

— Quantas você acha que vamos precisar?

Finn sorriu.

— Ei, você acabou de passar por um período de

seca tão grande que poderia estar em um *deserto*. Eu não tinha ideia de quantas vezes você ia querer. — Então ele levantou os quadris da cama e tirou a calça jeans, seu pênis saltando e batendo contra sua barriga.

Joel resistiu ao impulso de tocar o pau duro e rosado, e, em vez disso, cobriu Finn com seu corpo, deitado entre as pernas dele, aberto para ele. O rapaz levou um segundo para conseguir abrir o botão e o zíper da calça jeans de Joel antes de segurar sua cabeça mais uma vez e puxá-lo para um beijo que o deixou acalorado. Ele acariciou Finn com a língua dentro e fora da boca, e cada vez que o rapaz gemia baixo, aumentava mais a sua necessidade.

Quando Finn enfiou a mão na calça jeans e liberou seu pau, Joel teve que lutar para não gozar. O rapaz o acariciou enquanto eles se beijavam, beijos lentos e entorpecentes que alimentavam algo profundo na alma de Joel, uma conexão que ele não queria quebrar. Seu pau inchou na mão de Finn e ele gemeu. Não tinha pensado que era possível ficar tão duro.

— Quero você dentro de mim — Finn sussurrou entre beijos.

Joel não hesitou. Ele se ajoelhou e empurrou o jeans e cueca até os joelhos, ficando de lado enquanto tentava removê-los com graciosidade. Finn não riu, graças a Deus, mas o ajudou, puxando as bainhas para liberar as pernas de Joel. Quando ele estava nu, o rapaz estendeu a mão para ele. Joel se deitou em cima de Finn, enquanto eles se beijavam.

Ele nunca havia usado drogas, mas pela primeira vez em sua vida Joel entendia o significado de vício. Ele deslizou a língua na boca de Finn, penetrando-a com movimentos lentos, fazendo sua fome aumentar ao ponto em que ele sabia que não podia esperar mais.

Ele se moveu mais para baixo na cama até que seu rosto estivesse pouco acima do pau de Finn, com os joelhos do rapaz caídos para os lados e as mãos em sua cabeça.

Aquela primeira prova do pau de Finn em sua língua... Os sons que o rapaz fazia quando Joel provocava a parte de baixo de seu pau... A maneira como ele se movia...

Caramba.

Antes que Joel tivesse a chance de saboreá-lo, Finn o puxou para cima, envolvendo as longas pernas em volta dele novamente enquanto reivindicava sua boca em um beijo fervoroso. Joel moveu os quadris, deslizando o pau sobre o pênis quente e duro de Finn.

Então Finn interrompeu o beijo e o empurrou para trás, se deslocando para deitar em cima de Joel, com as bocas unidas mais uma vez. O homem mais velho acariciou o cabelo do rapaz, passando os dedos por ele, com seu corpo em chamas.

Finn parou de beijar e olhou nos olhos de Joel.

— Minha vez. — Ele deixou uma trilha de beijos pelo corpo de Joel do pescoço à virilha antes de beijar e lamber a cabeça inchada do pau.

— Minha nossa. — Joel fechou os olhos quando Finn envolveu uma mão em torno de seu pau e sugou a cabeça, levando um pouco mais em sua boca a cada movimento. Então Joel percebeu que precisava ver. Ele abriu os olhos e levantou a cabeça da cama para ver como Finn adorava seu pau com os lábios e a língua, desde a ponta até o saco, antes de inverter a direção e tomar Joel em sua boca mais uma vez. Sem pressa, sem frenesi, apenas uma adoração medida e deliberada do seu pau.

— Puta merda, eu quero você — Joel deixou

escapar.

Finn parou no meio do movimento e sorriu.

— Estou aqui. — Ele se sentou montado nos quadris de Joel e moveu os quadris em um balanço fluido e sensual.

Joel havia atingido o ponto de ruptura.

Ele apontou para a gaveta do criado-mudo.

— Tem lubrificante aí. — Então ele se sentou contra a cabeceira da cama, com os travesseiros atrás de si, e pegou uma das camisinhas, com o coração disparado.

Finn montou nele novamente e entregou a embalagem.

— Me prepara?

Joel respirou fundo algumas vezes.

— Estou prestes a explodir como um foguete assim que entrar em você.

Finn segurou seu queixo e o puxou para outro beijo vagaroso.

— Então podemos fazer tudo de novo assim que eu te deixar duro. Pode ser?

Ele forçou uma risada.

— Você sempre sabe *exatamente* a coisa certa a dizer?

Finn sorriu.

— É um dom. Agora... tem uma entradinha apertada aqui que precisa dos seus dedos. — Ele segurou o queixo de Joel. — Porque já faz um tempo para mim também, certo? — Antes que o homem pudesse responder, seus lábios se uniram em um beijo que disse a Joel o quanto o rapaz precisava disso. Quando eles se separaram, Finn trocou olhares com ele. — Agora. Por favor.

A mão de Joel tremia enquanto ele espremia o

lubrificante nos dedos. Finn se ajoelhou, segurando seu pênis e bolas e os puxou-os para cima para dar acesso a Joel. O homem estendeu a mão para trás e as pontas dos dedos encontraram a entrada peluda. Ele passou um único dedo, enquanto seu próprio pênis se contraía e Finn gemia, abrindo mais as pernas. Joel passou a ponta dos dedos sobre o ânus do rapaz, que estremeceu.

— Sim — ele sussurrou.

Joel fez um pouco de pressão, a respiração falhando quando lentamente penetrou um dedo no calor de Finn. O rapaz soltou seu pau e ele ficou de pé, se movendo contra cada movimento do dedo de Joel enquanto ele provocava a entrada de Finn com estocadas longas e sem pressa. Não demorou muito para que o rapaz estivesse montando em seu dedo, seu corpo se contorcendo com uma fluidez que deixou Joel enfeitiçado.

— Pode colocar outro — Finn disse a ele. — E um pouco mais de lubrificante.

Joel aplicou mais, depois pressionou vagarosamente dois dedos no corpo de Finn, enquanto acariciava o ventre dele. Olhou para o rapaz, amando o brilho em seus olhos, o brilho de suor em seu peito.

— Me avise quando.

Finn cavalgou seus dedos um pouco mais forte, a respiração errática no quarto silencioso. Joel o acariciou, procurando a próstata de Finn, incapaz de perder o exato segundo em que a encontrou. Ele manteve a massagem sensual até que o rapaz estava se contorcendo, com a respiração rápida.

— Agora — Finn disse de repente, acariciando seu pau e espalhando o líquido pré-ejaculatório na fenda como orvalho.

Isso era tudo que Joel precisava.

Ele rasgou a embalagem da camisinha com os dentes, removeu o látex e apertou a ponta enquanto cobria a cabeça do pau.

— Faz um tempo desde que precisei de um desses. — Quando terminou de colocar, ele passou os braços em volta da cintura de Finn e o puxou para perto. O rapaz se abaixou e suas testas se encontraram.

— Estou feliz que seja você — Joel sussurrou antes de tomar a boca de Finn em um beijo doce, com as mãos nas costas dele. O rapaz estendeu a mão para trás para guiar o pênis de Joel, então deixou lá enquanto continuavam se beijando, Finn se movia enquanto o pau do outro homem deslizava sobre sua entrada. Até que o rapaz estendeu as mãos para abrir mais as nádegas, Joel estocou e...

E o penetrou por completo.

Joel exultou com a sensação de estar dentro de Finn. Seus lábios se fundiram enquanto se beijavam, cada um alimentando o outro com sons de prazer e desejo. O rapaz se moveu como se estivesse em câmera lenta, afundando cada vez mais, até que Joel estava dentro dele. E eles ainda se beijavam, o homem mais velho desejando sentir a boca de Finn na sua.

O rapaz se levantou e Joel ofegou quando seu corpo apertou ao redor do pau dele.

— Ah, merda — o homem falou em tom baixo. — Isso é...

Finn assentiu, mantendo o olhar no rosto de Joel e com os lábios entreabertos.

— Incrível. — Ele se moveu, enquanto o outro homem saía de dentro dele para penetrá-lo por completo no último segundo. — Incrível demais.

Joel gemeu.

— Não, incrível pra cacete. — Exceto que isso não era nada como ele imaginou que seria. O ritmo era perfeito, assim como a sensação de Finn em seus braços, o gosto dele nos lábios de Joel, o cheiro dele... Tudo isso combinado para criar um feitiço sensual que os envolveu, conectando-os.

Finn o montou com mais força, se movendo com intensidade no pau de Joel, inclinando a cabeça para trás e com o peito úmido de suor.

Joel sabia que não estava pronto para o fim.

— Fique de quatro — ele deixou escapar.

Finn obedeceu, virando-se para olhar Joel por cima do ombro.

— Coloque-o de volta em mim.

Joel cobriu o rapaz com seu corpo, beijando sua nuca enquanto penetrava seu pênis profundamente para dentro mais uma vez, e Finn estremeceu quando ele o puxou para si, com seu pau no traseiro dele. Deixou uma trilha de beijos nas costas do rapaz, que virou a cabeça em uma demanda silenciosa, mas óbvia, ansiando pelo beijo de Joel. O homem mais velho envolveu Finn em seus braços, mantendo-o lá enquanto seu pau se afundava nele, ganhando velocidade, seus corpos se encontrando com fortes estocadas. Então ele parou, com o corpo do rapaz ao redor de seu pau enquanto beijava o pescoço e ombros de Finn, que se contorcia para unir seus lábios, cobrindo as mãos de Joel e segurando-as contra o peito.

Joel sabia que não poderia durar muito mais.

Ele saiu do corpo de Finn.

— De costas, lindo. — A palavra carinhosa escapou de seus lábios sem pensar um segundo. Finn se deitou e Joel colocou um travesseiro embaixo de sua bunda. O rapaz puxou os joelhos em direção ao peito, o outro homem guiou seu pau para onde queria estar, e caramba, sim, ele estava dentro de Finn novamente.

Finn apoiou as panturrilhas nos ombros de Joel, com os braços em volta do pescoço dele, e voltaram a se beijar mais uma vez, o ritmo da língua combinado com o do pênis do homem mais velho, enquanto penetrava Finn. Eles interromperam o beijo, encostando suas testas úmidas uma na outra enquanto Joel o estocava. As respirações estavam entrecortadas, os dois deixando escapar sons urgentes que indicavam o quanto Finn estava perto de gozar. Joel estocou com movimentos curtos e rápidos, e seus quadris sentiram aquele primeiro choque de eletricidade que foi até suas bolas.

— Puta merda, estou quase lá — Joel gemeu, incapaz de se conter. Ele penetrou profundamente, estocando no traseiro de Finn enquanto gozava com força, mantendo firme o pau que pulsava dentro do corpo do rapaz. O homem mais velho o beijou com um fervor que ele não sabia que possuía, sentindo os braços de Finn em volta dele, suas bocas unidas enquanto o pênis de Joel pulsava as últimas gotas no látex.

Finn soltou Joel para segurar o próprio pau e, segundos depois ele gozou, cobrindo a barriga de sêmen. O outro homem saiu de dentro de Finn e se curvou sobre ele para lamber cada gota, saboreando o gosto do sêmen de outro homem pela primeira vez em tantos anos. Com cuidado, ele removeu a camisinha e a amarrou antes de deixá-la cair no chão.

Se deitaram na cama, abraçados, com as pernas entrelaçadas e trocando beijos lentos. Joel ergueu o queixo de Finn e olhou para aqueles olhos cor de tempestade.

— Fica?

O aceno de Finn foi o final perfeito para um dia perfeito.

Capítulo dezoito

Finn abriu os olhos. *Não foi um sonho.* O peito de Joel estava pressionado contra suas costas, a perna enganchada na sua. Eles haviam adormecido com a luminária acesa, mas era a luz do dia entrando pela janela que iluminava acima de suas cabeças.

Mas o rapaz não estava pronto para saudar o dia. Queria se esconder debaixo dos lençóis e manter Joel em um casulo de algodão macio que difundisse a luz. Para beijar um pouco mais, porque caramba, ele não se cansava dos beijos do homem.

A quem ele estava enganando? Ele não se cansava de Joel.

Ouviu um gemido suave no andar de baixo e então seus planos mudaram.

Ahh, pobre cachorrinho. O aconchego teria que esperar.

Ele deu uma cutucada com cuidado em Joel.

— Ei, dorminhoco. — Quando o outro homem rolou com um ronco fofo e baixo, Finn tomou uma decisão. Saiu da cama, vestiu a calça jeans e a camiseta e desceu as escadas descalço até onde Bramble estava sentado na porta da frente, ainda reclamando.

— Desculpe, garoto. Papai e eu dormimos demais. — Ele calçou as botas, pegou a coleira do gancho, prendeu-a no cachorro e destrancou a porta. Soltou a coleira e Brámble se dirigiu para a árvore mais próxima.

Finn respirou o ar fresco da manhã. *Uau. Que*

noite.

Não exatamente a noite que planejou, mas não estava reclamando. Aquele primeiro beijo o deixou sem fôlego. Sorriu para si mesmo. *Não paramos de nos beijar a noite toda.* E Joel na cama foi...

Finn não conseguia quantificar a experiência.

Ele não tinha certeza do que esperava. Talvez uma transa frenética, dado o tempo que se passou desde a última vez que Joel transou com um cara. Ou talvez uma rápida, porque Finn sabia que o outro homem devia estar no limite. Mas o que ele teve foi bom demais. E muito além de qualquer coisa que já havia experimentado antes.

Depois de semanas fantasiando sobre Joel, a realidade pegou tudo o que sua imaginação havia inventado e chutou porta afora. E Finn queria mais.

Então percebeu que Bramble estava de volta ao seu lado, olhando para ele.

O estômago de Finn roncou e ele ficou feliz por não haver ninguém por perto para ouvi-lo. Ele olhou para o cachorro.

— Café da manhã?

Bramble abanou o rabo com mais vigor.

Finn riu.

— Vamos alimentá-lo e depois vou alimentar seu pai. — Ele voltou para casa, incapaz de parar de sorrir.

Não sei com qual apetite quero lidar primeiro.

Porque a ideia de voltar para o homem deitado naquela cama quente era muito tentadora.

Finn fechou a porta e foi até a cozinha, em busca de algo para Bramble. Encontrou um saco de ração seca para cachorro no armário ao lado da geladeira e serviu uma colher na tigela de Bramble. Depois encheu a tigela de água e a colocou ao lado da comida. Bramble se aproximou.

— Aqui está, garoto.

Aparentemente, esse era todo o convite de que Bramble precisava.

Finn o deixou e foi até a cafeteira. Ligou o aparelho e pegou duas canecas no armário. Não demorou muito para que o cheiro flutuasse no ar, e ele sorriu.

Isso pode acordá-lo.

Como previsto, um momento depois ele percebeu um movimento acima de sua cabeça.

— Sinto cheiro de café? — Uma pausa. — Esse horário está certo? Meu Deus. — Finn ouviu o som de pés descendo as escadas. — Nunca durmo até tão tarde. — Joel surgiu à vista, vestindo apenas jeans. — O Bramble precisa... — Ele parou ao ver o cachorrinho comendo. — Ah. Ótimo. Mas ele tem que...

— Fazer suas necessidades. — Finn apontou para a porta da frente. — Eu o levei lá fora.

— Obrigado. — Joel fungou. — *E* você fez café. — Ele sorriu. — Um homem prendado. Gosto disso.

— Nosso objetivo é agradar.

— É claro que a culpa é *sua* por eu não ter acordado com os pássaros esta manhã.

Finn riu.

— Eu te cansei ontem à noite? — Ele teve a *melhor* noite de sono. Finn gostava de Joel usando só jeans. Até seus pés descalços eram sexy, e o rapaz nunca teve queda pelos pés de um cara. Até que ele sentiu uma onda de timidez. — Bom dia.

Joel caminhou até onde Finn estava. Sem dizer uma palavra, ele se inclinou e beijou o rapaz nos lábios, um beijo casto que ainda conseguiu acender um fogo no ventre de Finn.

— *Agora* sim é um bom dia — Joel falou enquanto se afastava.

Finn não resistiu. Colocou os braços em volta o outro homem e fechou a distância entre eles, encorajado pelo beijo de Joel.

— Pode ficar ainda melhor.

Os olhos do homem brilharam.

— Bem, visto que você se deu ao trabalho de pegar todas aquelas camisinhas, parece uma pena não usá-las. — Ele se interrompeu. — Isso é se você...

Finn parou suas palavras com um beijo.

— Pergunta idiota — ele murmurou contra os lábios de Joel.

O café da manhã teria que esperar.

— Você é uma distração terrível — Finn murmurou enquanto caminhavam de volta para o carro de Joel.

O outro homem piscou.

— Te levei para tomar café no Becky's Diner. Como isso é uma distração? — Ele gesticulou para o cais que tinham visto enquanto comiam. — Isso é melhor que comer na minha casa.

Era uma bela vista, e Finn devorou cada garfada de seu prato que tinha linguiça, ovos mexidos, rabanadas e batatas fritas, além de muito café. Mas ele tinha um trabalho para terminar e, até agora seu domingo tinha sido só comer e comer. Não que tivesse recusado quando Joel sugeriu irem até Portland para comer. E daí se isso significasse uma viagem de trinta minutos? A torrada francesa da Becky era de morrer. E ele também não podia reclamar da parte do sexo.

Ele sentiu o corpo se aquecer. *Não vou reclamar disso de jeito nenhum.*

— Eu adoraria saber o que acabou de passar pela sua cabeça. — Os olhos de Joel brilharam.

Finn bufou.

— Não acho que seria uma surpresa.

— Você ficou com uma cara safada. — Joel mordeu o lábio.

Finn revirou os olhos.

— O que é isso? Você transa e, de repente, vira criança de novo?

Joel riu.

— Me sinto jovem hoje.

O coração de Finn acelerou ao ouvir as palavras e, naquele momento, ele desejou estar de volta na cama de Joel, de joelhos, se segurando na cabeceira da cama e sendo penetrado pelo pau grosso do homem... de novo. E de novo. E mais uma vez, com a mão de Joel em sua barriga, a outra no seu pau. Droga, ele ainda podia sentir os lábios do outro homem em suas costas, aqueles beijos gentis que eram o acompanhamento perfeito para o movimento de entrada e saída do pau dele.

Ele soltou um suspiro.

— Sim, você é uma distração terrível. — E Finn não poderia estar mais feliz com isso.

A respiração de Joel mudou, e Finn sabia que não iria trabalhar no deck *naquele* dia.

— Então vamos para casa para que eu possa distraí-lo mais um pouco.

— Joel?

Finn conhecia aquela voz. Joel enrijeceu.

— *Não* acredito nisso — ele murmurou. Eles se viraram e o homem suspirou pesadamente ao ver Megan e Lynne. — Oi. Que surpresa.

Finn riu da falta de sinceridade na voz de Joel.

— Ei, você escolheu vir a Portland. Imaginou que as chances de encontrar a sua irmã eram mínimas?

— O que estão fazendo aqui? — Megan deu um aceno alegre a Finn. — O deck está pronto?

— Ainda não. A base já está no lugar — Finn disse a ela.

— Viemos aqui para tomar café da manhã — Joel acrescentou rapidamente.

Megan arqueou as sobrancelhas.

— Então você decidiu ligar para Finn e convidá-lo para comer fora? — Ela contraiu os lábios. — Ou você rolar na cama sugeriu isso?

Joel semicerrou o olhar.

— Em outros tempos teriam te julgado como uma bruxa.

Ela gargalhou.

— Eu sabia!

— Sabia o quê? — Lynne questionou. — O que eu perdi?

— Ah, não muito, apenas Joel e Finn brincando de *Esconde o Salame.* — Os olhos de Megan brilharam. — Algo que eu previ — ela acrescentou em tom presunçoso.

Finn jurou que Joel estava prestes a ter um ataque de apoplexia.

— Quer falar baixo? — O rosto de Joel estava

vermelho.

Megan sorriu.

— Uau. Você seguiu meu conselho. Estou pasma. Quero dizer, desde quando você ouve uma palavra que eu digo? A próxima coisa que você vai fazer é deletar as páginas daquele romance que...

— Temos que ir agora — Joel interveio. — O Finn tem um deck para terminar, se lembra?

Finn não tinha certeza se seus planos haviam mudado ou se Joel estava dando uma desculpa para tirá-los dali. A maneira como ele pegou as chaves do carro do bolso indicou o último.

— Não nos deixe te impedir. Que bom te ver de novo, Finn. — Aquele brilho nos olhos de Megan não havia diminuído.

— Digo o mesmo. — Ele acenou para Lynne.

— Até mais. — Joel já estava se movendo depressa pela calçada, e Finn teve que correr para alcançá-lo.

Ele bufou.

— Você não queria mesmo falar com ela, não é?

— Está brincando? Nunca mais vou parar de ouvir isso. — Chegaram ao carro e Joel sentou-se ao volante.

Finn entrou e apertou o cinto de segurança, sentindo o estômago embrulhar.

— Ei... você não se arrepende... — Ele não sabia o que pensar. *Ele não quer que a Megan saiba sobre nós?*

Então uma onda de fria realidade caiu sobre ele. *Que nós? Transamos duas vezes. Não existe nós.*

Meu Deus. Bem que Seb falou. Uma noite com Joel, e Finn estava...

Não. Não. Não vou me apaixonar por Joel como me apaixonei por qualquer outro cara com quem transei. Só que ele sabia que decisões tão veementes eram uma perda de tempo.

Finn já estava se apaixonando antes de chegar à cama de Joel.

Joel ligou o motor, mas não tirou o carro do estacionamento.

— Não me arrependo nem um segundo. A noite passada foi... — Ele engoliu em seco. — A noite passada foi incrível e não me importo essa palavra é considerada clichê. Foi incrível de verdade. E não me importo que a Megan saiba que as coisas mudaram entre nós.

A faixa de ferro que apertava o peito de Finn afrouxou um pouco.

— O que me irrita é que ela vai ficar dizendo *eu avisei* por semanas. Porque acredite em mim, ela já fez isso antes. — Joel colocou a mão na coxa de Finn. — Aliás, você não precisa trabalhar no deck esta tarde. — Ele deu um sorriso adorável. — Não se houver outra coisa que você prefira fazer.

Finn sorriu.

— Acho que posso ter algumas ideias.

Joel riu e se afastou do meio-fio. Enquanto dirigiam pela Commercial Street em direção à 295, Finn refletiu sobre algo que Megan havia dito. Pensou que não deveria se envolver, mas a curiosidade levou a melhor sobre ele.

— Sobre o que Megan estava falando? Que romance?

— Não é nada. — Joel manteve os olhos na estrada à frente.

Como se Finn fosse ser dissuadido por isso.

— Claro que não pareceu não ser nada.

Joel não disse nada por um momento, e Finn

teve a sensação de que ele pressionou quando deveria ter recuado. Então Joel suspirou.

— É só que... eu tive uma ideia. Sempre quis escrever um livro.

Finn o olhou boquiaberto.

— Acho que isso é incrível. Quanto você escreveu?

Joel riu alto.

— Eu nem comecei. Toda vez que me sento para colocar os pensamentos em palavras, a visão daquela página em branco me apavora.

— Mas por quê? Você não sabe o que pode realizar até tentar.

Joel balançou a cabeça brevemente para olhar para Finn.

— E se eu não conseguir?

— E se você conseguir? — Finn retrucou.

— Certo, é justo. Mas ainda assim, não tenho a menor ideia de por onde começar.

— Pelo começo parece uma boa ideia.

Joel revirou os olhos.

— Sim, *grande* ajuda.

Finn suspirou.

— Não estou querendo dizer o *seu* começo. Comece com o momento em que você soube que era gay e continue a partir daí.

Houve uma pausa.

— Sério? Quem iria querer ler isso?

— Bem, eu gostaria, por exemplo. — Finn levantou as mãos. — Ei, é só uma sugestão. Ninguém está dizendo que você tem que publicar, certo? Mas pode te ajudar a começar. Você sabe, te colocar no ritmo da escrita.

— Vou pensar sobre isso.

Isso foi uma melhoria em comparação a *e se eu não conseguir?*

Joel colocou o laptop na mesa da cozinha e o ligou. Podia ouvir Finn cantando do lado de fora enquanto aparafusava as tábuas no deck. Ele não ficou surpreso pelo rapaz ter decidido trabalhar algumas horas naquela tarde, em vez de buscar outros... caminhos.

Ele é um cara legal.

Além disso, quando Finn terminasse, Joel faria o jantar para eles, e quem sabia onde a noite iria levar?

Já tinha uma ideia de como queria que a noite seguisse e não achava que Finn seria avesso a isso. Ele olhou para o quadro branco que havia colocado na porta do banheiro e riu.

Se Megan o encontrasse e visse as palavras preservativos e lubrificante escritas ali, ela ficaria chocada? A quem ele estava enganando? Ela provavelmente enviaria uma caixa de presente de aniversário, junto com qualquer outra coisa que ela achasse apropriada.

Sabia que estava procrastinando. O rapaz o fez pensar durante a volta para casa, e assim que ele saiu, Joel aproveitou o momento. A única coisa era que aquele documento em branco o estava provocando como sempre.

Comece com o momento em que você soube que era gay.

Joel riu.

— Agora *isso* pode chocá-la. — Especialmente se ele escrevesse sobre suas travessuras noturnas durante as noites que dormiu na casa de amigos. Ele sorriu. *Que se dane.* Joel começou a digitar.

Uma tosse alta interrompeu sua concentração. Finn estava ao lado da mesa, sorrindo.

— Seu cachorro acha que você não o ama mais. É a segunda vez hoje que tive que levá-lo para fora para se aliviar.

Joel olhou para o relógio de parede.

— Quatro e meia? Mas... — Era uma e meia quando ele se sentou à mesa. *Para onde foi o tempo?*

Finn olhou com interesse para a tela do laptop.

— Uau. Estou impressionado. — Ele olhou para a parte inferior da tela. — Você escreveu mais de mil palavras.

Escrevi?

— Uau. Também estou. Mil palavras não pareciam muito para três horas de trabalho, mas ei, ele aceitaria. Como Finn disse, era um começo.

— Posso ler?

Joel mordeu o lábio.

— Você ficaria ofendido se eu dissesse que não?

Finn sorriu.

— De jeito nenhum. Estou feliz em ver que você está escrevendo. Ele se curvou e beijou o topo da cabeça de Joel, e o gesto íntimo e casto o surpreendeu e encantou.

— Terminou lá fora?

Finn assentiu.

— Já limpei tudo. Eu pretendia fazer mais hoje,

mas...

— Mas eu te distraí, sim, eu sei. — Joel riu. — Sempre tem o próximo fim de semana.

— Vou ver o que posso fazer depois do trabalho também. Uma hora aqui, uma hora ali. Tudo se ajeita. — Finn olhou para o relógio e o estômago de Joel ficou tenso.

Não quero que ele vá.

— Você tem que ir correndo? Não vai ficar para o jantar? A menos que você tenha coisas para fazer em casa.

Finn sorriu.

— Eu adoraria ficar. — Ele apontou para o laptop. — Você terminou?

Joel assentiu. Fosse qual fosse a musa que o inspirou, já partiu.

Os olhos do rapaz brilharam.

— Nesse caso... — Ele se inclinou, só que desta vez seus lábios encontraram os de Joel em um beijo lento. — Salve o que você escreveu, desligue o laptop e me leve para cima — ele sussurrou no ouvido de Joel. — Ainda temos camisinhas sobrando, lembra?

Joel gostou desse plano. Aparentemente, seu pau também.

— Você precisa de um lanche ou algo assim primeiro? — O rapaz gastou muita energia naquela tarde.

Finn se moveu para ficar atrás da cadeira, passou a mão pelo peito de Joel e segurou a crescente ereção.

— Você tem todo o lanche que eu preciso aqui — ele respondeu com a voz rouca, que enviou um arrepio de antecipação pelo corpo de Joel.

O homem nunca tinha desligado o laptop tão rápido.

Enquanto subiam as escadas, Joel refletiu que, em algum momento, o brilho desapareceria e eles não estariam transando em todas as chances que tivessem. Ele esperava que não fosse tão cedo.

Capítulo dezenove

Quando chegou a noite de quarta-feira, Joel sabia que tinha um problema.

Estava viciado em Finn.

Não o via desde a noite de domingo, quando o rapaz finalmente voltou para casa depois de terem passado a maior parte da noite na sua cama: eles voltaram para lá assim que o jantar acabou. Finn se desculpou por não poder trabalhar no deck à noite naquela semana, mas a cadeira da Vovó não estava pronta e a festa estava se aproximando. E enquanto Joel sabia que fazia sentido não exagerar nas coisas, e ele concordava que quatro noites não era muito tempo sem se verem e que poderiam ficar juntos sexta à noite com certeza, ele passou os três dias pensando em Finn.

Em seu sorriso.

Nos seus braços.

Sua risada.

Sua bunda.

Seu pau.

Esse último, no entanto, foi o argumento decisivo. Durante toda a quarta-feira, Joel tentou expulsar um pensamento de sua cabeça, mas ele não queria sair. Focou em telefonemas e compromissos, mas sua cabeça não parava de voltar para aquela conclusão tentadora: precisava do pau de Finn em sua bunda. Para ontem.

Joel disse a si mesmo que isso era o resultado de anos negando a si mesmo, que passaria, que ele *nem sempre* se sentiria consumido pela necessidade de tocar Finn, beijá-lo, transar com ele... Uma necessidade que provocou deliciosas ondas de prazer pelo seu corpo.

Sexta-feira, certo? Você pode esperar até sexta à noite, com certeza. Não era como se não houvesse contato entre eles, certo? Eles trocaram mensagens, Joel ligou, Finn também...

A voz de Finn. Mais uma coisa para ocupar os pensamentos de Joel. Se o rapaz decidisse falar alguma sacanagem, ele não tinha dúvidas de que gozaria sem sequer um dedo em sua bunda.

E aqui estou eu de novo, de volta à minha bunda.

Ele subiu na cama, pegou o lubrificante, fechou os olhos e deixou a imaginação tomar conta. Não foram os dedos de Joel que o penetraram, mas os de Finn, longos e escorregadios. Dedos que deram lugar à língua do rapaz e, *caramba*, isso foi o suficiente para levá-lo ao limite. Por mais que tentasse atrasar o inevitável, não demorou muito para sufocar seus gemidos com medo de perturbar Bramble e se enrolar na toalha que se tornou um acessório regular ao lado de sua cama.

Enquanto estava deitado no escuro, seu batimento cardíaco voltando lentamente à cadência normal, Joel tomou uma decisão. *Que se dane a espera.* Ele passaria na casa de Finn no dia seguinte quando levasse Bramble para passear.

Só para um café.

Com certeza.

Bramble caminhou à frente dele, com menos exuberância que havia mostrado no caminho para a praia. Joel sabia por experiência própria, que dentro de algumas horas ele estaria batendo na porta, puxando a coleira do gancho e jogando-a aos seus pés com um olhar que dizia E aí? Vamos ou não?

Então ele avistou a caminhonete de Finn na garagem e seu pulso acelerou.

Ele está em casa.

Era absurdo o quanto aquela simples constatação o deixou feliz.

— Vamos ver o Finn, hein, garoto? — Bramble puxou a coleira, levando Joel para a caminhonete do rapaz, e ele riu. O cachorro estava tão ansioso para ver Finn quanto ele. Ele parou na porta, se esforçando para respirar uniformemente. Então tocou a campainha.

Finn abriu a porta e sorriu.

— Ei. Te devo um café, não é? — Ele inclinou a cabeça para o lado e ficou muito quieto. — Mas você não veio aqui para tomar café, não é?

Joel olhou fixamente para ele.

— Não. É tão óbvio?

— Andei pensando em você. *Esperava* que você estivesse pensando em mim. Finn olhou para Bramble.

— Está indo ou voltando da praia?

— Voltando.

Ele sorriu.

— Graças a Deus. Entra logo aqui.

Assim que Finn fechou a porta, estava tirando a jaqueta de Joel, com as bocas unidas em um beijo frenético.

— Puta merda, senti saudade — Finn murmurou contra seus lábios. — tire os sapatos.

Joel riu.

— Sim, senhor. — Ele os tirou, então estremeceu quando Finn se inclinou e beijou seu pescoço. — Caramba, se você fizer muito mais disso, vou gozar antes que você chegue perto da minha bunda.

Quando Finn paralisou, Joel olhou para ele, seu coração batendo rápido.

— Eu disse algo errado? — Então ele o atingiu. — Ah, caramba. Não me diga que você não gosta de ser o ativo.

Os olhos de Finn estavam muito escuros.

— Ah, eu gosto. E você não tem ideia de quantas vezes pensei sobre isso.

Joel prendeu a respiração.

— Jura? — Ele gostava de ser o objeto da luxúria de Finn. Quando o rapaz assentiu, ele sorriu. — Então vamos ver se a realidade é melhor que a sua fantasia.

Eles foram em direção ao sofá e Joel caiu para trás nas almofadas. Algo chamou sua atenção e ele riu. Uma caixa *muito* grande de preservativos e o maior frasco de lubrificante que Joel já tinha visto estavam sobre a mesa de centro.

— Acho que não sou o único que esteve fazendo compras.

Os olhos de Finn brilharam.

— Como está indo? Esses suprimentos são para

durar mais ou menos uma semana. — Ele segurou a coleira de Bramble e o levou até a cozinha, fechando a porta na cara dele. — Desculpe — disse a Joel quando voltou para o sofá. — A ideia dele nos observando foi demais para mim.

Joel ficou feliz com o adiamento do momento.

— Ei... podemos desacelerar um pouco as coisas? Sei que cheguei aqui com o pé no acelerador, mas...

Finn parou suas palavras com um beijo. Então ele recuou um pouco, seus olhos brilhando.

— Devagar é bom. Devagar é muito bom. — Ele tirou a camiseta e a jogou no chão, depois sentou-se no colo de Joel e abriu os botões da camisa, se demorando e beijando cada área recém-exposta da pele. Joel estremeceu com cada toque dos lábios de Finn em sua pele. Quando os dois estavam nus da cintura para cima, o rapaz passou os braços em volta do pescoço do outro homem e beijou sua testa, boca, bochechas, roçando os lábios nos lóbulos das orelhas de Joel.

— Você notou — o homem mais velho murmurou, deixando escapar um gemido baixo quando Finn beijou seu pescoço novamente — quanto tempo passamos nos beijando? Aliás, não é uma reclamação.

Finn deu um lento sorriso sexy.

— Que bom, porque eu poderia te beijar o dia todo, se tivesse oportunidade.

Joel riu.

— Acho que seus colegas de trabalho podem ter algo a dizer sobre isso.

O sorriso de Finn fez seu estômago tremer.

— Posso começar uma nova tendência. Chega

de pausas para o café, a moda agora é pausas para beijar.

— Por que parou de me beijar? — Joel estremeceu quando Finn deixou uma trilha de beijos pelo seu peito. — Nossa, eu gosto quando você faz isso.

— Então se deite e me deixe fazer isso. Este sofá é grande o suficiente para nós dois.

Joel se deitou e Finn se deitou em cima dele, lambendo uma trilha pelo torso do outro homem, intercalada com beijos. Quando chegou às calças, ele levantou o queixo e olhou nos olhos de Joel.

— Tira isso.

Joel piscou.

— Aqui?

Finn riu.

— Você veio em uma missão, não é? Importa onde vai acontecer. Não me diga que nunca transou em um sofá antes.

— Nunca tive oportunidade. — Ele e David transaram em todas as oportunidades que tiveram, onde quer que pudessem encontrar um lugar longe de olhares indiscretos.

Finn o beijou.

— Bem-vindo ao mundo do sexo no sofá, no chão, contra a parede, onde você quiser. — Ele riu. — Só não aconselho fazer isso em público. Não quero que a polícia me mande para a cadeia.

— Também não seria minha primeira escolha. — Ele esperou enquanto Finn abria o zíper de sua calça, então a puxou sobre os seus quadris, deixando a cueca no lugar. — Não é para tirar isso também?

Finn riu.

— Paciência. Você disse para diminuir a

velocidade, é o que estou fazendo. Nunca ouviu falar em gratificação atrasada? — Ele jogou as calças de Joel no chão e tirou as meias. Passou as mãos pelos pés descalços do outro homem, acariciando as solas. — Alguém já disse que pés bonitos você tem?

Joel riu.

— Caramba, de repente estou no meio de *Chapeuzinho Vermelho*. — Então o riso parou quando Finn se ajoelhou no sofá, levantou as pernas de Joel e levou os pés dele para a sua virilha, os pressionando contra sua ereção óbvia. A respiração do outro homem acelerou um pouco mais enquanto ele os movia, uma fricção lenta sobre o pau de Finn que apontava para seu quadril. — Cacete, que pau duro.

Os olhos de Finn brilharam.

— Para te comer melhor. — Ele soltou os pés de Joel e baixou sem pressa o zíper da calça jeans.

Joel o olhou, sentindo o coração acelerar.

— Você nunca usa cueca?

— É uma reclamação?

— De jeito nenhum. — O pau de Finn se moveu enquanto ele abaixava a calça jeans, e Joel olhou para o membro do outro homem com novos olhos. *Isso vai penetrar em mim.* Sentiu o anus se apertar com o pensamento. Então Finn pressionou o corpo nu contra o seu, que o puxou para um beijo que fez o sangue correr para o pau. Ele gemeu durante o beijo enquanto Finn se movia em cima dele, esfregando o pau nu sobre o de Joel, que se esforçava para se libertar da cueca de algodão que o aprisionava. Os lábios do rapaz eram macios e o outro homem não conseguia o suficiente de sua boca em seu corpo. Finn se deslocou para se deitar ao seu lado, acariciando o torso de Joel até chegar a cueca, onde segurou e apertou o pau agora totalmente duro do homem.

Joel prendeu a respiração e Finn levou a mão ao rosto dele em uma carícia reconfortante.

— Não é sua primeira vez como passivo, é?

— Não, mas é como se fosse... faz muito tempo. — Joel estremeceu. — Então seja gentil.

Os lábios de Finn nos seus foram a resposta perfeita. O rapaz passou a mão por baixo do algodão e libertou o pênis e as bolas de Joel, empurrando a cueca para baixo. Ele se mexeu, e Joel arqueou as costas enquanto a boca quente e úmida de Finn se fechava sobre seu pênis. De forma instintiva, Joel colocou as mãos na cabeça do rapaz e o segurou firme enquanto estocava, balançando os quadris enquanto penetrava o pau entre os lábios de Finn. O outro homem gemeu quando Joel foi fundo, mas não fez nenhum esforço para detê-lo.

— Puta merda, você vai me fazer gozar — Joel gritou. As sensações eram deliciosas, a umidade e o calor perfeitos.

Finn saiu dos lábios dele em um piscar de olhos. Segurou a cueca de Joel e a puxou, deixando as pernas do outro homem no ar enquanto a removia completamente. Finn pegou uma almofada e colocou debaixo da bunda de Joel, em seguida, deu um empurrão suave, mas firme, no torso do outro homem. Com o coração batendo forte, ele segurou os joelhos contra o peito, gemendo ao primeiro toque hesitante da língua de Finn em sua entrada.

— Puta m-merda.

A única resposta de Finn foi continuar lambendo, chupando e acariciando aquele lugar, puxando as nádegas de Joel para que ele pudesse enfiar a língua. Joel tremeu e os músculos de seu abdômen estremeceram. Observar os olhos de Finn escurecerem enquanto ele sondava e lambia era sexy pra caramba.

Finn finalmente levantou a cabeça, seus lábios brilhando.

— Tenho um trabalho para você. — Ele se virou, e Joel foi confrontado pela visão do pau pesado de Finn acima dele.

— Posso fazer isso. — Ele segurou o pau do rapaz em uma mão e levou a cabeça aos lábios. Finn se moveu e Joel ficou com a boca cheia do pau quente e duro. Ele gemeu quando o rapaz abriu suas nádegas mais uma vez e voltou a acariciá-lo, provocando e lambendo sua entrada.

Joel perdeu a noção do tempo, à deriva em um mundo de intenso prazer e calor, que parou quando Finn estendeu a mão em direção à mesa de centro e pegou a caixa de preservativos, seguida pelo lubrificante.

Ah, caramba.

Finn se mexeu novamente para se ajoelhar entre as pernas de Joel.

— *Agora* estamos prontos. — Ele umedeceu os dedos com lubrificante e Joel ficou tenso enquanto os esfregava sobre sua entrada. Finn parou instantaneamente. — Respire, sim? Você sabe o que fazer. E confie em mim, sua bunda vai se lembrar de como isso é incrível.

Joel respirou fundo e se forçou a relaxar. Finn deslizou um dedo dentro, e ele estremeceu um pouco, respirando fundo. O rapaz não apressou as coisas. Ele se demorou e a ardência desapareceu. Joel segurou o pau dele o acariciou com movimentos suaves para combinar com o do dedo de Finn em sua bunda. Até que o rapaz encontrou sua próstata e ele gemeu.

— Não pare. Não pare. — Joel moveu mais a bunda, cavalgando naquele dedo, buscando mais das sensações. Finn acrescentou outro, e aquela sensação de estiramento estava de volta. Não acelerou o ritmo, mas manteve o movimento constante de entrar e sair, até que a necessidade de Joel estava em brasas.

Então Finn parou e o outro homem soube o que estava por vir.

O rapaz pegou uma camisinha da caixa, rasgou a embalagem e puxou o látex sobre seu pau.

— Como você quer? — Ele levou a mão com gentileza ao ventre de Joel. — Você escolhe.

Joel não hesitou.

— Posso montar em você?

Finn sorriu.

— Pode fazer o que quiser. — Ele se deitou de costas e apertou o lubrificante sobre o pau duro, espalhando-o com os dedos. Ele largou a embalagem e abriu os braços. — Vem cá.

Joel montou em seus quadris e se inclinou. Finn passou os braços ao redor dele e eles se beijaram, roçando o pau na entrada do parceiro, enquanto movia os quadris. Finn embalou a cabeça de Joel em suas mãos, e isso fez o coração do homem mais velho doer por se sentir tão... querido.

— Quando você estiver pronto, me guie — Finn sussurrou.

Joel engoliu em seco.

— Estou pronto. — Ele estendeu a mão para trás e trouxe a cabeça do pênis de Finn para sua entrada. Ele a segurou ali, tremendo.

Finn olhou Joel nos olhos.

— Diga-me que posso me mover. — O homem mais velho assentiu e Finn visivelmente prendeu a respiração enquanto o penetrava. Joel suspirou quando o pau de Finn entrou todo.

Eles pararam, as mãos de Finn em sua bunda, as dele na almofada do assento em cada lado do peito do rapaz. O suspiro baixo ecoou com o dele.

— Ah, caramba. Você é tão apertado.

— Você está totalmente dentro de mim?

Finn assentiu com a cabeça, os lábios entreabertos e olhos brilhando.

— Tão bom.

Joel deu um movimento experimental de seus quadris e gemeu com o resultado. — Você estava certo. É uma sensação incrível. — Aquela sensação gloriosa de se sentir cheio, de ser alongado…

— Posso mexer mais um pouco? — Finn perguntou.

Joel reivindicou a boca do rapaz em um beijo fervoroso. Ele se apoiou nos antebraços que seguravam a cabeça de Finn, que o manteve perto enquanto se movia para dentro e para fora dele, um ritmo suave no início, mas ganhando velocidade. E o tempo todo eles se beijaram, alimentando um ao outro de ruídos suaves que não faziam sentido, mas diziam muito.

O homem mais velho se sentou ereto e se mover para frente e para trás, com as mãos no peito de Finn, oprimido pela noção de que o pênis do rapaz era tudo o que o mantinha no chão, porque caramba, ele se sentia como se estivesse voando. Então estendeu a mão para Finn mais uma vez, e suas bocas se reconectaram em outro beijo, os dois com a respiração acelerada.

— De costas, querido.

Joel obedeceu, e Finn enganchou os braços

debaixo do joelho dele, empurrando-os mais para cima e penetrando completamente o traseiro de Joel, enquanto seus lábios estavam presos em um beijo.

Puta merda. O ângulo estava perfeito.

Joel se agarrou a ele, se deixando levar pelas ondas de prazer que o atravessavam, o atingindo, levando-o mais perto do ápice. Ele deslizou a mão entre seus corpos úmidos, alcançando seu eixo, e Finn assentiu novamente.

— É isso. Vou ver você gozar. — Ele reivindicou a boca de Joel em um beijo sensual, e Joel se acariciou mais intensamente, deixando escapar um gemido dos lábios quando o calor cobriu seu estômago. As narinas de Finn dilataram, e ele grunhiu enquanto ganhava velocidade, estocando profundamente. Então ele estremeceu, e Joel arregalou os olhos enquanto o pau do rapaz pulsava dentro dele.

Finn enterrou o rosto no pescoço de Joel, sua respiração superficial e errática. Joel trancou os braços em volta dele e segurou firme, dobrado em dois, os dois presos em uma massa de carne, o pênis de Finn ainda enterrado na bunda de Joel.

Quando Finn levantou a cabeça e o beijou, o calor irradiava do peito de Joel e seus membros pareciam leves, quase sem peso.

— Agora, *isso* valeu a pena esperar — Joel murmurou, sentindo o cheiro da pele de Finn, seu suor e o próprio cheiro natural que despertou os sentidos do homem mais velho.

Os olhos do rapaz brilharam.

— Imagino que você queira aquele café agora.

Joel riu.

— Daqui a pouco. — Naquele momento, ele queria ficar ali, abraçando Finn, aproveitando o momento.

Queria se lembrar desse sentimento. Estava suado, acalorado, dolorido, sentindo uma ardência em lugares que não sentia assim há décadas... e nunca esteve tão feliz.

— Joel?

Ele deu um salto.

— Desculpe. Estava com a cabeça longe. Você disse alguma coisa? — Finn estava deitado ao lado dele no sofá, e a TV estava ligada, mas Joel não estava assistindo. Bramble estava deitado no tapete, cochilando. Seu tutor o levou para um passeio rápido para fazer xixi, mas ele sabia que não era o suficiente. Em algum momento, precisava pensar em voltar para casa. Finn tinha colocado uma pizza no forno, então o jantar estava pronto, mas Joel sabia que o dia acabaria mais cedo ou mais tarde. Afinal, os dois tinham que trabalhar no dia seguinte.

— Eu disse que vou pegar um pouco de suco e perguntei se você queria. — Finn esticou o pescoço para olhar para ele. — Você está bem?

— Estava pensando em uma coisa, só isso.

Finn se sentou.

— Algo que você queira falar a respeito?

Joel o observou em silêncio por um momento.

— Lembra do dia em que te contei sobre meu passado? E eu disse que meu futuro era emocionante, mas assustador?

Finn assentiu, seus olhos calorosos.

— Você estava pensando nos seus filhos.

Joel piscou.

— Sim. Sim, eu estava. E finalmente cheguei a uma decisão. — Ele respirou fundo. — Acho que está na hora de contar. Eles precisam saber a verdade. — Não que estivesse completamente feliz com a ideia, mas sabia que não podia adiar mais. Não fazia mais sentido se esconder.

— Quer que eu esteja presente quando você fizer isso? Não há problema se quiser que sejam apenas vocês três.

O estômago de Joel se apertou.

— Não sei o que quero. — Ele caiu contra as almofadas. — Quero dizer, sim, quero você lá para dar apoio moral, mas...

— Mas não faço parte da família, e eles podem se perguntar o que isso tem a ver comigo — Finn terminou por ele. O rapaz colocou a mão no joelho de Joel. — Eu entendo. Isso é uma merda complicada. E se isso te faz se sentir melhor, também estou dividido.

Joel franziu a testa.

— Está?

Finn assentiu.

— Quero estar ao seu lado. Sei o quanto você temia fazer isso. E se a minha presença tornar as coisas um pouco mais fáceis para você, então isso é ótimo. Mas, ao mesmo tempo... não quero que as crianças pensem que estou interferindo. — Ele suspirou. — Talvez isso seja algo que se deva fazer de improviso.

Joel não estava certo. Na mesa de centro, seu

telefone tocou, e Finn saltou do sofá e o pegou, passando para ele.

— Vou pegar um pouco de suco. — Então ele se dirigiu para a cozinha, proporcionando a Joel a visão perfeita daquela bunda linda em jeans apertados.

O telefone vibrou em sua mão e ele clicou em *atender* quando viu que era Carrie.

— Oi.

— Sei que está tarde, mas podemos conversar?

Algo em sua voz fez os pelos dos braços dele se arrepiarem.

— O que há de errado?

— A última vez que o Nate te visitou... como ele estava?

Ah, Deus.

— Ele estava bem — Joel respondeu. — Os dois estavam. O Nate não falou muito, mas ele não tem falado muito ultimamente.

Carrie suspirou.

— Como eu pensava. Bem, mas as coisas estão diferentes agora.

— O que você quer dizer?

— Acho que ele estava guardando tudo dentro de si e de repente mudou, e estou lidando com as consequências.

O peito de Joel se apertou.

— O que aconteceu?

— Ele explodiu, seria uma descrição justa. Ele não para de dizer que não entende por que nos divorciamos. Ele falou sobre não haver brigas, nenhum conflito real entre nós. Ele não consegue entender por que agimos como se fôssemos amigos. Tudo se resume a: *tem alguma coisa que você não está me contando. Tem algo além de vocês terem se distanciado.*

— O que você disse?

— A única coisa que *pude* dizer foi que nós quatro precisávamos conversar sobre isso, cara a cara, como uma família. — Ela fez uma pausa. — Eu disse que era hora de ele saber a verdade.

Joel soltou um longo suspiro.

— Seu *timing* é estranho. Acabei de dizer a mesma coisa para o Finn.

Houve uma pausa.

— O Finn está aí?

Ele soltou uma risada irônica.

— Na verdade, *eu* estou na casa de Finn.

— Um pouco tarde para discutir a construção de decks, você não acha? — Havia uma nota de interesse em sua voz.

Aqui vamos nós.

— Bem... para ser sincero, não estávamos conversando muito. — Caramba, ela tinha o direito de saber. Ele sabia sobre Eric.

— Entendo. As coisas progrediram, não é? — Outra pausa. — Você está feliz?

— Estava... até você ligar. Ele concordou em nos encontrarmos?

— Ele queria saber por que eu não podia contar naquele segundo. Expliquei que precisávamos fazer isso em família e que ia te perguntar se domingo era um bom momento. O Nate vai se encontrar com um amigo da faculdade no sábado, então seria melhor no domingo. E você?

— Por mim, pode ser. Me avise quando estiverem a caminho.

— Claro. E Joel? — A voz de Carrie era calorosa. — *Estou* feliz por você e o Finn.

— Ei, não comece a escolher a porcelana ou algo

assim. Estamos apenas saindo, certo? E não faz muito tempo. — Tudo bem que ele queria mais do que ir para a cama com Finn, mas não estava disposto a comprometer a situação indo rápido demais.

— Nesse caso, vou manter os dedos cruzados. Eu gosto dele.

Nesse momento, Finn entrou na sala carregando dois copos de suco, e Joel sorriu.

— Também gosto muito dele. Te vejo no domingo. — Ele desligou.

Finn sentou no sofá.

— Domingo? — Joel repetiu a conversa e Finn ficou boquiaberto. — Que merda. Isso que é coincidência. — Ele endireitou os ombros. — Isso resolve nossa dúvida. Não vou estar lá.

Joel ficou imóvel.

— Sério?

Ele assentiu.

— Este momento pertence a você e a Carrie, e eu não devo me intrometer. — Finn deu um meio sorriso. — Não importa o quanto eu queira estar lá. Apenas prometa que vai me ligar no minuto em que eles forem embora.

— No segundo em que isso acontecer — Joel o assegurou. Então ele sorriu. — Venha aqui. Preciso te abraçar.

Finn montou nos quadris de Joel. Ele se abaixou e beijou o homem nos lábios.

— Estou perto o suficiente?

As mãos de Joel estavam em sua cintura.

— Ah, acho que podemos chegar mais perto que isso.

Naquele momento ele queria estar tão perto que não poderia dizer onde Finn terminava e ele começava.

Onde você quer que isso vá, Finn?

Não que fosse perguntar. Isso era algo recente e, por mais que Joel desejasse que continuasse, não faria nada tão cedo.

Não importava o quanto ele desejasse fazer exatamente isso.

Capítulo vinte

Finn soltou um suspiro de puro contentamento.

— Gosto quando a noite de sexta-feira se transforma na manhã de sábado. — Especialmente quando isso significava se aconchegar na cama de Joel. Havia até um aquecedor de pés, no formato de Bramble, que se aventurou no andar de cima. O cachorro olhou para eles do degrau mais alto com aqueles olhos castanhos, e Finn não ficou surpreso quando Joel acenou para ele na cama. Naquele momento, ele estava enrolado aos pés deles, com os olhos fechados.

Isso mudaria em um piscar de olhos se qualquer um de nós dissesse passear.

Claro, se aconchegar estava consumindo seu tempo de construção do deck, mas ei, Joel era o chefe, e Finn não estava disposto a ir contra a vontade do chefe. Como se pudesse recusar qualquer coisa que o homem lhe pedisse.

Se ele quisesse meu coração, eu daria. Finn sabia quando estava apaixonado, e estava apaixonado pra caramba.

— Você sabe que temos que sair desta cama em algum momento, certo?

Finn piscou.

— Mas por quê? Ainda temos... — Ele contou nos dedos. — Restam trinta preservativos. — Ele sorriu.

Joel riu.

— Quem foi que mencionou gratificação atrasada há menos de quarenta horas? Hum?

— Ah, vamos. Não podemos ficar aqui mais um pouco? Por favor? — Finn bajulou, acrescentando seus dedos à persuasão, amando como a respiração de Joel ofegava sempre que ele chegava perto de seus mamilos. Finn levou a boca a um deles e o acariciou com a língua.

Um suspiro escapou dos lábios de Joel. Ele semicerrou os olhos.

— Você joga sujo.

Finn mordeu o lábio.

— Posso jogar mais sujo, acredite em mim.

— Não acredito. Exijo provas. — Então ele ofegou quando Finn o rolou de bruços, abriu suas nádegas e passou a língua em sua entrada. — Puta merda. — Joel levantou a cabeça quando Bramble soltou um latido. — Bramble? O papai está bem. Cama.

Finn riu.

— Eu encerro meu caso. — Ele esperou enquanto o cachorro pulava da cama e trotava com extrema relutância para as escadas, parando para dar a eles um último olhar suplicante e comovente. Finn sorriu. — É melhor você não fazer muito barulho, ou o Bramble vai pensar que estou fazendo algo terrível para o papai.

— É *melhor* você fazer alguma coisa — Joel retorquiu.

Finn voltou a acariciar a entrada de Joel, amando como o corpo do homem se contorcia em sua língua.

Sim, ele não ia trabalhar tão cedo.

Joel foi para a cozinha.

— Está com fome? — ele gritou enquanto se servia de um copo de água. Finn tomou banho depois de passar algumas horas adicionando mais tábuas ao deck. Joel calculou que estaria terminado no domingo, desde que não houvesse mais distrações.

— O que tem para o jantar? E eu estou convidado? — Finn gritou do banheiro.

Joel riu.

— Que pergunta boba. Claro que está. E tem bolo de carne do *Hungry Man* no freezer. — Momentos depois, Finn estava atrás dele, passando as mãos em volta da cintura de Joel, uma indo para o norte, a outra para o sul. O outro homem riu. — Vejo que você está com fome de alguma coisa.

— Hum-humm. — A respiração de Finn fez cócegas em sua orelha. — Tenho uma ideia para um aperitivo. Já quis transar na mesa da cozinha?

Joel sentiu o corpo esquentar.

— Não até você mencionar isso. — E de repente o homem mais velho não conseguia pensar em mais nada. Ele prendeu a respiração quando Finn apertou seu pau endurecido.

— *Ahá*. Mas gosta da ideia. — Ele deu outro aperto. — Uau, sim. — Finn o girou e passou os braços em volta do pescoço de Joel, esfregando seu pau duro contra o de Joel.

— Essa coisa nunca faz uma pausa? — Não que o de Joel fosse mais suave. Ele segurou o copo com força, fazendo o possível para não derramar o conteúdo.

Finn se inclinou e sua risada rouca fez cócegas no pescoço de Joel.

— Não quando você está por perto. Esse é seu estado perpétuo. — Outro movimento de seus quadris, e seu pau deslizou sobre o de Joel. — Talvez eu devesse te pegar, te carregar para a mesa, te deitar e... — Ele se interrompeu e balançou a cabeça em direção à porta dos fundos. — O que é que foi isso?

— O que foi... — Joel seguiu seu olhar e paralisou.

Nate estava parado na porta de tela, com os olhos arregalados, a boca aberta.

Ah, merda.

Finn saltou para trás como se Joel o tivesse queimado e o outro homem deixou o copo cair no chão, que se quebrou instantaneamente.

— Merda.

— Eu limpo. Vá falar com ele — Finn insistiu. Ele começou a pegar os maiores cacos de vidro.

Joel deu um passo em direção à porta, mas Nate chegou antes e abriu a de tela. Ele entrou na cozinha e ficou lá, ainda olhando, com os lábios entreabertos.

Puta merda, ele está tremendo. Foi quando ele compreendeu. Nate estava tão chateado que estava vibrando, a raiva pulsando através dele. E Joel não conseguia se mover, preso ao chão.

— Achei que você viria amanhã, com a mamãe e a Laura. — Ele lutou para manter a voz calma. — Confundi os dias? — Joel escutou, mas não ouviu nenhuma voz do lado de fora. — É só você, não é?

Nate olhou boquiaberto para ele.

— É *assim* que você quer lidar com isso? Jesus, você tem coragem.

Joel se irritou.

— Ei.

— Não diga *ei* para mim. — Seus olhos brilharam e suas bochechas estavam coradas. — Quer saber por que estou aqui? Não havia como eu esperar até amanhã. Então eu disse a mamãe que ia me encontrar com um amigo. Sim, eu menti. Queria ouvir o que você tinha a dizer. — Seu olhar cintilou para Finn e ele o semicerrou. — E *agora* tudo faz sentido. *Ele* é o motivo de você e a mamãe terminarem? É isso? Você a estava traindo com ele e ela descobriu? — A dureza em sua voz magoou Joel profundamente.

— Ei, não é... — Finn deixou escapar, mas os olhos de Nate brilharam novamente.

— Não estou falando com *você*, estou falando com o meu pai.

Joel levantou a mão.

— Não me importa o quanto você esteja chateado, você não vai falar com Finn desse jeito. Não te criei assim. — Ele fez o possível para manter a voz calma enquanto seu corpo gelava.

Nate arregalou os olhos.

— Você espera que eu fique calmo quanto a isso? Quando você mentiu para nós?

O coração de Joel disparou.

— Nunca menti para vocês. Eu só... não contei tudo. E que fique registrado que conheci o Finn enquanto caminhava com Bramble, menos de uma semana antes de *você* conhecê-lo. — Quando Nate soltou um bufo zombeteiro, Joel ficou com raiva. —

Não acredita em mim? Pergunte a sua mãe. Por que ela mentiria sobre isso se o Finn era o motivo pelo qual terminamos? — Ele puxou o telefone do bolso e o estendeu para Nate. — Aqui. Ligue para ela

— Claro. Ela vai te apoiar. Vocês dois têm mentido para nós desde o início. E *para que fique registrado*? *Nunca* acreditei naquela desculpa meia-boca que você nos deu. — Nate não fez nenhum movimento para pegar o telefone.

Joel não quebrou o contato visual.

— Se *não vai* ligar para ela, eu vou. Ela acha que você está em outro lugar. — Ele apertou a discagem rápida.

Os lábios de Nate se curvaram em um sorriso de escárnio que fez o coração de Joel despencar.

— Sim, faça isso. Passe a responsabilidade, coloque a mamãe para fazer o seu trabalho sujo.

Joel já teve o suficiente. Ele baixou o braço, com o telefone ainda em sua mão.

— Você vai se acalmar e se controlar. Você é adulto, então aja como um. — De seu telefone veio a voz de Carrie, mas ele a ignorou. Os olhos de Nate estavam arregalados e seu peito arfava. — E então? — Joel exigiu.

Nate estendeu a mão.

— Me dê o telefone.

Joel levantou um dedo enquanto levava o aparelho ao ouvido.

— Oi. O Nate está aqui.

Ela ofegou.

— Ele o quê? — Houve uma pausa. — As coisas estão ruins, não é?

Joel olhou para as bochechas coradas de Nate, suas mãos abrindo e fechando ao lado do corpo.

— Sim, mas isso não é surpresa.

— Me deixe falar com ele.

Joel estendeu o telefone.

— Ela quer falar com você.

Engolindo em seco, Nate pegou o aparelho. O coração de Joel doeu ao ver como ele se mantinha rígido. Ele rezou para que Carrie pudesse fazê-lo ver o bom senso.

— Não precisa mais mentir, mãe. Sei a verdade. Eu os vi, o papai e o Finn. — Nate olhou na direção de Joel, e suas narinas dilataram. — Ele não pode mentir para escapar disso.

Finn jogou os cacos de vidro no lixo e foi para o lado de Joel.

— Deixe-os conversar — ele disse em voz baixa. — Dê um pouco de espaço a ele. — Ele deu um puxão no braço de Joel. — Joel. Por favor.

O coração de Joel disparou e ele sentiu uma dor no peito. Lutou contra a vontade de vomitar. Tentou não ouvir, mas era difícil não perceber o tom acusatório de Nate.

— Você deveria ter nos contado, mãe. Deveria ter *me* contado. Não sou criança, sabe?

— Joel. *Joel.*

Ele piscou. O olhar de Finn estava fixo nele, sua mão no braço dele.

— Deixe a Carrie conversar com ele. Venha para a sala, sente-se e deixe-os conversar.

Joel se permitiu ser levado para a sala de estar, onde Finn o acompanhou até a cadeira de balanço e esperou enquanto ele se sentava. Bramble estava a seus pés um momento depois, soltando um gemido suave. Joel acariciou sua cabeça.

— Você sabe que alguma coisa está

acontecendo, não é, garoto? — Fora de vista, Nate ainda estava falando, mas pelo menos sua voz havia perdido a nitidez.

Finn se agachou ao lado da cadeira.

— Ouça, acho que devo ir. Quando o Nate terminar a ligação com a Carrie, vocês dois precisam conversar. E acho que não deveria estar por perto quando vocês fizerem isso.

— Mas...

Finn parou as palavras de Joel com um dedo nos lábios do outro homem.

— Olha como ele ficou chateado quando tentei explicar. Este é um momento para uma conversa de pai e filho. Minha presença aqui só vai complicar as coisas. — Ele suspirou. — Me envie uma mensagem, certo? Me avise como foi.

Joel assentiu.

— Claro. — No fundo, ele sabia que Finn tinha razão. Isso era algo que ele e Nate precisavam resolver juntos. Ele se inclinou e beijou Finn nos lábios.

— Obrigado.

Finn acariciou sua bochecha.

— Tente não se preocupar. Vai dar tudo certo.

Joel desejou poder ter tanta certeza.

Finn se levantou e olhou para seu corpo.

— Só estou agradecido por ter vestido um par de seus moletons antes de sair do banheiro. Imagine se ele tivesse me pegado com uma toalha.

Joel suspirou.

— Não acho que isso tornaria a situação pior do que já está.

— Vou pegar minhas roupas. — Finn subiu as escadas.

Bramble empurrou o focinho na mão de Joel,

que acariciou suas orelhas macias.

— Que confusão, garoto — ele sussurrou. Nate ainda falava, mas sua voz havia perdido a veemência e aspereza. Momentos depois, Finn estava de volta. Ele pegou as botas no tapete e as calçou, olhando para a porta dos fundos. Quando estava pronto, olhou para Joel.

Liga para mim? ele murmurou. Joel assentiu. O rapaz abriu a porta e saiu.

Agora eram apenas Joel e seu filho.

Ele olhou para o relógio de parede. Nate devia estar falando há cerca de dez minutos, mas o que quer que Carrie estivesse dizendo parecia estar funcionando. Nate falava baixinho, mais calmo do que antes, mas Joel não ousou sair de sua cadeira de balanço.

A bola estava no campo de Nate.

Tudo ficou em silêncio e, um momento depois, Nate apareceu. Ele se aproximou da cadeira de balanço e estendeu o telefone.

— Aqui.

Joel pegou e o enfiou no bolso do moletom. O rapaz ficou parado ali, com os braços frouxos ao lado do corpo. Quando ficou claro que ele não iria quebrar o silêncio, Joel suspirou.

— Então agora você sabe.

Nate engoliu em seco.

— Mas por que não soube disso por você? Por que você escondeu? — Ele arregalou os olhos. — Achou que eu ficaria com raiva? Jesus, pai, você não me conhece?

— Não conhecia a pessoa que você se tornou — Joel admitiu. — Você não falava, não conversava... eu não tinha ideia de como você reagiria. Sejamos honestos aqui. Nosso relacionamento costumava ser melhor, mas está uma merda há um tempo. — Quando Nate piscou, Joel riu. — Considerando o que eu disse a você antes, acho que isso é leve, não é?

Nate mordeu o lábio.

— Mais ou menos. — Ele assentiu. — A mamãe mandou avisar que estará aqui de manhã com Laura. — Ele engoliu em seco. — Ela também disse que eu não deveria te culpar.

— Isso é porque a sua mãe é uma pessoa doce e eu não a mereço. — A garganta de Joel apertou. — No entanto, discordamos sobre a parte da culpa. — Havia algo mais que ele precisava revelar. — Nate... eu nunca menti para você. Eu não faria isso.

Nate soltou um suspiro.

— A mamãe chamaria isso de pecado de omissão. Acho que você não pode dizer que é mentira se você não disser nada. — Ele olhou ao redor. — O Finn foi embora?

Joel assentiu.

— Ele achou que precisávamos de um pouco de espaço.

— Fui grosseiro com ele, não fui? — Nate pareceu profundamente triste. — Devo ir embora.

Joel ficou de pé em um piscar de olhos.

— Por quê? A sua mãe estará aqui amanhã. Você também pode ficar esta noite. — Ele respirou fundo. — Eu não vou ficar tranquilo com você voltando agora.

— Estou mais calmo.

— Claro, mas... — Joel se esforçou para encontrar as palavras. — Fica? — Quando Nate não respondeu, o homem avançou. — Os últimos seis meses foram difíceis para todos nós. Talvez seja bom passarmos algum tempo juntos, só nós dois. Você sabe, comer pizza, assistir a um filme, relaxar... — Ele trocou olhares com Nate. — Falar, talvez, sem toda a tensão e raiva reprimida que estão por trás de todas as conversas que tivemos desde que me mudei. — Joel levantou as mãos. — Eu sei, eu sei. Se eu tivesse contado a verdade, as coisas poderiam ter sido diferentes. A culpa é minha. Eu disse à sua mãe que seria eu quem lhe contaria tudo. — Joel engoliu em seco. — Fiquei com medo, entende? Não queria te perder.

Nate o encarou por um momento.

— Vou ficar. — Ele soltou um suspiro. — E eu gostaria de conversar. Quero saber mais.

— Alguma coisa em particular?

Ele assentiu.

— Quero ouvir sobre o período em que você era mais jovem. Merda, eu quero ouvir tudo. De repente, descubro que meu pai é gay. Você deve saber que tenho perguntas.

Joel não duvidou nem por um segundo.

Nate inclinou a cabeça para o lado.

— A mamãe disse que você teve um namorado antes de ela entrar em cena. Isso é verdade?

— Sim, é verdade. Nos separamos quando comecei a namorar sua mãe.

— Bem... você pode me falar sobre ele? — Não havia nenhum traço da raiva que havia contorcido suas feições minutos atrás, apenas uma expressão séria que apertou o coração de Joel.

O homem teve uma ideia melhor. Ele se levantou da cadeira de balanço e foi até a estante, onde estava seu laptop. Joel abriu e encontrou o documento, depois entregou o laptop para Nate.

— Leia isso. Vai te dizer tudo o que você quer

saber.

— O que é isso?

Joel sorriu.

— Minha primeira tentativa de escrever, então, por favor, não julgue.

Nate inclinou a cabeça em direção à cozinha.

— Vou ler na mesa, tudo bem?

Isso foi bom para Joel. Ele achava que seus nervos não aguentariam ver o filho ler o que escreveu.

Ele esperou até que o rapaz sumisse de vista, então se sentou na cadeira. Seu telefone vibrou no bolso e ele o pegou. Era uma mensagem de Finn.

Estou ficando louco aqui. Está tudo bem?

Joel não tinha certeza se *tudo bem* era a expressão certa, mas estava feliz com o fim das hostilidades. Ele digitou depressa.

O Nate ainda está aqui. Acho que estabelecemos uma trégua. Ele vai ficar esta noite. Talvez você possa vir amanhã?

Ele não vai se importar?

Joel sorriu.

Não. A Carrie também vai estar aqui, e a Laura.

Um momento depois, a resposta de Finn veio.

Tudo bem. Vou amanhã. Vou sentir sua falta esta noite.

O calor pulsou através de Joel em uma maré lenta.

Também vou.

— Pai?

Joel se levantou da cadeira de balanço e foi até a cozinha. Nate estava sentado ali, com os olhos arregalados.

— Já leu tudo? — o pai perguntou ao rapaz.

Nate balançou a cabeça.

— Estou na parte em que você foi para a faculdade. Isso... isso é muito bom.

— Você é a primeira pessoa a ler.

Nate piscou.

— Nem o Finn leu?

— Não.

— Uau. — Ele voltou seu olhar para o laptop. — Não consigo nem começar a entender como você deve ter se sentido tendo que esconder tudo. As coisas não eram como hoje em dia, quando as pessoas podem simplesmente sair do armário.

Joel suspirou. *Ele é tão jovem.*

— Nem todo mundo sai, porque até hoje nem todo mundo pode.

O estômago de Nate roncou e ele corou. Ele deu a Joel um olhar tímido.

— Pai? Falou sério quando mencionou pizza?

Joel riu.

— Sim, preciso comer também. Pepperoni?

Nate assentiu, ansioso.

— A minha favorita.

— Minha também. — Joel foi até o freezer procurar a pizza, com o coração um pouco mais leve.

Talvez Finn estivesse certo afinal. Vai ficar tudo bem. Mas não ia tomar tudo como garantido. Ele e o filho tinham muito o que conversar.

Capítulo vinte e um

— Nate? O café está pronto. — Joel se serviu de uma caneca e foi até a porta dos fundos para olhar o deck. *Quase terminado.* Um pensamento passou por sua cabeça. *E depois? O Finn vai ficar por aqui?*

Deus, Joel esperava que sim. Claro, ele poderia perguntar ao rapaz se ele queria que continuassem, mas isso levantava um dilema. Joel já sabia que não queria que as coisas continuassem como estavam... ele queria mais. A única coisa era que ele estava com muito medo de agir para conseguir.

Nate saiu do banheiro e fungou.

— Gosto do cheiro do café. A Laura acha que sou esquisito.

Joel riu.

— Espere até que ela tenha trinta anos. Ela vai mudar de ideia. — Ele acenou para a cafeteira. — Fique à vontade. O creme está na geladeira e tem açúcar no pote. — Ele não se moveu.

Nate se juntou a ele assim que se serviu de uma xícara. Ele ficou ao lado do pai, olhando para o quintal.

— Eu deveria ter dito que viria ontem. E deveria ter tocado a campainha também, mas dei a volta nos fundos para dar uma olhada no deck. Daí tive que olhar para dentro, não é? Recebi mais que esperava.

Joel respirou fundo.

— Sinto muito que você tenha descoberto assim.

— Poderia ter sido muito pior. Eu ia precisar jogar um alvejante nos olhos. — Nate bufou. —

Brincadeira, pai.

O fato de que ele podia brincar sobre isso fez Joel respirar um pouco mais fácil.

— O Bramble precisa fazer xixi?

Joel riu.

— Você ainda estava dormindo quando o levei para fora. Mas ele precisa de uma caminhada. Podemos fazer isso antes que a sua mãe chegue.

O telefone de Nate tocou e ele o tirou do bolso da calça jeans.

— Não, não podemos. — Ele olhou para Joel. — A Laura avisou que elas acabaram de sair da rodovia.

Joel olhou para o relógio de parede da cozinha.

— Elas estão a cerca de vinte minutos daqui. Isso significa que devem ter saído de casa antes das sete horas. — Ah, Deus. Carrie não era uma pessoa matutina. Nem Laura. E foi um milagre ele ter tirado Nate da cama tão cedo. Joel não havia passado seu gene madrugador para os filhos.

Nate reprimiu um sorriso.

— Tem ovos suficientes? Porque não consigo imaginar a mamãe preparando o café da manhã antes de elas terem vindo para cá.

Joel riu.

— Esqueça isso. Vou levar vocês para tomar café da manhã. E conheço o lugar perfeito. — Ele inclinou a cabeça em direção ao *futon*. — Mas você pode querer arrumar a cama antes que elas cheguem aqui.

— Bem pensado. — Nate baixou o olhar para sua xícara. — Posso terminar meu café primeiro? Ainda nem acordei. — Ele sorriu. — Ainda estou na cama. O que você está vendo é um holograma.

— Como você faz quando tem aulas cedo?

Aquele sorriso não desapareceu.

— Pego as anotações dos meus amigos.

Joel balançou a cabeça.

— Tome seu café, vou limpar tudo aqui. — Eles foram para a cama sem lavar a louça. Ele continuou com a tarefa, enquanto Nate se sentava à mesa e tomava seu café. Não havia muito o que fazer, mas Joel queria que o lugar estivesse impecável antes de Carrie e Laura chegarem.

— Pai? Posso te perguntar uma coisa?

Joel sorriu.

— Ainda tem perguntas? — Eles conversaram até tarde, mas ele foi para a cama sentindo como se tivessem esclarecido tudo.

— Algo que me esqueci de perguntar ontem à noite. Meus avós sabem? Que você é gay, quero dizer. — Nate mordeu o lábio. — Ainda soa estranho dizer isso.

Joel parou e olhou para ele.

— Eu não mudei — falou. — Ainda sou o seu pai.

Nate suspirou.

— Eu sei. Só demora um pouco para me acostumar. — Seus olhos encontraram os de Joel. — Mas está tudo bem, sério. Posso lidar com o fato de ter um pai gay.

O coração de Joel estava mais leve que na noite anterior.

— Para responder à sua pergunta, não contei a eles. Eles não precisam saber. Quando contei que estávamos nos divorciando, eles não ficaram felizes. Disseram que eu não tinha me esforçado o suficiente para fazer dar certo, que estava desistindo rápido...

Imagine como eles reagiriam se soubessem a verdade.

Nate assentiu.

— Então não direi uma palavra quando os visitarmos na próxima vez.

Joel não se conteve. Foi até a cadeira de Nate e beijou o topo de sua cabeça.

— Eu te amo.

Nate olhou para ele.

— Ainda tenho perguntas, mas vou esperar até a mamãe e a Laura chegarem. Dessa forma, você não precisa dizer tudo duas vezes. — Quando Joel deu a ele um olhar indagador, o rapaz sorriu. — Nada pesado. Acho que a Laura terá as mesmas perguntas. — Seus olhos brilharam. — A quem estou enganando? Laura terá muito mais perguntas. — Os dois riram disso.

Quando Carrie estacionou atrás do carro de Nate, a casa estava impecável. Laura foi a primeira a passar pela porta, e Bramble estava pulando em volta dela antes que a mulher fechasse a tela. Então a menina se lançou nos braços de Joel.

— Oi, pai. Tem *alguma* ideia de que horas a mamãe me arrastou para fora da cama esta manhã para que pudéssemos chegar aqui tão cedo?

Ele riu enquanto a abraçava.

— Ei, gatinha. — Carrie se inclinou e ele beijou sua bochecha. — Sirva-se de café. Você deve estar precisando. Acabei de fazer.

— Você é um salva-vidas. Estou esgotada. — Carrie foi direto para a cafeteira, mas parou quando viu Nate. Ela cruzou os braços, o café aparentemente esquecido. — E quanto a você, rapaz...

Nate ergueu as mãos.

— Mãe, me desculpe, está bem? Eu tinha que

falar com o papai sozinho.

O olhar de Carrie foi de Nate para Joel.

— Estamos bem — Joel disse a ela.

Ela soltou um suspiro.

— Tudo bem. — Ela semicerrou o olhar. — Mas você ainda está em apuros por mentir para mim.

— Ele está um pouco velho demais para ficar de castigo — Joel observou. — E nós conversamos muito.

Laura entrou na cozinha.

— Por que o Finn não está aqui?

Joel franziu a testa.

— Por que ele deveria estar?

Ela piscou.

— Ele não é seu namorado?

Três pares de olhos se arregalaram. A boca de Joel se abriu e ele olhou para Carrie.

— Você falou...?

— Nem uma palavra — ela respondeu com veemência.

Laura revirou os olhos.

— Ah, *vamos*, pai. Posso ter quinze anos, mas não sou burra.

— Mas... como você sabia? — Joel exigiu.

Ela deu de ombros.

— Descobri por conta própria.

— E ele *é* seu namorado, certo? — Nate comentou. — Bem, digo isso com base no que *eu* vi.

Joel supôs que teria chegado à mesma conclusão se pegasse o pai abraçado com um cara.

Nate franziu a testa para a irmã.

— Mas como você descobriu tudo?

Outro revirar de olhos impressionante.

— Nate, você tem sido um verdadeiro idiota

desde que o papai se mudou. E se tivesse parado de
ficar com tanta raiva e feito o que fiz, teria chegado às
mesmas conclusões.

— O que *você* fez?

Laura deu um sorriso superior.

— Comecei a observar. É incrível as coisas que
se percebe. Como o jeito que o papai olhava para o
Finn. *E* ouvi a tia Megan e o papai conversando. Isso
meio que tornou óbvio. — Ela olhou para Carrie. —
O que foi?

Carrie riu.

— Nada, querida. Você nunca deixa de me
surpreender, só isso.

Joel estava chocado.

Carrie lançou olhares ansiosos para a cafeteira.

— *Agora* posso tomar um pouco de cafeína?

Joel ficou com pena dela.

— Sente-se. Vou te servir. Suco para você,
Laura? Nate, quer mais café? — Sua cabeça ainda
girava, e lidar com aspectos práticos era a única
maneira de voltar a funcionar.

Não demorou muito para que todos estivessem
sentados à mesa da cozinha. Carrie deu uma olhada em
Joel.

— Quer começar?

Ele não teve certeza do que ela quis dizer por um
segundo, até que ocorreu a ele que Carrie poderia ter
um segredo.

— Claro. Embora pareça que eles já sabem de
tudo.

Laura arregalou os olhos.

— O quê? Mas eu quero saber como você e o
Finn se conheceram, quando vão se casar, se serei a
dama de honra...

— Ei, calma. — O coração de Joel acelerou. — Primeiro de tudo, sobre o Finn... ele é... — O que ele era? A palavra *namorado* tinha saído do nada. *Mas ele é?* Finn era mais que um amigo, e com certeza mais que o carpinteiro que apareceu para avaliar o deck quebrado de Joel.

Ele olhou para os rostos de seus filhos e sua ex-mulher. Tinha que ser honesto com eles.

Joel respirou fundo.

— A verdade é que não sei aonde isso vai dar.

— Você quer dizer, você e o Finn? — Nate perguntou. Quando Joel assentiu, seu filho inclinou a cabeça. — Mas você espera que isso vá a algum lugar, certo?

A verdade, lembra? Ele assentiu de novo.

— Sim. — Ele olhou para os rostos de Nate e Laura. — E vocês ficariam bem com isso?

Laura sorriu.

— Claro. Eu gosto do Finn.

— Eu também — Nate acrescentou. — Ele vai vir mais tarde? Porque preciso me desculpar. — Carrie lhe deu um olhar interrogativo e ele suspirou. — Fui um idiota ontem.

Carrie apertou seu ombro.

— Acho que ele vai te perdoar. — Ela encontrou o olhar de Joel. — Por que não liga para ele?

— O papai disse que vai nos levar para tomar café da manhã — Nate comentou. — Poderíamos chamar o Finn para ir também. Não poderíamos?

Joel gostou da sugestão, mesmo que a ideia de Laura interrogar Finn sobre suas intenções tenha o deixado com um forte frio na barriga.

— Vou convidá-lo.

— Antes de fazer isso, há algo que eu gostaria de

compartilhar. — Carrie respirou fundo algumas vezes e Joel estendeu a mão por cima da mesa para segurar a dela, apertando-a.

— Diga a eles. — Ele sorriu. — Só esteja preparada para eles dizerem que já sabiam. — Eles tiveram um casal de filhos incrível.

Ela estremeceu com um longo suspiro.

— A coisa é... também estou saindo com uma pessoa.

Nate e Laura pararam em um instante.

— Sério? Há quanto tempo? — Nate questionou.

— Cerca de um mês.

— E você só está nos contando *agora*? — Sua voz soou incrédula. — Por que não disse nada?

— Qual o nome dele? Nós o conhecemos? — Laura perguntou. — Vamos conhecê-lo?

Carrie ergueu as mãos e eles ficaram em silêncio.

— O nome dele é Eric, eu o conheci na Associação de Tênis e não iria apresentá-lo até saber que era sério.

— Acho que, já que você está nos contando, é sério — Nate concluiu.

Carrie olhou para Joel antes de responder.

— Acho que estamos indo nessa direção. Não significa que as coisas não possam mudar, certo? No momento, nós dois estamos felizes com o jeito que está indo. E sim, ou convidá-lo para jantar em um fim de semana, para que vocês possam interrogá-lo, quero dizer, conhecê-lo.

Joel riu.

— Acho que você acertou em cheio com *interrogar*.

— Pai? — Laura franziu a testa. — Devo dizer

aos meus amigos que você é gay ou bi?

Carrie riu.

— É com você, Joel.

Joel tomou um gole de sua caneca, mas antes que pudesse falar, Nate respondeu.

— O papai é gay. Sempre foi, desde que tinha a sua idade. Na verdade, desde que era mais novo que você. — Nate olhou para Joel, seus olhos calorosos. — Ele só não podia viver do jeito que queria, mas agora pode.

A garganta de Joel se apertou e as lágrimas se formaram nos cantos de seus olhos.

— Isso mesmo.

Carrie deu a Joel um olhar atordoado.

— Vocês devem ter tido uma conversa e tanto ontem à noite. — Seus olhos brilharam e ela os enxugou rapidamente com a mão.

Nate olhou para Joel.

— O papai me deixou ler algo que tornou as coisas muito mais claras, só isso.

— E não se esqueça de que você teve um papel nisso. — Joel olhou com carinho para Carrie. — Não sei o que disse a ele no telefone, mas você o acalmou.

— Eu sabia que ele ficaria bem, uma vez que superasse o choque.

Nate tossiu, depois lançou um olhar para Joel.

— Pai? O Finn, lembra? Ligue para ele.

Sorrindo, Joel tirou o telefone do bolso e ligou para o número de Finn.

— Oi. Queria te ligar, mas achei melhor esperar. — Finn fez uma pausa. — Você está bem?

— Estou, sim. Você já comeu?

— Ainda não. Estou na terceira xícara de café. Isso conta?

Joel riu.

— Esteja pronto em cerca de dez minutos. Vou passar para te pegar. Você está convidado para o café da manhã. — Desta vez ele fez uma pausa. — Café da manhã em família.

Silêncio.

— Finn? Você ainda está aí?

— Sim, estou. Tem certeza de que quer minha presença?

Joel sorriu.

— *Todos nós* queremos sua presença. E espero que esteja com fome. Vamos ao Becky's.

Finn gargalhou.

— Qual é a probabilidade de a Megan aparecer de novo?

— Não diga isso. Nem mesmo *pense* nisso. — Joel só queria um tempo com Carrie, seus filhos e Finn.

Capítulo vinte e dois

Finn olhou para o deck pronto com um sorriso. *Bom trabalho*.

Demorou a semana inteira para terminar, vindo assim que terminava o trabalho, mas finalmente estava pronto. Joel protestou, dizendo que a conclusão poderia ter esperado até o fim de semana, mas o rapaz havia sofrido um grande ataque de culpa. Muito tempo na cama de Joel – ou na dele, quando era o caso – significava muito pouco tempo gasto no trabalho pelo qual o homem estava pagando, e isso não era certo de jeito nenhum.

E agora que acabou? Onde isso nos deixa?

Claro, uma vez que as atividades de construção do deck foram concluídas durante a noite, outras atividades tiveram precedência. Não era como se ele pudesse trabalhar no escuro, certo? E se Joel queria ficar nu, Finn não ia dizer não.

Só que nem tudo foi sexo quente e suado. Eles passaram algumas noites no *futon* assistindo a filmes, e outra na mesa da cozinha, quando Joel trouxe um jogo de tabuleiro que encontrou quando comprou a casa. *Marvel Villainous* era um dos jogos mais legais que Finn já jogou, e ele ficou muito feliz em frustrar os planos de Joel. A princípio foi impressionante, devido às suas muitas camadas, mas logo eles pegaram o jeito e jogaram três vezes seguidas.

O que ele sempre lembraria sobre aquela noite eram de suas risadas. Finn não conseguia se lembrar da última vez que riu tanto. *Tem que amar um homem que te faz rir.* E aí estava, o cerne do dilema de Finn.

Ele estava se apaixonando por Joel e não conseguia ver o futuro, para saber como isso terminaria. Claro, sabia como queria que terminasse, mas não era o único nesse relacionamento. E do seu ponto de vista, era um relacionamento.

Como Joel via isso? Finn não tinha ideia e estava com muito medo de descobrir. *Além disso, o que há de errado com o que temos? Está dando certo, não é?* Joel parecia feliz em continuar, então por que questionar? *Nem todo mundo quer compromisso, certo?* E Joel estava apenas começando sua jornada de descoberta. Certamente ele não gostaria de ser amarrado tão depressa.

Claro, ele poderia simplesmente *perguntar* a Joel, mas pensar na cara do homem com aquele olhar de *o que devo fazer agora?* ele não seria capaz de se esconder...

Então Joel abriu a porta de tela e Finn colou um sorriso.

— *Ta-dá!*

Joel saiu para o deck, radiante.

— Ficou ótimo. — Ele passou a mão pelo poste mais próximo, um dos seis que sustentavam a pérgula. — Eu não tinha ideia de que você ia colocar isso também.

Finn sorriu.

— Eu soube quando desenhei que você adorou a ideia. Então ajustei meus cálculos para a entrega. Mas você não vai pagar por isso.

Joel piscou.

— O quê?

Ele balançou a cabeça.

— Você queria um deck. A pérgula foi ideia minha, para mostrar o que você poderia ter aqui, como poderia ficar. Então pense nisso como um presente de inauguração do espaço. — Não foi uma grande despesa, e ele montou tudo em menos de trinta minutos.

Os olhos de Joel estavam suaves, seu rosto brilhava.

— Ah, obrigado. Eu... eu não sei o que dizer.

Finn não queria palavras, ele queria os beijos de Joel, pelo tempo que pudesse.

O rapaz fechou a caixa de ferramentas.

— Bom, agora você pode encomendar qualquer conjunto de pátio que quiser para colocar aqui. E talvez uma grelha? — Ele olhou para o quintal. — Este lugar precisa de uma churrasqueira.

— Vou adicionar à lista. — O olhar de Joel cintilou para a caixa de ferramentas de Finn. — Você está indo para casa?

Não se você não quiser.

— Foi um longo dia, e eu preciso de um banho. — Finn desejou que Joel dissesse algo, qualquer coisa, para lhe dar uma desculpa para não ir embora, mas o outro homem só assentiu. O rapaz pegou a caixa de ferramentas e a carregou pelo portão lateral até a caminhonete. Uma vez guardado, ele se virou para se despedir, mas encontrou Joel vindo em sua direção.

— Quando você tomar banho... quer vir jantar? Estou fazendo lasanha.

— É a lasanha de que o Nate estava me falando quando a Carrie trouxe sua caçarola? Ele disse que era incrível.

Joel sorriu.

— Sempre foi minha refeição preferida.

Finn teria dito sim, se Joel estivesse servindo couro de bota frito com cadarços marinados.

— Se você tem certeza de que não há problema, eu adoraria. Me dá trinta minutos?

Os olhos de Joel brilharam.

— Ótimo. vou começar a preparar. E já que amanhã é sábado... quer passar a noite?

Finn sorriu.

— Vou trazer uma escova de dentes. — Ele se sentou ao volante, seu coração cantando.

Mais tempo com Joel. Era a maneira perfeita de terminar sua semana.

Finn não queria se mover.

Ele se sentou no *futon* ao lado de Joel, com os pés descalços no colo do homem, que estava fazendo a *melhor* massagem de *todas*.

Tudo bem, a melhor massagem *nos pés* de todos os tempos.

O filme havia terminado, seguido por um programa sobre comerciais engraçados.

Joel bufou.

— Eu amo esse. — Na tela, um casal na cama discutia sobre preservativos. O cara estava dizendo que eles nunca cabiam, então a garota cobriu a mão com um. — Mas isso é de anos atrás. Não se vê muitos comerciais de preservativos hoje em dia.

Algo incomodava Finn desde aquela primeira

vez juntos, e ele não poderia desejar uma abertura melhor.

— Posso te perguntar uma coisa?

Joel pegou o controle remoto e baixou o volume.

— Como se eu pudesse te impedir.

— Na *MaineStreet*, quando eu disse que não tinha camisinha em casa, por um segundo você ficou com essa cara... quase em pânico.

Joel ficou imóvel e desligou a TV.

— Acho que podemos conversar sobre isso. Você sabe mais sobre mim que qualquer outra pessoa, exceto talvez Carrie. A questão é... Posso não ter transado com um cara por vinte anos, mas usar camisinha está meio arraigado em mim. Acho que é isso que acontece quando se cresce na era da AIDS. Nunca transei sem usar e, quando você disse que não tinha...

Finn assentiu.

— Você pensou que eu iria sugerir que transássemos sem?

— Sim. Me perguntei se isso era porque você fazia profilaxia pré-exposição. Vejo comerciais disso o tempo todo.

Ele balançou a cabeça.

— Não. Sei que não tive muitos relacionamentos, mas os caras com quem eu estava usavam camisinha, pelo menos no começo. — Quando Joel inclinou a cabeça, Finn suspirou. — Sei que muitos caras da minha idade não concordam comigo, mas para mim, compromisso não é uma palavra proibida. E quando dou meu coração a alguém, dou todo o resto: e isso inclui confiança. Então, sim, quando pensei que um relacionamento iria longe, nós dois fizemos exames e desistimos de usar camisinha. — Ele exalou. — O problema foi que escolhi os caras errados para isso.

Joel esfregou a sola do pé direito de Finn.

— Parte de mim odeia que esses relacionamentos não tenham saído do jeito que você queria. Você não merece ser magoado. — Ele sorriu. — Mas, se o relacionamento com um deles tivesse ido longe, não estaríamos sentados no meu sofá agora, e eu não estaria levando você para cima em cerca de dez minutos.

Finn piscou.

— Nunca pensei nisso dessa forma. — Então as palavras de Joel foram absorvidas. — Dez minutos, é?

Joel sorriu.

— A menos que você não queira assistir o resto do programa.

Finn estava fora do sofá em um piscar de olhos.

— Que programa? — No momento em que seus pés alcançaram a escada, Joel já estava em seu encalço. — O último a chegar na cama fica por trás.

E lá estava a risada de Joel novamente, enchendo Finn com uma leveza que ele queria manter o máximo que pudesse.

Joel abriu os olhos, não totalmente convencido de que ainda não estava dormindo. Porque o cheiro delicioso de bacon estava por toda parte. Então ele percebeu que Finn não estava deitado ao seu lado, e Bramble não estava a seus pés.

— Finn?

De baixo veio a risada de Finn.

— Deu certo!

— O que deu certo? — Ele saiu da cama e vestiu o short.

— Descobri outro despertador de Joel.

— Você está fazendo o café da manhã? O que fiz para merecer isso? — Joel pegou a camiseta que havia tirado na noite anterior.

— Me lembrei daquele meme que vi no *Facebook* — Finn gritou. — Ele dizia: Me masturbei tão bem ontem à noite que meu pau estava na cozinha fazendo o café da manhã.

Joel riu enquanto descia as escadas. Finn estava à mesa, batendo os ovos em uma tigela, e Bramble estava sentado perto, lambendo os beiços. Então Joel observou o traje do rapaz. Ele usava um avental e nada mais. As tiras do avental balançavam sobre sua bunda nua.

— Ah, se é assim que você faz o café da manhã, preciso que faça com mais frequência. — Joel caminhou até ele, segurou a bunda firme de Finn com as duas mãos e a apertou.

— Ei. Sem me distrair.

O homem mais velho beijou o pescoço de Finn, amando os arrepios que o percorreram.

— Onde está o bacon? — Ele beijou a nuca do rapaz, descendo.

— No forno, mantendo o calor.

— Bom. — Joel desatou o avental, depois se ajoelhou atrás de Finn.

— O que está acontecendo nas minhas costas?

— Abaixe a tigela e se incline sobre a mesa.

O suspiro alto do rapaz encheu a cozinha.

— Puta merda, você não vai-

— Ah, vou sim. Você me deu a ideia, lembra? Ele riu da velocidade com que Finn seguiu suas instruções.

— Me lembre de compartilhar mais ideias com você. — Então ele soltou um som baixo e gutural quando a língua de Joel encontrou sua entrada. — Puta merda.

Isso foi *muito* gratificante.

Joel fechou o laptop e olhou para o relógio de parede. Estava na hora de fazer uma pausa.

Ficou claro que Bramble teve a mesma ideia: ele se levantou de seu lugar aos pés do homem e foi até a porta. Ele riu.

— Está bem, está bem. Já entendi a mensagem. — Seria bom dar uma caminhada. Ele trabalhou a manhã toda e Bramble foi muito paciente.

— Vamos ver se o Finn está em casa, hein, garoto? — Então ele se lembrou. Finn estaria trabalhando. Fazia três dias que Joel não o via. Eles se falaram ao telefone e o rapaz enviou fotos da cadeira de balanço. Ficou linda. Mas a voz ao telefone não substituía a presença dele.

Meu Deus, estou ferrado.

A tarde de domingo, quando eles iriam passear na praia com Bramble, parecia uma eternidade. O calor o encheu com o pensamento de passear ao longo da costa, com Finn ao seu lado, conversando, rindo, jogando gravetos para o cachorro... O que o fez se lembrar mais vividamente do desejo que se apoderou dele, a necessidade de segurar a mão de Finn, mas não possuindo a coragem de fazer isso. Especialmente quando o rapaz não mostrava nenhuma inclinação para fazer o mesmo.

O que era toda a evidência que Joel precisava de que Finn não sentia o mesmo desejo que o atormentava. Claro, o rapaz não conseguia tirar as mãos dele quando estavam juntos, mas Joel queria mais do que isso.

Seu telefone tocou e Joel o pegou da mesa. Era Carrie.

— Oi — ele disse quando atendeu.

— Você está bem? Está parecendo... não sei ao certo... diferente.

— Estou bem — mentiu. Ter a cabeça cheia de Finn não era bom, não quando Joel realmente o queria...

Nos meus braços. Na minha cama. Na minha vida.

Joel afastou tais pensamentos à.

— Então, como vai?

— Só estou ligando para contar... o Eric veio jantar no domingo.

— Ah, ótimo. Como foi?

— Bem, eu acho. Ele jogou xadrez com o Nate. O Eric te fez um elogio. Ele disse que você obviamente era um bom professor.

— Isso foi legal da parte dele. A Laura gostou

dele?

Carrie riu.

— Ela disse que ele é fofo. — Ela parou por um momento. — Então... sobre Finn...

— O que tem ele?

— Bem, já se passaram quase duas semanas desde que estivemos aí. Você já está mais certo sobre que rumo isso está indo?

Eu gostaria.

Joel soltou um suspiro.

— Não tenho certeza se isso vai a lugar algum. O Finn... O Finn não está procurando um relacionamento. — Foi o que a sua cabeça lhe disse no meio da noite, quando estava deitado em sua cama que parecia tão vazia sem o rapaz.

— Como sabe disso? O Finn que falou?

— Bem, não, mas...

— Você já *conversou* sobre isso com ele?

— Não. — Ele não podia... simplesmente *não podia.*

— Por que não?

— Porque estou com medo, entende? — Aquilo saiu mais alto do que ele pretendia, e Bramble soltou um latido. — Venha aqui, garoto. — Quando o cachorro alcançou sua cadeira, Joel acariciou a cabeça dele. — O papai está bem. — Ele respirou fundo. — Desculpe. É que tenho pensado muito nele. Adoro estar com ele. Amo quando ele vem assistir a um filme. Eu amo o jeito que ele me faz sentir.

— Não há problema em dizer isso. — A voz de Carrie era baixa.

— Dizer o quê?

— Que você o ama.

Ele abriu a boca para negar, mas as palavras não

saíam. *Porque você sabe que ela está certa, não é?*

— Vejo vocês juntos — ela continuou —, e isso me deixa muito feliz. Não sei se vai durar, assim como não sei se meu relacionamento com o Eric vai durar. Não há certezas. Mas se ele te faz feliz, vá em frente. Diga a ele como se sente. — Ela pausou novamente. — Não deixe o medo te impedir.

Joel estremeceu e soltou um suspiro.

— Isso é tão óbvio?

— Só para mim, mas eu te *conheço*, querido. Então aqui está o meu conselho. Ligue para ele, envie uma mensagem de texto, qualquer coisa, e convide-o para jantar. Torne o momento especial. E então converse com ele.

Ele poderia fazer o jantar para Finn. Quanto a falar... *Vamos ver como as coisas vão depois de comermos.*

— Vou pensar sobre isso. — Exceto que Joel sabia que faria mais que isso. — Mas agora eu realmente preciso passear com o cachorro.

— Não precisa me mandar calar a boca. — Ela riu. — Vá para a sua caminhada. Mas por favor...

— Eu disse que vou pensar sobre isso, e vou. Então me deixe desligar o telefone e passear com o cachorro. *Posso* pensar e andar ao mesmo tempo, você sabe.

— Uau. Um homem multitarefa. Preciso ligar para o *Guinness*.

— E com isso... — Joel se despediu. Ele acariciou as orelhas macias de Bramble. — Caminhada?

O latido alegre do cachorro foi resposta suficiente. Joel tinha mais uma tarefa a fazer antes de saírem de casa. Abriu a agenda de contatos e rapidamente escreveu uma mensagem para Finn.

Sexta à noite, jantar na minha casa? Venha assim que estiver pronto.

Então ele clicou em *enviar* antes que tivesse a chance de mudar de ideia. Era só um jantar, certo? Nada de mais.

Só que Joel sabia que era uma grande coisa.

Capítulo vinte e três

Finn puxou as cortinas para trás e gemeu.

— Que merda.

O céu estava da cor de chumbo e as nuvens pareciam prestes a desaguar em minutos. A previsão da noite anterior mencionava chuva, claro, mas isso ia além de um aguaceiro. Finn sabia que os caras apareceriam para trabalhar, assim como ele faria, mas se o tempo ficasse ruim, seria o fim por um tempo.

Por que não podia esperar até que o telhado estivesse pronto?

Quando chegou na obra, a chuva caía forte, e Lewis e Ted cobriam as pilhas de vergalhões com uma lona. Enquanto Finn caminhava até eles, o telefone de Lewis tocou e ele o colocou no ouvido sob o enorme capuz que cobria sua cabeça.

— Ei, Jon. Sim, está chovendo muito aqui. — Nesse momento, um trovão ressoou, durante vários segundos, e Lewis fez uma careta. — Esqueça, já piorou. — Ele ouviu com atenção, enquanto os outros ficaram parados, a chuva batendo em seus casacos e no chão com muita força. — Sim, claro. Sim, entendi. Nunca se sabe, pode passar. — Então Lewis gargalhou. — Sim, eu sei, sempre otimista. Eu te aviso. — Ele desligou.

— O que o Jon disse? — Max exigiu.

— Para continuarmos trabalhando. Um pouco de chuva nunca fez mal a ninguém. Apenas se certifiquem de desviar dos raios. — Quando Max abriu a boca com surpresa, Lewis caiu na gargalhada. — Está brincando comigo? Ele disse para irmos para casa. A previsão é uma merda, a tempestade está chegando rápido e não queremos estar por perto quando ela chegar. — Lewis sorriu. — Então, vão para casa e transem com a namorada, namoradas, ou namorado, conforme o caso. — Ele lançou um olhar a Finn. — Bem, ele com certeza não vai passear com o cachorro nessa porcaria.

Lewis tinha razão.

Finn voltou para a caminhonete, pulando quando um trovão reverberou pelos céus. Ele se sentou ao volante e olhou para a chuva forte. Por mais que adorasse a ideia de fazer uma visita surpresa a Joel, não faria isso, não quando o homem estava trabalhando. Havia jantar no dia seguinte para esperar, certo? *Posso esperar por um tempo, não é?* Seu estômago se apertou.

Não posso continuar assim.

Não é que ele não amasse cada minuto que passava com Joel... o que o estava matando era não saber se eles deixariam de ter um relacionamento casual e teriam um compromisso. Ele não ia dizer a Joel como se sentia, porque isso só iria pressioná-lo, mas não podia deixar isso de lado. Ele tinha que saber se teriam um futuro.

Porque Finn queria ter um com Joel.

O que preciso agora é de um bom conselho, de alguém cuja primeira resposta não seja sexo. E ele sabia exatamente de quem conseguir isso. Pegou o telefone do bolso e apertou a discagem rápida.

— Oi. Não peguei você no meio de uma videochamada ou algo assim, peguei?

Levi riu.

— Não, isso foi ontem à noite. E o bom de ser gerente de mídia social é que posso fazer pausas quando quero. E aí? — Então um trovão retumbou no céu e Levi ofegou. — Não me diga que você não está fora com isso.

— Sei que *parece* uma torrente de balas, mas é a chuva batendo no teto da caminhonete. Não vou trabalhar hoje. E estou ligando por que... — Finn suspirou. — Porque preciso falar com alguém, e você foi a primeira pessoa em quem pensei.

— Bem, você quer falar pelo telefone ou quer vir? Visto que você não está trabalhando e a Vovó acabou de tirar algo do forno.

Finn parou.

— O que ela fez?

— Cookies de chocolate e noz-pecã. — Ele fez uma pausa. — Ela fez seu bolo de limão favorito ontem.

— Caramba, você joga sujo. Chego aí o mais rápido que puder.

— Ei! — A voz de Levi aumentou. — Cuidado, sim? Não quebre nenhum recorde de velocidade, não com este tempo.

O calor irradiava através dele. Seus amigos eram os melhores, sempre cuidando uns dos outros.

— Vou dirigir com segurança, prometo. Te vejo em breve. — Então ele desligou.

Finn se afastou do meio-fio e virou a caminhonete. Graças a Deus, Wells ficava a menos de meia hora de carro.

Bem, talvez um pouco mais com este tempo.

Antes que Finn pudesse tocar a campainha, a porta se abriu, e Vovó estava lá, radiante.

— Finn! Entre, seu grandalhão desajeitado.

Ele saiu da chuva e entrou no corredor, então se abaixou e beijou sua bochecha.

— A quem você está chamando de "desajeitado"? Ainda está chateada com aquele copo que quebrei da última vez que estive aqui? — Ele sorriu. — Ou estou em cima de uma caixa, ou você está dentro um buraco, ou está encolhendo, Vovó.

— Seu danadinho! — Ela o golpeou no braço, então riu. — Perdi alguns centímetros. Eles devem estar por aqui em algum lugar. — Ela olhou por cima do ombro dele. — Senhor, está muito ruim lá fora. Deixe-me fechar a porta. — Uma vez fechada, ela semicerrou o olhar. — Tire o casaco e as botas, antes que você pingue no chão do meu corredor.

Finn tirou o casaco e ela o pendurou sobre o tapete. Então ele tirou as botas e as deixou lá.

— Agora me dê um abraço de verdade. Não recebo um abraço da Vovó há meses, e eles são do melhor tipo.

— Ah, você não é espertinho? — O estrondo alto de um trovão sacudiu o vidro da porta e os olhos dela se arregalaram. — Nossa, este tempo. — Ela passou os braços ao redor dele e o abraçou apertado.

— Eu juro, você está ficando maior a cada vez que te vejo. — Ela o soltou. — Vá para a sala de jantar. O Levi está lá, trabalhando. Vou levar chocolate quente e cookies para vocês. — Vovó deu um tapinha em seu braço. — Bom ver você, querido. — Então ela desapareceu pela porta que dava para a cozinha.

Chocolate quente e cookies. *É por isso que amo a Vovó.*

Finn foi para a sala de jantar, onde Levi estava sentado à mesa, com o olhar focado na tela e a testa franzida. Ele olhou para cima quando Finn entrou, e a carranca desapareceu, substituída por um largo sorriso que alcançou seus olhos.

— Você chegou. — Levi se levantou e foi dar um abraço em Finn, que o segurou perto. Levi parou. — Ei, você está bem?

Eles se separaram e Finn puxou a cadeira ao lado da de Levi. O rapaz sentou ao lado dele.

— Não muito. — Ele olhou para Levi e, apesar de seu estômago agitado, sorriu. — É oficial. Você tem a melhor barba de todos nós. — Dylan brincou no casamento que, exceto por Ben, todos usavam barbas de uma espécie ou de outra, mas a maioria deles tinha quase nada de pelos no rosto. A de Levi era a mais cheia e bem-tratada.

Como se *isso* fosse alguma surpresa.

Levi arqueou as sobrancelhas escuras.

— Tenho certeza de que você não veio aqui para falar sobre a minha barba.

Então Finn percebeu que Levi não sabia nada sobre Joel.

— Tem algo que preciso te dizer... eu conheci alguém.

O rosto de Levi se iluminou.

— Ah, uau. Quando isto aconteceu? Fantástico.
— Então seu sorriso vacilou. — Acho que não é *tão*
fantástico, senão por que você estaria aqui precisando
de conselhos? — Ele fechou o laptop. — Muito bem,
você tem toda a minha atenção. Me conte tudo.

— Não há muito o que contar. O nome dele é
Joel, ele é incrível... — A garganta de Finn se apertou.

Levi abriu a boca.

— Ah, meu Deus. Levantem as bandeiras. O
Finn está apaixonado. — Ele inclinou a cabeça para um
lado. — E o Joel sente o mesmo?

— *Essa* é a parte que não sei. — E que o estava
matando.

— Vocês não conversaram? — Levi bufou. —
Pergunta estúpida. Claro que não. Vocês são homens.
Deus me livre de dizer como se sentem. — Então ele
suspirou. — Como se eu fosse melhor. — Antes que
Finn pudesse perguntar o que ele quis dizer com isso,
Levi seguiu em frente. — *Você* falou com ele? Ou pelo
menos tentou?

— Eu não saberia por onde começar. — Exceto
que ele sabia exatamente o que queria dizer... o
problema era que ele estava com muito medo da
resposta de Joel.

Levi se recostou na cadeira.

— Me conte sobre Joel.

— Ele tem quarenta e dois anos. Foi casado por
vinte anos – acabou de se divorciar – e tem dois filhos
maravilhosos, Nate e Laura. O Nate tem dezoito anos,
a Laura tem quinze. Ele teve um namorado no final da
adolescência e por volta dos vinte anos... um namorado
secreto, mas a pressão familiar aumentou demais, então
ele começou a namorar garotas. E agora ele está
solteiro, assumido e vivendo pela primeira vez como

gay. — Finn engoliu em seco. — É por isso que não posso dizer a ele como me sinto. Ele está descobrindo a vida... ele não quer se amarrar.

— Que tipo de pai ele é?

O rosto de Finn ficou quente.

— Ele é um ótimo pai.

— E durante todo esse tempo ele foi casado... ele não a traiu com outros caras?

Finn balançou a cabeça.

— Ele não é assim.

Levi acariciou sua barba.

— Não me parece que ele é o tipo de cara que gosta de ter encontros sem compromisso. — Ele levantou as sobrancelhas novamente. — Cara, você precisa contar a ele. Não estou sugerindo que você diga *ei, Joel, quero morar com você e me casar*, sabe? Mas pelo menos deixe-o saber como você se sente.

— E se eu fizer isso... — Finn respirou fundo, tentando manter a calma. — Não quero ser o cara da transição dele, sabe?

— Ser o quê?

— Você sabe... o cara que abre o caminho, o primeiro cara com quem ele sai e depois termina quando se sente pronto para mais. E se isso for tudo que sou para ele?

Levi semicerrou o olhar.

— Você acha que ele é o tipo de pessoa que trataria alguém assim? — Ele deu a Finn um olhar pensativo. — Ele é do tipo que frequenta todos os bares gays e passa cada minuto acordado no *Tinder*?

Finn balançou a cabeça.

— Não.

Levi equilibrou os cotovelos nos braços da cadeira e entrelaçou os dedos.

— Então talvez você precise parar de *e se* e descobrir o que ele quer. — Ele mordeu o lábio. — Porque me parece que está na hora dessa conversa. Você sabe... "o que está acontecendo entre nós? Para onde estamos indo?" — Ele sorriu. — Mas não pode presumir que ele é um cara que tudo vê e sabe de tudo, que tem as respostas. Isso é algo que vocês precisam resolver juntos.

Os dois pularam quando a Vovó gritou em voz alta:

— Ah, *porta que partiu*!

Levi ficou de pé em segundos.

— Você está bem, Vovó?

— Estou. Deixou cair um ovo no chão, só isso. Vou levar os cookies, supondo que eu não os deixe cair também. Bom Deus, eu odeio envelhecer.

Finn estava tentando não rir.

— *Porta que partiu*? Ela ainda diz isso?

Levi riu.

— Você conhece a Vovó. Isso é o mais perto que ela chega de xingar. — Ele se sentou mais uma vez. — Ela diz que as pontas dos dedos estão enrugando, ela não consegue mais segurar nada — ele falou baixinho. Em seguida, pigarreou. — Mas chega de falar da Vovó. Converse com o Joel. Não adie, porque você sabe que nunca vai ter um momento perfeito. Você só precisa aproveitar o momento.

Finn estava pensando sobre isso.

— Ele me convidou para jantar amanhã à noite. Como é que dizem por aí? Não há momento como o presente?

Os olhos de Levi brilharam.

— Parece uma oportunidade dada por Deus. — A porta se abriu e Vovó entrou na sala, carregando uma bandeja.

Finn estava ao seu lado em um piscar de olhos.

— Aqui, eu levo isso. — Ele pegou a bandeja dela e a colocou sobre a mesa.

Vovó gargalhou.

— Já entendi... você quer beber o chocolate, não sair por aí com ele na sua blusa. — Ela estendeu a mão e deu um tapinha na bochecha dele. — Você tem alguma astúcia. — Então ela saiu da sala, fechando a porta atrás de si.

Finn olhou para ela.

— Ela parece um pouco mais frágil do que quando a vi pela última vez.

— Ela estava com um resfriado terrível. Ainda está convalescendo. E não se preocupe com a Vovó. Ela é dura como uma bota velha. — Ainda assim, Levi olhou para a porta também.

Finn pegou um cookie e o mordeu, saboreando o crocante dos pedaços de nozes e o chocolate que derretia em sua língua. Ele suspirou feliz.

— Ela ainda faz os melhores cookies.

— E você sabe que antes de sair daqui, ela vai estar na porta com uma caixa cheia para você. — Levi sorriu. — Você sempre foi um dos favoritos dela. — Ele encarou Finn. — Posso te perguntar uma coisa? Se você e o Joel derem certo... o que acha de se envolver com um cara que tem filhos?

Finn franziu a testa.

— Não vejo problemas. Eles são ótimos garotos.

Levi assentiu.

— E se você e o Joel ficarem sérios, eles serão uma responsabilidade. Você está pronto para isso? — Ele ergueu as mãos. — Só estou tentando ser realista e garantir que você veja o quadro geral.

Finn nem hesitou.

— Tenho mais medo de perder Joel que de ganhar dois filhos de repente. — O café da manhã no Becky's foi ótimo. A maneira como Nate e Laura aceitaram que ele estivesse lá...

— Você vai conversar com ele, certo?

Finn assentiu.

— Mas quero fazer do meu jeito.

— E o que isso significa?

A semente de uma ideia criou raízes em sua mente.

— Quero que ele não tenha dúvidas de como me sinto. — Essa semente cresceu e os primeiros tentáculos de um plano se desenrolaram, enchendo sua cabeça com uma ideia deliciosa que o fez estremecer de antecipação. — Você acha que a Vovó me emprestaria algo por alguns dias?

— O que você quer pegar emprestado? — Quando Finn disse a ele, Levi caiu na gargalhada. — Mas o que...? Claro, não consigo vê-la recusar isso. Estou morrendo de vontade de saber o que você vai fazer.

Finn deu um tapinha na lateral do nariz.

— Esse é o meu segredo. — Mas, para que seu plano funcionasse, ele precisaria de ajuda... uma ajuda muito específica.

— Levi? Você tem um minuto? Vovó chamou da cozinha.

— Já vou, Vovó. — Levi se levantou. — Volto já. — Ele deu a Finn um olhar zombeteiro. — Não coma todos os cookies. — Ele saiu da sala, puxando a porta atrás de si.

Finn tirou o telefone do bolso e abriu o buscador. Fez uma pesquisa rápida, sorrindo quando encontrou resultados. Então ele discou, com o coração batendo forte.

Por favor, seja a pessoa certa. Não poderia haver *duas* Megan Hall em Portland, não é? E isso assumindo que Megan manteve seu nome de solteira e não adotou o de Lynne.

— Você tem sorte de eu estar de bom humor. — Graças a Deus, era ela. — Não costumo atender ligações quando não reconheço o número.

— Megan? É o Finn.

Seu tom mudou instantaneamente.

— Oi, Finn — ela disse com alegria óbvia. Até que fez uma pausa. — Por que você está ligando? Aconteceu alguma coisa com o Joel? Ele está bem? — Uma nota de pânico surgiu em sua voz.

— Ele está bem — Finn assegurou a ela. — E estou ligando porque preciso da sua ajuda.

— Bem, agora você me deixou curiosa.

Ele delineou o que precisava que ela fizesse.

— Acha que consegue fazer isso?

A gargalhada de Megan encheu seus ouvidos.

— Com certeza. Vai me contar do que se trata?

— Se der certo, você vai saber em breve. — *Por favor, faça com que dê certo.* — Então você sabe o que fazer e quando?

— Sim.

— E tem de certeza de que ele vai fazer isso?

Megan riu.

— Vou fazer a performance da minha vida. Ainda estou morrendo de curiosidade.

Assim como Levi, mas Finn não ia contar.

Ele agradeceu e desligou, assim que Levi voltou para a sala.

— Crise evitada. Vovó queria uma caixa da

prateleira de cima do armário, e não conseguia alcançar. — Levi deu a ele um olhar interrogativo. — O que você está fazendo?

— Planos.

E orando para que dessem frutos.

Vovó enfiou a cabeça pela porta.

— Finn? Você tem que ir a algum lugar ou pode ficar para o almoço? É sopa, mas fiz ontem. E tem bolo de limão para depois.

Finn olhou para Levi, que assentiu. O rapaz sorriu.

— Eu adoraria. — Não havia nada que ele pudesse fazer em casa para avançar com seus planos, e não via Levi desde o casamento. Além disso, se ela concordasse com o seu pedido, Finn teria que subir no sótão para encontrar o que precisava. Ele já podia imaginar os resultados em sua cabeça.

Tudo o que ele precisava era fazer acontecer.

Capítulo vinte e quatro

No momento em que Joel parou na garagem da casa de Megan, estava xingando a irmã de todos os nomes. Ele tinha coisas para fazer, caramba. Tinha terminado o trabalho do dia e estava prestes a deixar o lugar pronto para a chegada de Finn quando ela ligou em um óbvio pânico dizendo que precisava de ajuda e para ele chegar lá o mais rápido possível. Se fosse em qualquer outro momento, Joel não teria hesitado. A noite que se aproximava estava na sua cabeça nos últimos dois dias, no entanto, e a última coisa de que ele precisava naquele momento era uma missão misericordiosa. Em especial quando não tinha ideia de qual era a emergência de Megan. Ele não foi capaz de tirar muito, exceto que ela parecia muito angustiada, e isso não era típico da sua irmã. E como ela nunca o havia chamado assim, foi o suficiente para fazê-lo pegar as chaves do carro. Ele tinha acabado de chegar em casa depois de um compromisso, então não teve tempo de tirar o terno. Enviou uma mensagem para Finn antes de sair, dizendo que o jantar seria atrasado. Então reconsiderou e disse ao rapaz onde encontrar a chave. Bramble ficaria feliz com a companhia, e Finn poderia levá-lo para passear enquanto esperava.

Tanto para seus planos de fazer um jantar especial.

Os xingamentos não tinham nada a ver com a emergência de Megan, e tudo a ver com o que estava acontecendo na 295 indo para Portland. Ele chegou até o desvio, mas a saída estava fechada. Foi forçado a permanecer na rodovia por dezesseis quilômetros, descendo até Falmouth e depois voltando para o sul, até Portland, na 295. Quando chegou à casa de Megan, mais de uma hora tinha se passado desde o telefonema dela. Mais de uma hora para chegar lá, e mais outra para voltar, se o tráfego não estivesse pior que no caminho de ida.

Por que hoje? Por que é que isso tinha que acontecer hoje? Então ele parou. *Não seja um idiota egoísta. A Megan precisa de você, imbecil.*

Joel desligou o motor, saiu do carro e correu para a porta da casa de Megan. Ela se abriu quando ele levantou a mão para bater nela, e a irmã estava lá, com uma bengala em uma das mãos e o tornozelo esquerdo envolto em uma bandagem.

— Ah, graças a Deus você está aqui. — Megan lhe deu um abraço com um braço quando ele entrou na casa.

Joel olhou para a bandagem branca.

— Me diga que você não me arrastou até aqui porque torceu o tornozelo. E quando isso aconteceu? — Ele meio que esperava encontrar Lynne no chão com uma perna quebrada, ou algo igualmente catastrófico.

— Quarta-feira.

Ele piscou.

— Quarta-feira? Tudo bem, então, qual é a emergência? — A falta de pânico dela o fez se sentir aliviado. — Por que estou aqui?

Ela o arrastou pela casa até a porta dos fundos e apontou para o quintal.

— A Midge está lá fora. Está lá há dois dias.

Por um momento, Joel se perdeu.

— Midge? — Então ele se lembrou. — O que aconteceu? A gata foi atacada por algum cachorro? E por que me chamar para isso? — Ele fez uma careta. Ele não queria ser o responsável por recolher os pedaços do gato mutilado de Megan.

Megan revirou os olhos. Ela abriu a porta dos fundos e o puxou para fora, então mancou até a árvore alta no final do quintal, arrastando-o com ela. Apontou para os galhos com a bengala.

— Viu? Ela está presa lá em cima.

Joel semicerrou os olhos. Um rosto preto e branco olhou para ele, e segundos depois Midge deu um miado lamentoso.

Ele piscou.

— Você me chamou aqui para resgatar sua gata? Por que vocês não puderam fazer isso?

— A Lynne não está aqui. Ela está visitando a mãe esta semana. E... e eu não suporto alturas.

Joel a olhou boquiaberto.

— Desde quando? Você sempre subia em árvores quando era criança. Nossos pais nunca conseguiam te fazer descer deles.

— Sim, mas estou mais velha agora. Não consigo subir em uma árvore na minha idade. E se eu cair?

Ele a encarou.

— Ah, mas tudo bem se eu cair?

Megan arregalou os olhos.

— Podemos voltar para a parte em que *torci o tornozelo*?

Então ele notou a escada, os degraus superiores encostados no galho grosso no qual Midge estava empoleirado como um pardal enorme e peludo.

Megan tossiu.

— Ela está presa lá em cima desde que a

tempestade caiu ontem de manhã e não consegui fazê-la descer. Eu tentei, viu? Mas eu... fiquei tonta. Foi quando te liguei — ela acrescentou. — Então, você pode, por favor, subir lá e resgatar a Midge?

Não havia nada a fazer senão subir as escadas.

Resmungando, Joel subiu a escada com cuidado, mantendo os olhos fixos no gato, desejando que ele não decidisse subir mais antes que o alcançasse. Midge miou quando ele se apoiou nos degraus superiores e estendeu as mãos para ela.

— Aqui, gatinha linda. Não seja idiota, gatinha.

Midge não se moveu quando ele a agarrou e a colocou debaixo do braço.

— Meu Deus, o que você está dando para ela comer? Ela está pesando uma tonelada. — Se equilibrando agora com uma mão, ele desceu até o chão, com muito mais cuidado que teve na subida. Por fim, seus pés tocaram a terra e ele deu um suspiro de alívio.

Megan pegou a gata debaixo do braço dele e a segurou contra o peito.

— Sua gatinha malvada, me assustando assim.

Se ela estava com medo, merecia um Oscar por aquela atuação, porque Joel não tinha visto nenhum traço. Então ele notou que a bengala estava caída no chão e a pegou. Midge escolheu aquele momento para escapar das garras de Megan e correr para a casa.

— Pobrezinha. Deve estar morrendo de fome. — Ela sorriu quando Joel lhe entregou a bengala. — *Muito* obrigada. Tive visões dela morrendo de fome lá em cima.

Joel riu.

— Me parece que aquela gata gosta demais da sua comida para deixar isso acontecer. — Ele tirou pelos de gato do paletó. — *Posso ir para casa?*

Megan arregalou os olhos.

— Não quer ficar para um café ou algo assim?

— Não, *não* quero. Está ficando tarde e o Finn vai jantar lá em casa. Graças a Midge aqui, não preparei nem uma cenoura.

Megan mordeu o lábio.

— Me desculpe. Você deveria ter dito.

Joel a olhou de um jeito divertido.

— Por que... teria feito alguma diferença? — Ele suspirou. — Estou feliz que a Midge está sã e salva. Da próxima vez, ligue para um vizinho. Você sabe, alguém que more mais perto que eu? — E com isso, Joel correu ao redor da casa para seu carro. Ao se sentar ao volante, fez uma oração silenciosa.

Sem mais surpresas, por favor. Esta noite é importante.

Talvez mais importante de sua vida, e havia muita coisa acontecendo.

Seu telefone tocou e Joel o tirou do bolso. Ele sorriu quando viu que era Finn.

— Oi. Onde você está?

Joel suspirou.

— Na Megan. Conto tudo quando chegar aí. Vou levar pelo menos uma hora para voltar. — Ele fez uma pausa. — Me desculpe. Não é assim que eu queria que esta noite acontecesse.

Finn riu.

— Não se preocupe com isso. O Bramble está caminhando, e agora que sei mais ou menos a hora que você vai chegar, farei o jantar. Não será a sua lasanha, mas será comestível, espero.

— A questão toda era que eu deveria estar preparando o jantar para você.

— Ei. — A voz de Finn suavizou. — Tudo bem.

Te vejo quando chegar aqui. — Ele desligou.

Joel respirou fundo. *Certo, plano B. Qual o problema de o Finn cozinhar? Ele ainda vai estar lá, certo?*

E eles tinham coisas para discutir.

Setenta e cinco minutos depois, Joel estacionou atrás da caminhonete de Finn. Quando ele desligou o motor, seu telefone tocou.

Vá para o portão lateral.

Ele franziu a testa. *Que merda é essa?* Joel saiu do carro e foi em direção ao portão. Tinha música vindo de algum lugar e, ao abrir o portão e atravessá-lo, percebeu que a fonte era seu próprio quintal.

O que está acontecendo?

Joel fez uma curva e parou quando centenas de luzes brancas piscaram. Elas estavam por toda parte: nas árvores, ao longo do topo da cerca e contornando a grade do deck. Pendiam das vigas superiores da pérgula e mais luzes serpenteavam em torno de todos os postes.

Era como entrar em uma gruta de fadas.

Então seu coração disparou quando Finn apareceu. Ele usava um smoking, e Joel nunca o vira tão bonito.

— Bem-vindo ao lar. — Finn caminhou até os degraus, esperando por ele, e Joel deu a volta no deck, sentindo o coração ainda batendo forte. Finn estendeu a mão e ele a segurou, subindo os degraus.

— Você fez tudo isso... para mim?

Finn sorriu.

— Com uma ajudinha da Vovó. Peguei todas as luzes pisca-pisca de Natal emprestadas que ela tem e, acredite, estamos falando de milhares de luzes. — Seus olhos brilharam. — E claro, a sua irmã ajudou um pouco também.

Joel paralisou.

— Minha...

Finn sorriu.

— Precisava que você estivesse fora do caminho enquanto preparava tudo isso.

Ele soltou a mão de Finn, puxou o telefone e discou. Antes que Megan pudesse dizer uma palavra, ele falou primeiro.

— Você usou sua gata?

Ela riu.

— Ei, foi tudo o que consegui fazer em cima da hora. Sabe quanto tempo demorei para que ela ficasse lá? Tive que colocar pedaços de atum no galho.

— Espere... você a *colocou* lá em cima?

— Sim, cerca de meia hora antes de você chegar. Você demorou tanto que eu estava começando a entrar em pânico. Eu tinha certeza de que ela encontraria uma maneira de descer antes que você passasse pela porta.

— E o tornozelo torcido?

Outra risada.

— Tive uma recuperação milagrosa assim que você saiu. Vai saber.

— Você é sorrateira... e a Lynne estava mesmo na casa da mãe?

Megan bufou.

— Ela estava escondida em nosso quarto o tempo todo, tentando não rir pra caramba.

— Sabe que nunca mais vou acreditar em uma palavra que você diga, nunca mais. E...

— Ei! — Ela interveio. — Não vamos esquecer, subi em uma árvore por você. Se isso não é amor... — Megan gargalhou. — Tenha uma boa noite. — Então ela desligou.

Joel guardou o telefone no bolso. Finn estava olhando para ele com diversão óbvia. O homem mais velho ergueu as sobrancelhas.

— Você teve muito trabalho. — O que fazia seu coração bater tão rápido era a sensação de que todo esse cenário gritava romance.

Então Finn selou o acordo.

— Eu queria que esta noite fosse especial.

Ah, puta merda.

Joel não sabia o nome da música que estava tocando quando chegou, mas conhecia a próxima. A bela voz de Etta James encheu o ar da noite com aquelas palavras de abertura perfeitas. *Afinal...*

Eram palavras que falavam ao seu coração.

Finn se aproximou.

— Me concede esta dança?

Joel mordeu o lábio.

— Não há muito espaço aqui para dançar.

O sorriso de Finn iluminou seus olhos.

— Então é melhor dançarmos bem juntinhos. — Joel prendeu a respiração quando Finn passou os braços em volta do pescoço, seus corpos quase se tocando. — Assim — o rapaz murmurou. Joel colocou as mãos na cintura de Finn e eles se moveram juntos, em um balanço suave que fez seu coração cantar.

— Amei o smoking — ele murmurou.

— É alugado. Tive que dirigir até Alfred, em uma loja de noivas ontem para encontrar um.

Joel riu.

— Quando você tem que devolvê-lo?

Finn bufou.

— Amanhã, então aproveite ao máximo. Não visto um smoking para qualquer homem, você sabe. —

Ele fez uma pausa. — Estou feliz que você tenha gostado.

— Você não tem ideia do que ver você nele está fazendo comigo. E não é meu pau que está falando. — Joel acariciou as costas de Finn. — Você está maravilhoso. — O smoking adicionado à magia – ao romance – fez com que ele se permitisse cair sob seu feitiço. — E é uma noite especial. — Uma em que Joel poderia finalmente encontrar coragem para abrir seu coração.

Finn se inclinou e roçou os lábios na orelha de Joel.

— Se lembra de quando conversamos sobre meus relacionamentos anteriores e você disse que eu não merecia ser magoado? Bem, a verdade é... isso não aconteceu.

— Oh?

Finn recuou, assentindo.

— Eles não me magoaram. Só me envolvi rápido demais. Eu estava tão apaixonado que não parei para verificar se eles também estavam. O que me leva até você.

A respiração de Joel acelerou e seu pulso acelerou.

— Certo...

— Não queria cometer o mesmo erro. Não ia me apressar e desnudar minha alma, mesmo que houvesse uma chance de você não me amar... — O olhar de Finn encontrou o dele e ele engoliu em seco. — Do jeito que eu te amo.

Puta merda.

Joel parou de dançar e levou as mãos ao rosto de Finn. Ele o olhou nos olhos, tremendo um pouco.

— Você me ama?

Finn assentiu.

— E tenho que te dizer, estou morrendo de medo agora.

Joel não podia deixá-lo sem saber.

— Não fique. Porque eu também te amo. E...

Os lábios de Finn encontraram os dele, e Joel se perdeu no beijo mais doce que já recebeu de alguém. Etta continuou cantando, enquanto o homem mais velho segurava Finn sob um teto de luzes brancas, cada vez mais brilhante contra o céu que estava adquirindo todos os tons de laranja e dourado, só para eles.

Quando finalmente se separaram, Finn murmurou:

— Uau.

Joel encontrou sua voz.

— Uau mesmo.

Finn sorriu.

— Não estou falando sobre o beijo, embora tenha sido épico. Isso foi tipo *uau, ele me ama também.*

— Precisa ouvir de novo? — Joel segurou a cabeça de Finn e o puxou para mais perto, até que seus lábios quase se tocassem. — Eu te amo — ele murmurou antes de tomar a boca de Finn em um beijo demorado.

Quando eles se separaram, Finn soltou um suspiro.

— Estou sem palavras.

— Você não é o único.

Finn limpou a garganta e se afastou.

— Bem... agora que as coisas importantes ficaram esclarecidas... está com fome?

Ele riu.

— Morrendo. O que tem para o jantar?

— Lagosta e salada.

Joel ficou boquiaberto.

— Você preparou lagosta para mim?

Finn riu.

— Não, comprei na *Wolff Farm*, já cozido. — Ele se acalmou. — Você gosta de lagosta, certo?

— Adoro. — Ele teve que dizer as palavras novamente. — Amo você.

O rosto de Finn brilhou.

— Também te amo. — Ele sorriu. — Acho que vou dizer muito isso esta noite.

Joel achava que nunca se cansaria de ouvir.

Finn limpou os lábios com um guardanapo.

— Estava delicioso. — Comer no deck debaixo de todas aquelas luzes foi mágico o suficiente. Aqueles momentos em que eles paravam para compartilhar um beijo ou um aperto de mão aumentaram a maravilha de tudo, e Finn sabia que nunca iria se esquecer disso.

— Quando você me convidou para jantar esta noite...

Joel suspirou.

— A Carrie me disse para não deixar o medo me segurar. Então resolvi contar como me sentia. — Ele olhou para Finn. — Por que eu estava com medo? Nossa diferença de idade. Fico sempre surpreso por você se interessar por um cara de quarenta e dois anos.

Finn arqueou as sobrancelhas.

— Bem... Um, você tem a idade *perfeita* para mim, e essa é a última vez que vamos mencionar isso. Dois, ao contrário de um amigo em particular, que não vou dizer o nome porque não precisa, gosto de compromisso, certo? É por isso que meus relacionamentos eram tão confusos. Eu queria um relacionamento sério, eles não.

— E eu deveria ter percebido, porque você me disse isso. — Seus olhos brilharam. — A Carrie sempre disse que eu era péssimo em ler nas entrelinhas. Agora me diga o que *te* impediu.

Finn mordeu o lábio.

— Fui seu primeiro caso em vinte anos. Achei que você estava interessado em sexo. E o que você acharia se o primeiro cara com quem transou de repente declarasse que você é a pessoa que ele procurou por toda a sua vida? — Ele paralisou. — Droga, isso foi mais do que eu pretendia revelar.

Joel estendeu a mão por cima da mesa e segurou a de Finn.

— Pelo contrário. Eu precisava ouvir isso. E embora o sexo tenha sido incrível... — Ele engoliu em seco. — Tem muito mais entre nós que isso.

Finn decidiu arriscar.

— Ouça... eu estava pensando em tirar uma ou duas horas de folga do trabalho na próxima semana. Preciso ir para Portland. Tenho que ir ao *Franny Peabody Center*, aquele centro de apoio a prevenção do HIV.

Joel sorriu.

— Ficamos sem preservativos? É para isso que servem as drogarias.

Caramba, o coração dele estava batendo muito forte.

— Não é por isso que vou. Vou ao centro a cada três meses... para fazer o teste.

Joel ficou muito quieto.

— Entendi. Não é algo que já fiz.

Finn assentiu.

— É por isso que pensei que você poderia querer vir comigo. Poderíamos fazer o teste juntos. — *Vamos, Joel, leia nas entrelinhas...*

— Ah. — A respiração de Joel acelerou. — Ah.

Graças a Deus, ele entendeu.

— Isso é algo que você gostaria de fazer?

— Sim. — Joel sorriu. — Ah, sim. — Ele olhou para a mesa. — Terminamos aqui?

— Por que... você tem algo em mente? — Como se o mesmo pensamento já não estivesse na cabeça de Finn.

— Não estamos sem preservativos, não é?

Finn riu.

— Entre os que comprei e os que você comprou, acho que temos bastante. — Ele não resistiu. — O suficiente para durar até que tenhamos os resultados, de qualquer forma.

Ah, merda. As pupilas de Joel estavam enormes.

— Então vamos entrar.

Ele sorriu.

— Já tive o suficiente do smoking de qualquer maneira.

Os pratos podiam esperar.

Finn gemeu com o beijo de Joel enquanto o outro homem o tocava com gentileza. As mãos do rapaz estavam na cabeça e pescoço de Joel, os dois em constante movimento e sem pressa de chegar ao seu destino. Finn queria aproveitar a viagem: a sensação das mãos de Joel sobre ele, o pau quente deslizando sobre o seu, os suspiros do homem mais velho quando o rapaz envolveu os dedos ao redor do comprimento dos dois e fez carícias lentas, e o olhar de admiração nos olhos de Joel enquanto penetrava o corpo de Finn.

Seu coração quase parou quando o homem mais velho diminuiu o ritmo, o beijou e sussurrou *eu te amo*. Seus lábios se encontraram e Finn o segurou perto enquanto se moviam em harmonia, as pernas do rapaz envolvendo o corpo de Joel, querendo-o mais fundo.

O tempo perdeu todo o sentido enquanto eles rolavam juntos na cama, e tudo o que importava era a conexão deles. Quando Finn ficou de quatro, e Joel se ajoelhou atrás dele para penetrá-lo com languidez, Finn abaixou a cabeça e fechou os olhos, deixando as sensações tomarem conta. Ele arqueou as costas e Joel deixou uma trilha de beijos da coluna até sua nuca, acariciando o pênis de Finn com infinita gentileza, como se o rapaz fosse uma criatura frágil a ser mimada, acariciada... adorada.

Joel passou um braço sobre o peito de Finn e o

segurou perto, e o rapaz virou a cabeça para encontrar o beijo do outro homem, que estocava nele com velocidade consumada.

— Ah, assim mesmo — Finn murmurou, empurrando para trás para encontrar as estocadas de Joel.

— Não vou durar muito mais tempo — Joel ofegou. Ele cobriu Finn com seu corpo, prendendo-o no colchão enquanto ele aumentava o ritmo. E quando sentiu o pulsar do pênis do homem dentro de si, Finn suspirou.

Um dia, em breve, não haveria nada entre eles.

O pensamento foi o suficiente para levá-lo ao limite, e Joel se agarrou a ele enquanto estremecia em seu clímax.

Joel beijou sua nuca.

— E eu que pensei que não poderia ficar melhor.

— Você e eu.

Joel riu.

— Estamos apenas começamos.

Finn sorriu. *Agora somos nós.* Nós.

Nunca houve palavras mais doces.

— Tem algo planejado para o próximo fim de semana?

— Hum? — Joel acariciou as costas de Finn,

curtindo a sensação suave. — Além de passar o máximo de tempo possível com você, não. A Carrie vai levar as crianças para visitar meus pais em Boise por uma semana, agora que as aulas acabaram. Por quê? Você tem algo em mente? Fora o óbvio.

Finn riu.

— Tire a cabeça da sarjeta, por favor. No próximo fim de semana é a festa que o Levi vai fazer para comemorar o aniversário da Vovó, e eu queria saber se você gostaria de vir comigo. Acredito que todos os meus amigos estarão lá, e quero que você os conheça.

Joel mudou de posição na cama para se deitar de frente para ele.

— Sério? — Joel não era tolo. Ele sabia o que os amigos de Finn significavam para ele, e isso era uma grande coisa.

Finn assentiu.

— Conheci a sua família, agora, quero que a minha conheça a pessoa mais importante da minha vida. — Ele mordeu o lábio. — E aí?

O coração de Joel batia forte com alegria.

— Eu adoraria. Ficaríamos apenas para a festa ou você planejava passar a noite lá?

— Eu ia ficar na casa do Seb, com tantos outros que puderem. — Ele sorriu. — É o momento de colocar o papo em dia e, cara, terei muito a contar a eles.

— Então você não me quer por perto.

Finn acariciou a bochecha de Joel.

— Ah, quero sim. Podemos ficar no *Colonial Inn,* em Ogunquit. Dylan, outro amigo, trabalha lá. Ele pode nos dar o desconto de amigos e familiares, então podemos conseguir algo muito especial. E terei muito tempo para conversar com os caras na festa. — Ele sorriu. — Além disso, isso vai dar a eles a chance de falar sobre nós durante a festinha do pijama. — Os olhos de Finn brilharam. — Só não é o tipo de festinha que você fazia, garoto safado.

— Você se lembra de tudo que eu digo? — Joel ficou maravilhado.

— Só as coisas importantes. Mas o problema... — Finn se inclinou, seus lábios quase tocando os de Joel. — Tudo o que você diz é importante. — Então o homem mais velho estremeceu quando Finn segurou sua mão e a levou para o pau endurecido de Finn. — Você tem algum lugar onde eu possa colocar isso?

Joel sorriu.

— Tenho o lugar perfeito.

Capítulo vinte e cinco

Finn desligou o motor. Quando Joel não fez nenhum movimento para sair da caminhonete, Finn acariciou sua coxa.

— Você está bem?

— Um pouco nervoso. — Seu olhar encontrou o de Finn. — Isso é importante.

O coração de Finn se compadeceu, e ele se inclinou para beijar Joel nos lábios.

— Eles vão te adorar — garantiu a Joel. — E eles não mordem. — Ele sorriu. — Bem, não tenho tanta certeza sobre o Seb, mas não vamos entrar nesse mérito. Ei, pelo menos você já conheceu um deles. E a Vovó vai te amar também.

— A Vovó me parece durona.

Finn riu.

— Ela é assim. — Ele apertou a coxa de Joel. — Venha, vamos entrar. E quando isso acabar, vamos passar a noite naquele quarto lindo. — Eles se registraram no hotel antes de vir para a festa, e Finn teve que admitir que Dylan os deixou orgulhosos. O quarto ficava de canto com vista para o mar, e a cama parecia muito convidativa.

Joel riu.

— Ainda estaríamos lá se eu não tivesse te arrastado para longe. Não é preciso muito para distraí-lo, não é? — Ele respirou fundo. — Muito bem, estou pronto.

— Esse é o meu homem. — Finn o beijou mais

uma vez, amando o jeito que Joel segurou sua bochecha. — Agora me ajude a tirar a cadeira de balanço. — Eles saíram da caminhonete e Joel o ajudou a colocar a cadeira na calçada. Juntos, eles a carregaram até a porta da frente, que se abriu antes que Finn pudesse tocar a campainha.

Levi olhou boquiaberto para eles.

— Ah, isso é demais. Rápido, leve para a sala de jantar. A Vovó está no quintal, entretendo sua corte como se fosse a rainha da Inglaterra. — Ele deu um sorriso para Joel. — Olá, Joel. Eu sou o Levi. Bem-vindo. — Então ele deu um passo para o lado e os dois homens carregaram a cadeira para dentro de casa. Levi foi na frente e abriu as portas para eles, que a colocaram na sala de jantar.

Finn puxou um maço de fita vermelha larga do bolso da jaqueta.

— Pensei que você poderia querer colocar isso nela.

Levi sorriu.

— Que fofo.

Finn inclinou a cabeça em direção a Joel.

— Foi ideia dele.

Levi estendeu a mão e Joel a apertou.

— É um prazer conhecê-lo, Joel. O Finn me contou muito sobre você. Estou feliz que você pôde vir hoje.

De seu ponto de joelhos na frente da cadeira, Finn riu.

— Ele está se sentindo um pouco nervoso por conhecer os caras.

Joel o encarou.

— Claro. Você vai contar para todo mundo.

Finn se levantou e apertou a mão de Joel.

— O Levi não é 'todo mundo'. Ele é um dos meus amigos mais próximos e não vai sair por aí e contar ao mundo, certo? — Finn sabia que Joel estava ansioso desde o momento em que acordou, e Finn fez o possível para desviar a atenção dele.

Às vezes, sexo era a melhor terapia.

Levi os guiou pela casa e pelas portas francesas para o pátio, onde Vovó estava sentada em uma cadeira de espaldar alto. Os convidados estavam espalhados pela mobília do pátio, conversando com ela, e ainda mais pessoas ficavam na grama, conversando e bebendo. O cheiro de carne grelhada enchia o ar. Shaun, que estava ocupado virando linguiças e pedaços de carne, acenou para Finn, arregalando os olhos quando viu Joel. *Quem é ele?* murmurou.

Finn sorriu e sussurrou de volta *te conto depois*. Ele se inclinou para Joel e murmurou:

— A propósito, eu não disse aos caras que ia trazer um convidado, e parece que o Levi também não contou.

Joel virou a cabeça para encará-lo.

— Que ótima notícia para me deixar mais nervoso.

Finn segurou as duas mãos de Joel e olhou-o nos olhos.

— Relaxe. Venha conhecer a Vovó. Depois vou te apresentar para a turma.

— Turma, é? — Joel estava sorrindo. — Faz vocês parecerem um bando de adolescentes.

Finn riu.

— Confie em mim. Depois de passar tempo com eles, você vai ver porque turma é a palavra perfeita. — Ele não estava nervoso por eles conhecerem Joel. Ele sabia que seus amigos o amariam.

Joel estava sentado no sofá do pátio, olhando para o quintal mais vazio do que seis ou sete horas atrás. O sol sumiu de vista e o céu escurecia, mas luzes iluminavam o lugar: entre os canteiros, ao longo dos caminhos pavimentados e na base das árvores, ao redor dos seus troncos. A maioria dos convidados já tinha ido embora, e a Vovó se despediu. Finn estava certo: a mulher mais velha era uma força da natureza. Ele adorou a maneira como Levi cuidava dela, se certificando de que ela estava confortável, lhe trazendo comida e bebida e, em geral, cuidando dela.

— Levi parece ser um cara legal — ele murmurou.

Ao lado dele, Finn suspirou.

— Um dos melhores. — Ele riu. — Acho que a Vovó adorou a cadeira de balanço.

— O que te deu essa ideia? Além do fato de que ela exigiu que a trouxessem para fora para que ela pudesse se sentar. E então ficou nela pelo resto da tarde e da noite. — Ele cutucou o braço de Finn. — Foi muito bom.

— Ei, foi ideia do Levi.

Joel assentiu e segurou a mão de Finn.

— Mas essas mãos talentosas a moldaram com

pedaços de madeira. — Ele levou a mão de Finn aos lábios e beijou seus dedos. — Esses dedos talentosos. — Ele sorriu. — Esses dedos *multi talentosos*.

Finn puxou a mão de volta.

— Se acalme aí, garoto. Não pense que não sei o que você está fazendo. Não faça isso. Guarde para quando voltarmos ao hotel.

Joel riu.

— Vingança é uma merda, hein?

— O quê?

— Ah, me desculpe. Não foi você que me ligou durante um intervalo na terça-feira? Para me dizer exatamente o que planejava fazer comigo quando chegasse em minha casa? Seis horas. Tive que esperar seis horas por você.

— Sim, mas eu fiz valer a pena, certo?

Joel não podia negar. A combinação de antecipação e a visão de Finn aparecendo ainda em suas roupas de trabalho, com aquele cinto de ferramentas pendurado na cintura, o levou a explodir como um foguete.

Então eles tiveram que fazer tudo de novo. E mais uma vez, desta vez sem as roupas de trabalho.

Ele tomou outro gole da garrafa de cerveja.

— Alguém tem bom gosto. — Era de uma de suas micro cervejarias favoritas.

Finn tossiu.

— Fui eu. Comprei algumas no outro dia. — Quando Joel olhou para ele, o rapaz deu de ombros. — Eu estava passando por Portland e, quando vi o nome do lugar, me lembrei de onde o tinha visto antes. Foi uma das cervejas que você me deu daquela vez. Então, pensei em comprar algumas e trazer como minha contribuição.

Ah, sim. Joel sorriu.

— Você não estava apenas de *passagem*, foi lá especialmente para isso.

Finn arregalou os olhos.

— Como você sabe?

Joel suspirou.

— Porque é o tipo de coisa fofa que você faria.

Finn se inclinou contra ele.

— Você está se divertindo?

— Foi uma ótima festa. E a Vovó é uma mulher e tanto.

— Queria perguntar uma coisa. Quando voltei do banheiro, vocês dois estavam conversando profundamente. Sobre o que estavam falando?

— Você. — Quando Finn deu a ele um olhar interrogativo, Joel sorriu. — Acho que posso descrever como *verificando minhas intenções*.

— Sério?

Joel segurou a mão de Finn mais uma vez, e eles entrelaçaram os dedos. O gesto íntimo o aqueceu.

— Ela estava cuidando de você, só isso. — Ele não ia compartilhar suas palavras exatas.

Ela o encarou com um olhar penetrante.

— *Se você partir o coração dele, terá que lidar comigo, entendeu?*

Joel garantiu a ela que faria tudo ao seu alcance para deixar Finn feliz. Ela olhou para ele por um momento, então deu um aceno de cabeça satisfeito.

Então ele se lembrou. Tinha um recado a transmitir.

— Carrie ligou enquanto você estava conversando com o Levi mais cedo. Ela mandou um beijo e disse que o Nate quer te ensinar a jogar xadrez na próxima vez.

Finn bufou.

— Sim, boa sorte com *essa* ideia. — Ele sorriu. — Seus filhos gostam de mim.

— Claro que sim. Eles têm muito bom gosto, assim como o pai deles.

Finn riu.

— Não vou discutir.

Joel olhou para o outro lado do pátio, onde sete caras estavam sentados ao redor da fogueira, conversando e rindo. Ele repassou o grupo, associando nomes a rostos, aliviado por tê-los reconhecido. Foi apresentado a todos em algum momento durante a tarde, e as conversas variaram em duração. Alguns dos amigos de Finn eram muito mais quietos que Joel esperava, mas todos pareceram felizes em conhecê-lo. Ninguém havia provocado Finn ou feito piadas.

Ele tinha a sensação de que havia escapado, não que esperasse que esse estado durasse.

Ele cutucou Finn.

— Estou pronto.

Finn olhou para ele, com a testa franzida.

— Para quê?

Joel inclinou a cabeça em direção ao grupo de rapazes.

— Minha prova de fogo. — Ele se levantou do sofá do pátio e estendeu a mão. — Vamos. Vamos fazer isso.

— Tem certeza?

Joel riu.

— Não, mas vamos fazer de qualquer maneira. — Finn segurou a mão dele e Joel o colocou de pé. — Você pode liderar o caminho. Não sou *tão* corajoso.

Finn riu e o conduziu pelo pátio. Os caras ficaram em silêncio enquanto se aproximavam, e então

Seb sorriu.

— Você demorou bastante.

Joel sorriu e tomou coragem.

— Nem todos são apressados como você, Seb. — Isso lhe rendeu uma onda de risadas. Finn puxou algumas cadeiras e os homens se mexeram para dar espaço a eles. Seus rostos brilhavam à luz do fogo.

— Cara, seu namorado aprende rápido. — Aquele era Ben, que parecia ser o mais novo. Ele tinha cabelo castanho comprido com mechas que ele estava constantemente afastando de seus olhos castanhos chocolate.

— O que achou do quarto? — Isso veio de Dylan.

Joel sorriu novamente.

— Ótimo. Acho que temos que agradecer a você por isso.

Dylan acenou com a mão.

— Não foi nada. Vocês não são o primeiro por quem fiz isso. E pelo menos vocês marcaram no nome do Joel. — Seus olhos brilharam. — *Alguém* recentemente reservou um quarto com os nomes de *Sr. e Sr. Smith*.

Joel morreu de rir que todas as cabeças viraram imediatamente na direção de Seb.

Seb o encarou.

— Nenhum de *vocês* jogou RPG antes? Ele queria fazer de conta que estávamos em lua de mel e que era nossa noite de núpcias.

Aaron gargalhou.

— O mais próximo que você vai chegar disso.

— Ei, você deveria assistir a esse filme, Seb. — Aquele era Noah, o único deles que usava óculos. — Ele pode decidir que você é o cara certo, e que ele quer tentar de verdade. — Ele deu um sorriso travesso.

Seb bufou.

— Ah, tá. Nunca vou seguir esse caminho.

Finn tossiu.

— Nunca diga nunca, cara. Porque você não sabe o que está reservado para você. — Seus olhos encontraram os de Joel, e lá estava aquele tremor no estômago de Joel novamente.

— Ah, meu Deus, vocês dois são muito fofos. — Ben ergueu a garrafa para eles. — Bem-vindo a bordo, Joel. — Os outros seguiram o exemplo.

— Isso meio que dá esperança, não é? — Aaron piscou para eles. — Porque se o *Finn* conseguiu encontrar um cara...

Joel riu, os últimos resquícios de seu nervosismo finalmente desaparecendo.

— E aí, o Finn vai morar com você, ou você vai morar com o Finn? — Ben questionou.

Foi meio engraçado, como ele e Finn disseram "uau!" exatamente ao mesmo tempo.

Finn olhou boquiaberto para Ben.

— Acabamos de começar a namorar. Só faz uma semana, cara.

— E daí?

— E daí, que tal você nos deixar acostumar com a ideia de sermos um casal antes de irmos morar na mesma casa?

Joel não disse nada. Ele ficou surpreso ao descobrir que, uma vez superado o choque causado pela sugestão de Ben, não receava nem um pouco com a ideia de morar com Finn.

Mas não vou apressar as coisas. Eles tinham muito tempo.

— Como está seu pai, Shaun? — Finn

perguntou.

Shaun se inclinou para a frente, com os cotovelos apoiados nos joelhos, segurando a garrafa entre eles com as duas mãos.

— Tive que encontrar uma nova enfermeira. A Susie soltou algumas bombas. Ela está grávida e o marido a quer em casa, construindo o ninho. Ela quer trabalhar, mas parece que ele é meio ciumento, então...

— A nova cuidadora está indo bem? Qual o nome dela? — Levi perguntou.

— O nome dele é Nathan. — Quando os rapazes olharam para ele, Shaun revirou os olhos. — Caramba, tem enfermeiros homens, sabe? — Ele tomou um gole de sua garrafa. — Ele é bom com o papai, isso é o principal. — Ele engoliu um gole de cerveja. — Primeiro fim de semana que fico longe dele desde o casamento da Teresa.

Noah apertou seu ombro.

— Não há nada de errado em fazer uma pausa, cara.

Shaun virou a cabeça para encarar Noah.

— Meu pai não pode fazer uma pausa, então por que eu deveria? — Ele soltou um suspiro. — Desculpem, rapazes. Isso saiu errado.

— Tudo bem. — A voz de Dylan era gentil. — Sabemos como é.

Joel não disse uma palavra, se lembrando de Finn contar a ele que o pai de Shaun tinha dizendo a ele que o pai de Shaun tinha Alzheimer.

— Gente, quase esqueci. — Os olhos de Ben brilharam. — Tenho uma entrevista de emprego na próxima semana.

Joel adorou os gritos de alegria óbvia que enchiam o ar da noite.

— Isso é ótimo — Levi exclamou. — Qual é o trabalho?

— É em uma loja de presentes. *E* fica bem perto, em Camden. Parece que o lugar pertence à mesma família há oitenta anos. Não que eu já tenha estado lá. O que eu ia fazer em uma loja de presentes para turistas? É propriedade dos Pearson. — Ele fez uma careta. — Esse é um nome popular no Maine, certo?

Noah arregalou os olhos.

— Ah, Deus, espero que sim.

Joel franziu a testa.

— Perdi algo?

Finn fez uma careta.

— Tinha um babaca no ensino médio que se chamava Wade Pearson; Ele infernizou a vida do Ben, tudo porque enfiou naquele cabeção que o Ben era gay.

Quando Joel deu a Finn um olhar perplexo, Ben começou a rir.

— Tudo bem, sou gay – *agora* –, mas naquela época eu ainda estava descobrindo as coisas. Filho da puta homofóbico. — Seus olhos brilharam. — Pena que ele era um idiota homofóbico *bonito*, porque em outra vida, eu estaria em cima daquele cara. E nem vou *considerar* a possibilidade de que esses Pearson sejam remotamente relacionados a ele. Deus não seria tão cruel.

Noah balançou a cabeça.

— De que Deus estamos falando aqui?

Seb ergueu as mãos.

— Não. *Não* vamos falar de religião.

— Nem para fazer uma oração rápida? — Ben perguntou. — Porque eu *preciso* desse emprego, pessoal.

Seb ergueu os olhos para o céu.

— Ei, Deus? Faça com o Ben consiga este emprego. E já que Você está cuidando disso, não deixe que a pessoa que irá entrevistá-lo esteja conectado de alguma forma com aquele idiota do Wade Pearson. Entendido? — Ele deu a Ben um sorriso presunçoso. — Isso deve servir.

Ben revirou os olhos.

— Sim, obrigado por isso, Seb.

Finn riu.

— Se a Vovó te ouvisse, Seb, ela te daria vassouradas no traseiro.

Seb olhou rapidamente para a janela atrás deles.

— Ela dorme do outro lado da casa, certo? — Todo mundo riu. Ele olhou para Aaron. — Deve estar entrando na sua estação movimentada agora.

Aaron bufou.

— Nem me fale. O que há no verão que traz à tona todos os idiotas?

— Aaron é guarda florestal no *Acadia National Park* — Finn explicou a Joel. Ele sorriu. — Acho que ele perdeu a conta de quantas vezes os visitantes fazem piadas sobre Thunder Hole — o rapaz concluiu, se referindo ao duplo sentido no nome do lugar que ficava dentro do parque e que em seu idioma significava "Buraco do Trovão".

Joel piscou.

— Sério? Esse é o nome de um lugar? — Ele já tinha ouvido esse nome antes. Quando seus filhos eram menores, eles foram a Boise para ficar com os pais. Eles não haviam explorado muito a parte norte do Maine, para seu pesar.

Aaron assentiu.

— É uma caverna gigante que joga água do mar no ar, às vezes até nove a doze metros. — Ele riu. —

Mais ou menos como uma festa de fraternidade da faculdade. — Ele balançou a cabeça. — Todas aquelas florestas e quilômetros de litoral acidentado, e é só disso que as pessoas falam?

Noah ficou de pé.

— Vou pegar outra cerveja. — Ele tocou Levi de leve no braço. — Quer alguma coisa?

— Estou bem, obrigado — Levi disse a ele com um sorriso.

— Vai nos perguntar também? — Seb sorriu. — Porque eu tomaria outra. — Ele bateu no rótulo de sua garrafa. — Especificamente, esta. Alguém trouxe uma bebida decente para esta festa.

Joel reprimiu um sorriso.

— Ah, não sei. Algumas pessoas ficam felizes com uma Bud.

Seb bufou.

— Eu não gosto. Tem gosto de...

— Não! — Shaun interveio. — Todos nós sabemos o que você acha.

— E por que sabemos? — Finn sorriu. — Porque você nos contou isso um milhão de vezes. E acontece que eu gosto de Bud, então cale a boca. — Isso provocou mais risadas.

— Ei, Seb. A escola está de férias? — Aaron perguntou.

— Sim. Passei a última semana lá, preparando todas as minhas coisas para o próximo semestre. Então agora é hora de relaxar e festejar durante todo o verão.

— Bem, você não pode festejar sozinho. Ei, Joel? — Dylan entrelaçou as mãos atrás da cabeça e Joel se preparou. — Conhece mais alguém da sua idade que possa estar interessado no Seb? — Seus olhos brilharam. — Porque todos nós sabemos que Seb quer um coroa.

Finn e Seb olharam para ele, mas Joel riu.

— Olha, não faço ideia do tipo de cara que o Seb gosta. — Ele deu a Seb um olhar de soslaio. — Embora depois de vê-lo em ação, eu tenha uma ideia.

— Muito bem, chega. — Finn se levantou. — Hora de irmos para o hotel.

Ben gargalhou.

— Que se traduz como... Finn está com uma coceira e quer que o Joel a coce. — Todos riram, incluindo Finn e Joel.

— Foi bom conhecer vocês — Joel declarou enquanto se levantava. — O Finn fala muito sobre os amigos.

— Considerando que não tínhamos ideia de que você existia até hoje — Shaun falou com um sorriso.

— Fale por si. — O sorriso de Seb ainda era presunçoso. Ele olhou para Finn. — Vocês vão almoçar na minha casa amanhã? Haverá bastante comida. E então podemos conversar um pouco mais.

Finn olhou para Joel, e ele assentiu.

— Nós adoraríamos. — Agora que ele mergulhou os pés na água, a ideia de ir mais fundo não causou apreensão. Ele sorriu. — Mas agora vamos deixar vocês falarem sobre nós pelas nossas costas.

Houve um momento de silêncio que foi quebrado pela risada de Finn, e os outros se juntaram.

— Ah, ele vai servir — disse Aaron com um aceno enfático para Finn, que revirou os olhos.

— Caramba, valeu. Não que eu precise da sua aprovação, mas ei, não deixe que isso te impeça. — Finn segurou a mão de Joel. — Vejo vocês amanhã.

— Aproveitem o hotel — Ben gritou enquanto caminhavam em direção à casa.

— Nós vamos — Finn murmurou. Ele conduziu Joel pelo corredor e saiu pela porta da frente. Quando chegaram a caminhonete, Finn parou e o beijou.

— Estou esperando horas para fazer isso.

Joel riu quando puxou o rapaz para perto.

— Você poderia ter me beijado na frente deles. Eles não teriam se importado.

Finn bufou.

— Está brincando? O Seb teria vendido ingressos.

— Só para você saber? — Joel se inclinou para sussurrar. — Gosto muito dos seus amigos.

O rosto de Finn se iluminou.

— Estou feliz. — Seus lábios se encontraram em outro beijo. Quando eles se separaram, Finn girou as chaves em seu dedo. — O hotel fica a cerca de quinze minutos de carro daqui. Quero você naquela cama dentro de vinte. Acha que isso é viável?

— Ah, acho que podemos lidar com isso. Na verdade, acho que posso ter minha língua no seu traseiro dentro de vinte e cinco.

Os olhos de Finn brilharam.

— Combinado. — Quando se sentou ao volante, ele soltou um pequeno suspiro feliz.

— O que foi isso? — Joel perguntou.

Finn estendeu a mão e segurou a sua.

— Durante semanas, você não passou de uma fantasia. Um cara com quem sonhei, mas nunca pensei que encontraria coragem para falar.

— E agora?

Finn apertou sua mão.

— Eu não poderia sonhar em estar com mais ninguém.

Fim

SOBRE A AUTOR

K.C. Wells mora em uma ilha na costa sul do Reino Unido, cercada por belezas naturais. Ela escreve sobre homens que se amam e não consegue contemplar uma vida que não inclua a escrita.

A tatuagem de arco-íris nas costas com as palavras "Amor é amor" e "O amor venceu" é sua maneira de levantar uma bandeira. Ela planeja escrever sobre homens apaixonados, sejam romances fofos, lentos, sensuais ou excêntricos, por bastante tempo.

LIVROS DA AUTORA

<u>Learning to Love</u>
Michael & Sean
Evan & Daniel
Josh & Chris
Final Exam

<u>Sensual Bonds</u>
A Bond of Three
A Bond of Truth

<u>Merrychurch Mysteries</u>
Truth Will Out
Roots of Evil
A Novel Murder

<u>Love, Unexpected</u>
Debt
Burden

<u>Dreamspun Desires</u>
The Senator's Secret
Out of the Shadows
My Fair Brady
Under the Covers

<u>Lions & Tigers & Bears</u>

A Growl, a Roar, and a Purr

Love Lessons Learned
First
Waiting for You
Step by Step
Bromantically Yours
BFF

<u>Collars & Cuffs</u>
An Unlocked Heart
Trusting Thomas
Someone to Keep Me (K.C. Wells & Parker Williams)
A Dance with Domination
Damian's Discipline (K.C. Wells & Parker Williams)
Make Me Soar
Dom of Ages (K.C. Wells & Parker Williams)
Endings and Beginnings (K.C. Wells & Parker Williams)

<u>Secrets</u> – with Parker Williams
Before You Break
An Unlocked Mind
Threepeat
On the Same Page

<u>Personal</u>

Making it Personal
Personal Changes
More than Personal
Personal Secrets
Strictly Personal
Personal Challenges
Personal – The complete series

Confetti, Cake & Confessions
(FREE)

Connections
Saving Jason
A Christmas Promise
The Law of Miracles
My Christmas Spirit
A Guy for Christmas
Dear Santa

<u>Island Tales</u>
Waiting for a Prince
September's Tide
Submitting to the Darkness
Island Tales Vol 1 (Books #1 & #2)

<u>Lightning Tales</u>
Teach Me
Trust Me
See Me

Love Me

<u>A Material World</u>
Lace
Satin
Silk
Denim

<u>Southern Boys</u>
Truth & Betrayal
Pride & Protection
Desire & Denial

<u>Homens do Maine</u> (outros livros da série em português em breve!)
A Fantasia de Finn
Ben's Boss
Seb's Summer
Dylan's Dilemma
Shaun's Salvation
Aaron's Awakening
Levi's Love

<u>Salvation</u>
Wrangled (em português em breve!)

Kel's Keeper
Here For You
Sexting The Boss
Gay on a Train

Sunshine & Shadows
Double or Nothing
Back from the Edge
Switching it up
Out for You (GRÁTIS)
State of Mind (GRÁTIS)
No More Waiting (GRÁTIS)
Watch and Learn
My Best Friend's Brother
Bears in the Woods
Princely Submission

Antologias:

Fifty Gays of Shade
Winning Will's Heart

Come, Play
Watch and Learn

Escrevendo como Tantalus
Damon & Pete: Playing with Fire

9 781915 861122